회귀자 사용설명서

WISHBOOKS FANTASY STORY

회귀자
사용설명서 26

흙수저 판타지 장편소설

초판 1쇄 찍은 날 | 2020년 9월 17일
초판 1쇄 펴낸 날 | 2020년 9월 24일

지은이 | 흙수저
펴낸이 | 예경원

기획 | 위시북스
편집책임 | 이은송
편집 | 위시북스

펴낸곳 | 예원북스
등록번호 | 제396-2012-000132호
등록일자 | 2012. 7. 25
KFN | 제1-561호

주소 | 경기도 고양시 일산동구 호수로 646-24 위너스21II빌딩 206A호 (우)10401
전화 | 031-819-9431 팩스 | 031-817-9432
E-mail | yewonbooks@naver.com

ISBN 979-11-365-4082-9 04810
       979-11-6098-877-2 (set)

26
회귀자
사용설명서
흙수저 판타지 장편소설
WISHBOOKS FANTASY STORY
Wish Books

CONTENTS

185장
여왕의 무덤

'확실히 조금 어긋나 있는 것 같은 느낌이기는 했지.'

던전 공략에 실패한 것은 아니었다. 공략 자체는 성공적으로 끝내기는 했지만, 그 과정이 형편없었던 것이 문제.

그동안 라파엘의 공략 영상에 거슬리는 부분이 없었던 것은 아니었지만, 이 전까지는 적어도 평점 5점 만점에 3.8점 정도는 줄 수 있을 정도였다.

전교 1등 성적표를 가지고 온 아들내미를 보는 심정으로 녀석을 응원해 왔던 것은 당연한 일이다.

그런 녀석이 살짝 미끄러졌던 게 바로 앞선 던전이었다.

사실 그 이전에도 문제가 아예 없었던 것은 아니었다.

확실히 뭔가 아슬아슬해 보이는 부분이 있었지만, 결과가 좋으니 딱히 다른 말할 필요가 없었다.

스스로 극복할 거라고 생각했던 것이 실수라면 실수일 것이다. 계속 눈에 거슬렸던 부분이 터지고 만 것이다.

형편없는 내용에, 우리 애 멘탈에 문제가 생긴 게 아닌지 고민해 볼 정도였다. 항상 전교 1등 성적표를 받아오던 놈이 휘청거리는 상황이었으니, 관심을 기울이는 것도 당연하다.

물론 난이도가 있는 던전이기는 했다. 전설 등급의 던전, 검은 심장의 난파선.

공략하기 까다로운 스타일이라고 하는 게 맞으리라. 거대한 배가 주 무대라는 것도 그랬고, 머메이드 같은 생소한 몬스터와 보스 몬스터였던 해적 선장 같은 놈도 상대하기 까다로워 보였으니까. 던전의 일부 지형은 물속에 잠기거나 산소가 희박하다는 기믹을 가지고 있었고, 철퍽거리는 바닥은 제대로 몸을 움직이지 못하게 했다.

라파엘을 필두로 한 파티원들이 막무가내로 밀고 들어가 공략에 성공하기는 했지만, 보스전에서 대부분의 파티원이 리타이어했다는 걸 생각해 보면 낙제점에 가까웠다. 평균 스펙 자체가 뛰어났기 때문에 공략에 성공한 것뿐이라는 거다.

'엉망진창이었지.'

파티원 개개인이 특색이나 특성, 개성이 뛰어나다 보니 하나로 뭉치지 못하고 있는 것, 무엇보다 라파엘, 그 자신이 구심점이 되어주지 못하고 있는 것이 문제였다.

'갑작스러운 상황에 대한 대처 능력이 너무 떨어지기도 하고……'

여러모로 다듬을 곳이 많이 있었다. 별것 아니기는 했지만, 오늘 이기영이 함께 던전으로 나선 이유에는 이런 배경이 깔려 있었다.

"오셨군요."

"오늘도 잘 부탁드립니다."

"저야말로 잘 부탁드립니다."

"잘 부탁드려요, 위원장님."

"오랜만에 뵙는 것 같네요."

슬쩍 고개를 돌리자 라파엘의 파티원들의 얼굴이 시야에 비쳤다.

사실 생소한 얼굴들은 아니다. 지난번에도 이 멤버와 함께 간단한 던전에 들어갔다 오기도 했고, 무엇보다 내가 비밀리에 지원해 주고 있었던 인물들이 아니었던가.

전 대륙에 퍼져 있었던 1회차의 영웅 중에서도 쓸 만한 녀석들을 추려 라파엘과 연결해 주었다. 의도적으로 엮어준 녀석도 있었고, 자연스럽게 엮어준 녀석도 있었다. 영웅 등급의 레이드 몬스터 사냥을 나갈 때, 우연히 만나게 된 사제와의 만남은 그중에서도 내가 가장 완성도 있다고 평가하는 이야기 중에 하나.

슬쩍 옆을 바라보니 라파엘을 바라보고 있는 여성 한 명이 시야에 비친다.

대륙 1차 전쟁이 끝난 직후 기적의 사제라고 불리게 되는 마리엔. 유럽 쪽에서 소환된 모험가였고, 일반인으로서 위험과는 동떨어진 삶을 살아가던 이들 중 하나였다.

사람들의 손길이 잘 닿지 않는 작은 마을에 자리 잡은 이후, 아이들을 돌보며 살아가고 있었지만, 갑작스럽게 들이닥친 적에게 자신이 사랑하는 모든 것을 잃게 된다.

그 이후에는 전투 사제로 지원해 전쟁터를 전전하게 되지만 그건 1회차의 이야기다.

아, 참고로 그녀는 가면 쓰레기에게 비참하게 죽었다.

2회차에서 그녀는 자신이 자리 잡은 마을을 잃지 않았다. 대신 아주 우연히, 그러니까 어디까지나 우연히…… 정말로 우연히 언데드들이 그녀의 마을을 들이닥쳤고, 그녀의 각성이 조금 더 앞당겨졌다.

마을이 완전히 휩쓸려 나갈 뻔하기는 했지만, 우연히 각성에 성공한 그녀는 언데드들을 완벽하게 막아냈고, 이후 자신의 힘을 어떻게 사용할지 고민하다 라파엘을 만나게 된다. 이제 막 모험을 떠나는 용사와 함께 여행을 떠나는 동료로서는 제격이 아닌가.

'쟤도 좀 괜찮았지.'

두 번째 녀석도 마음에 든다.

사냥개 이주혁. 이름에서 보이다시피 한국인. 굳이 분류하자면 우리 팀의 김창렬과 비슷한 포지션을 맡은 녀석이었다.

1회차의 김현성도 인정할 만한 독기를 가지고 있었고, 천사와의 전쟁 때 녀석들의 날개를 입으로 물어뜯은 일화는 무척 유명했다.

이후 전쟁터에서의 공로를 인정받아 연합군 수뇌부의 자리까지 오르게 되지만, 이것 역시 1회차의 이야기. 2회차에서는 용병으로 시작하는 것이 아니라 라파엘의 동료로서 시작하게 됐다.

거친 용병 생활로 얻은 경험치가 사라지지는 않을까 걱정했지만 내 걱정을 날려 버리듯 가장 괜찮은 포텐셜을 보여주고 있는 녀석. 후천적으로 만들어진 성격이 아니라 선천적으로 만들어진 성격이었던 것이다. 라파엘에게 묘한 라이벌 의식을 느끼고 있다는 점마저 무척 훌륭하지 않은가.

참고로 녀석 또한 가면 쓰레기의 손에 죽었다. 녀석의 별명답게 짐승들에게 뜯어 먹히는 최후를 맞이했다고 알려져 있다.

당연하지만 이 둘 말고도 괜찮은 놈들이 몰려 있다.

유망한 재능을 가지고 있는 마법사로서 전쟁의 한 축을 담당하던 녀석이었지만, 가면 쓰레기 진청의 꾐에 넘어가, 배신자로 낙인 찍혀 목숨을 잃게 되는 비극의 마도사.

마찬가지로 이름을 떨치던 모험가 중 하나였지만 가면 쓰레기가 자행한 단체 생매장 사건의 피해자가 되어버린 궁수.

녀석의 옆에 자리해 있는 암살자 역시 같은 날 생매장 당해 수많은 포로와 최후를 함께했다.

또 마찬가지로 가면 쓰레기와의 전쟁에서 패해 꼭두각시가 되어 전쟁터를 돌아다니게 되었다고 전해지는 공화국의 기사.

'얘는 진짜 가슴 아프더라.'

동료들까지 본인의 손으로 죽였다고 하지 않았던가. 내가 기억하는 게 맞다면 아마 그랬을 것이다.

아무래도 세기말 세계관이었던 만큼 모두의 끝이 그리 좋지는 않았지만, 한때 모두가 이름을 날렸다는 것은 부정할 수 없는 사실.

가면 쓰레기 진청이 아직까지 살아 있었다면 지금 눈앞에 있는 자랑스러운 용사 파티는 만들어지지 못했을 거라고 생각했다. 뿔뿔이 흩어지거나 녀석의 더러운 술수에 당했을 게 분명하겠지.

'확실히 그 새끼가 난 놈이기는 했어.'

김현성에게 들은 것만 떠올려 봐도 괜스레 내 손이 떨려올 정도였다. 지금 나와 함께 있는 조혜진 역시 가면 쓰레기의 손에 목숨을 잃지 않았던가. 이미 끝난 이야기이기는 했지만 이런 일을 잊을 수 있을 리 만무했다.

아무튼 자신의 파티와 함께 있는 라파엘의 모습은 괜스레 훈훈하게 보일 정도. 만난 지 그리 오래됐다고는 생각하지 않았는데, 우정을 나누기에는 충분한 시간이었던 모양이다.

붙임성이 좋은 녀석인 만큼 자연스럽게 중심에 자리 잡은 모습이 눈에 띄었다.

보호자 겸 파티원의 위치에 있는 나 역시 자리를 옮기기 시작한 것은 당연지사. 대놓고 주도하기보다는 일단 지켜보는 게 나은 선택이리라.

'사실 보호자라는 말도 민망하기는 해.'

단언하건대 나는 라파엘을 보호해 줄 수 있는 능력이 없다.

그 반대라면 모를까.

둠기화를 한 상태라면 이야기가 다르겠지만, 현재의 폼으로는 보호받는 포지션에 있다고 하는 것이 옳다.

파티 내의 위치도 전력 분석관이나 감독 같은 포지션, 필드에서 직접 뛰는 감독의 지휘를 받으면 어떤 느낌일지 알려주는 것이 목표였다.

이를테면…….

'경험을 시켜주는 거라고 생각하면 되려나.'

파란의 파티에 녹아들어 있는 경험치를 가장 재빠르게 전해 줄 방법이라고 해도 과언이 아니리라.

'내 머릿속에 다 들어가 있다니까.'

가지고 있는 것에 일부만이라도 파티원들의 몸에 집어넣어야 했고, 라파엘의 머릿속에 집어넣어야 했다.

김현성이 오더를 하지 못해서 하지 않는 게 아니다. 실제로 파란 파티 초기에는 김현성이 직접 파티를 이끌었지 않았던가.

물론 나를 신뢰하고, 내 능력이 뛰어나다는 것을 인정하여 지휘권을 넘기기는 했지만, 김현성은 전술을 그 누구보다 잘 이해하고 있다.

심지어 차희라 역시 마찬가지다. 미치기 직전까지는 본인이 직접 붉은 용병을 이끌었고 카스가노 유노도 직접 병력을 이끈다. 어떻게 보면 필수 덕목이라고 생각해도 무리가 아니다. 알고 있는 만큼 움직일 수 있고 경험한 만큼 움직일 수 있다. 대륙에서 칼밥 먹는 사람이라면 내 말에 반박할 수 없으리라.

라파엘 파티에게 가장 필요한 것은 시간. 그리고 경험.

'형이 이쪽으로는 좀 알아주잖아.'

새로운 세계를 경험시켜 줄 준비가 되어 있다. 일선에서 벗어난 지 시간이 좀 흐르기는 했지만, 그래도 마음의 눈이 어디 가는 건 아니었으니까.

시작해도 된다는 듯이 고개를 끄덕이자, 곧바로 입을 여는 라파엘의 모습이 시야에 비쳤다.

"오늘 공략할 던전은 전설 등급의 던전, 여왕의 무덤입니다."

'그래, 그래.'

"전설 등급의 던전이 그렇듯 자세한 정보가 공개되어 있지는 않지만, 시작 지점이 여왕의 무덤 안일 것이라고 추측되고, 지하 내부에서 소규모, 혹은 대규모 전투까지 진행될 가능성이 있습니다. 진형은…… 던전 내부로 진입하고 첫 전투 이후에 한 번 더 자세히 설명해 드리는 게 좋을 것 같네요. 그럼 지금 곧바로 출발하도록 하겠습니다."

"오늘따라 조금 더 진지하네요."

"이유야 뻔하지, 뭐."

"쓸데없는 잡담은…… 자제해 주세요."

"네, 네. 알겠습니다, 용사님."

'얘네 진짜 분위기 나쁘지 않네.'

놀리기 위한 게 아니라 긴장을 풀어주려고 장난을 치는 것 같았다.

'라파엘이 리더 포지션이기는 하지만…….'

경험은 제일 적으니까.

이쪽의 개인 호위로 함께 자리한 조혜진 역시 나와 비슷한 반응. 이야기를 나누지는 않았지만 좋은 파티라고 생각하는 게 눈에 보일 정도였다.

파티 그 자체의 밸런스도 나쁘지 않다. 후위가 조오금 아쉽기는 하지만 그건 라파엘이 보조해 줄 수 있는 문제가 아니던가.

확실히…….

'잘 짜기는 했어.'

자신이 가장 활약할 수 있는 파티를 구성했다는 게 느껴졌다.

단언컨대 녀석이 없다면 이 파티는 원활하게 돌아가지 않는다. 부족한 후위의 화력을 메워주면서도 전위와 후위를 잇는 교두보 역할을 하고 있다. 파란의 파티와는 또 다른 매력. 완성도로 따지면 비교하는 것 자체가 불가능하지만 잠깐 놀기는 괜찮은 파티 같아 보인다.

파티원들의 세부적인 스텟과 능력, 개인 성향, 아이템을 마음의 눈으로 한번 훑어본 이후에는 다시금 고개를 끄덕이기 시작했다.

물론 최대한 힘든 표정으로 조혜진을 바라보는 것 역시 동시에 이루어졌다.

무거운 짐을 너무 오랜 시간 들고 있었는지 벌써부터 다리가 아파 온다. 조금 미안하기는 했지만 힘들다는 듯이 헉헉거리자, '저 새끼 또 저 지랄'이라고 말하는 듯한 눈빛이 쏟아져 왔다.

나도 모르게 머리가 아프다는 듯 표정을 찡긋거리자, 그제야 다가오는 조혜진의 얼굴이 시야에 비쳤다.

"들고 있는 것 주세요."

"아닙니다. 괜찮아요, 혜진 씨. 혼자 들고 갈 수 있습니다."

"쓸데없는 소리 하지 말고 빨리 넘기세요. 이 정도는 들어줄 수 있으니까. 어차피 공략에도 참가 안 하는데, 가방 하나 들고 있는 것 정도는 문제없습니다."

"괜찮다니까요."

"들어달라고 저 쳐다본 거 맞잖아요. 그렇지 않습니까?"

"꼭 그런 건 아니었는데……."

"빨리 넘겨요."

"그렇게까지 말씀하신다면……."

이제야 조금 홀가분해지는 어깨. 타이밍 좋게 던전에 도착했다는 목소리가 들려왔다.

"그럼 곧바로 진입하겠습니다."

[전설 등급 던전 여왕의 무덤에 입장하셨습니다. 인원을 확인했습니다. (10/11)]

제법 오랜만에 느끼는 감각이었다.

'던전에 들어오기는 했나 봐.'

주변 풍경이 순식간에 변하는 모습을 보니 던전에 들어오기는 했다는 느낌이 든다.

시야에 비치는 것은 무덤의 내부. 아마 이곳이 시작점일 거라고 생각했다. 몬스터들이 보이지 않는 것을 보니 입구부터 몬스터가 들이닥치는 종류의 던전은 아닌 모양. 여왕의 무덤이라는 이름에서 보이듯 깊숙이 들어가면 들어갈수록 무덤을 지키는 가디언이나 몬스터들을 마주할 것 같았다.

이래 봬도 균열 박물관 4등급 관리자의 직위를 가지고 있는 만큼, 이 던전의 타입이 대충 눈에 보인다.

물론 아직 판단을 내리기는 이르지만, 대충 평가해 보기로는…….

'나쁘지 않은 것 같네.'

딱 그 정도의 느낌이었다.

성검 용사 파티가 개고생했던 지난번의 난파선과는 다르게, 이번 던전은 대륙에서 흔히 볼 수 있는 구성인 것 같다.

이쪽에서 환영할 만한 부분이었다는 건 굳이 말할 필요도 없으리라. 던전의 특징이 되는 특유의 기믹은 몬스터와의 전투보다 더 사람을 피곤하게 만들지 않았던가.

영웅 등급의 던전 저주받은 신단을 생각해 보면 한층 더 이해하기 쉬워진다. 몬스터의 레이도 난이도는 그리 어렵지 않았지만 던전의 기믹 하나만큼은 전설 등급의 평가를 받아도 될 정도였었던 던전. 라파엘 파티가 저주받은 신단에 도전한다고 해도 쉽지 않을 거라고 장담할 수 있다.

물론 이쪽의 경우에는 정하얀 때문에 난이도가 더 어려워진 것 같은 느낌이 있기는 했지만…….

'그래도 어렵지는 어려울 거야.'

경험이 많지 않은 파티일수록 던전 특유의 기믹에 흔들리게 마련이다.

잠깐 이야기가 다른 곳으로 새기는 했지만, 보통 이렇게 기본적인 종류의 던전은 몬스터들이 조금 더 상향되어 나오는 편이다. 아무리 기본형 던전이라고 한들, 전설 등급 판정을 받은 던전이라는 것에는 변함이 없으니까. 진행 방향이 어떻게 될지에 대해 궁금증이 일 수밖에 없었다.

던전에 들어온 이후 가장 먼저 움직인 것은 도적과 궁수로 구성된 생매장 듀오. 파란 파티였다면 김예리와 김창렬이 저런 포지션에 있지 않았을까.

"다른 이상은 없는 것 같아요, 용사님. 주변에 몬스터들도 보이지 않고, 다른 함정들도 없는 것 같네요. 어떻게 조금 더 앞을 둘러보는 게 좋을까요?"

"아니요. 함께 가는 게 더 좋을 것 같습니다. 메인 파티와 너무 멀어지는 것도 그리 좋지 않으니, 몬스터도 함정도 보이지 않는 걸 보면, 이곳은 위험 지역이 아니라도 판단해도 되겠군요."

그 와중에 신경 쓰였던 것은 슬쩍 이쪽의 눈치를 보는 라파엘. 살짝 고개를 끄덕이자 다시 입을 열기 시작했다.

'얘, 또 이러네.'

대놓고 이쪽의 눈치를 보는 게 눈에 보인다. 자신이 잘하고 있는 게 맞냐는 듯 물어오는 것 같은 느낌이다. 이 문제에 대해 전에 말한 적이 있는데도 불구하고, 아예 무시하기는 힘든 모양이다.

너무 빤히 바라보면 방해만 될 것 같아 뒤쪽에서 따라오고 있는 조혜진을 바라보자, 그녀가 곧바로 입을 열어왔다.

"왜 그러십니까?"

"아니요, 그냥."

"걷기 힘이라도 드시는 겁니까? 업어드려야 돼요?"

"아니, 그 정도는 아닙니다. 아직까지 버틸 만하니 나중에 녹초가 되면 부축이라도 해주세요. 아 물론 지금보다 더 시간이 지난 이후에는 업어주셔도 되고요."

"……."

"제가 괜히 이런 말씀 드리는 게 아니에요. 아무래도 던전의 규모가 제법 큰 것 같아서……."

"그런 게 보이는 겁니까?"

"그냥 딱 봐도 그런 느낌이 들지 않습니까. 천장도 높고, 길도 넓고 크고, 여왕의 무덤이 아니라 여왕이 살았던 도시라고 해도 무리가 없을 것 같은 규모잖아요. 물론 뚜껑은 열어봐야 되겠지만. 뭐, 균열 박물관보다는 작네요. 박물관 같은 경우에는 많이 걸을 일이 없어서…… 혜진 씨도 오랜만에 던전에 들어온 거 아닙니까?"

"사실 거울 호수 때 이후로 처음이기는 한데, 그곳은 던전이라고 부를 수도 없는 곳이었지만요. 그보다 저랑 이렇게 잡담해도 되는 겁니까?"

"……어차피 전반적인 진행은 라파엘에게 맡기는 게 좋으니까요. 지금은 걷는 것 외에는 딱히 할 것도 없고 저쪽에 있으면 눈치만 보여요. 평가하려고 같이 온 게 아닌데 평가하는 것처럼 느껴져서…… 이 정도 거리감이 딱 좋을 겁니다. 중요한 브리핑 같은 경우에는 이미 전해 들었으니 첫 번째 전투가 시작되면 조금 잡아주는 게 좋겠네요. 혜진 씨 눈에는……."

"나쁘지 않은 파티입니다. 시간이 그렇게 오래 지나지 않았다는 걸 감안하면 팀원들 간에 유대감도 좋아 보이고…… 뭔가 한 가지 목적을 향해 달려가고 있다는 느낌이 듭니다. 보통 저런 파티는 위로 올라가게 마련이죠."

"평가가 후하네요."

"보이는 그대로 이야기했을 뿐입니다. 저들은 강해요. 애송이라고 부를 수 없을 정도고, 특히나 라파엘은……."

"네?"

"조금만 더 성장한다면 대륙 8좌와 비교해도 손색이 없을 겁니다. 물론 처음 대륙 8좌가 나왔던 때를 기준으로 말입니다. 아직 다듬어졌다고 보기에는 무리가 있지만……."

"흐음……."

"이번 원정 이후로 더 강해질 수도 있겠군요."

"네, 뭐."

"너무 무리하지는 마세요, 부길드 마스터."

"무리할 일이 뭐가 있겠어요? 몸을 격렬하게 움직이는 것도 아닌데. 쓸데없는 걱정하지 말고 저거나 좀 봐요. 웅장하니 예쁘지 않습니까? 건축물 한번 기가 막히네."

"던전 안입니다."

"그래도 감상 정도는 느낄 수 있는 거잖아요. 사람이 왜 이렇게 딱딱해."

"지금은 일하는 도중입니다. 사실 이렇게 잡담하는 것도 최대한 지양하는 게 맞습니다. 심심해 보여서 맞춰 드리고 있는 것뿐이에요."

"조금은 풀어질 수도 있는 거죠. 그렇게 매번 힘주고 살면 피곤하다니까요. 제가 할 말은 아니지만 이럴 때 꿀 좀 빨고 그러는 겁니다. 현성이도 없는데 누가 조금 쉰다고 뭐라고 한답니까. 어차피 혜진 씨는 전투에 참여하지도 않는데……."

"최소한 한 명은 정신을 차리고 있어야죠."

"네, 네."

안 그래도 슬슬 집중해야 할 것 같은 느낌이 든다. 잡담을 나누며 계속해서 걸어오는 동안 주변 풍경이 달라지는 것이 시야에 비쳤기 때문이다.

'멋있네.'

안 그래도 넓었던 길은 더욱더 넓어지고 있었고, 천장은 더욱더 높아진다. 여왕의 도시라고 생각했지만 지금 보니 거인족들이 사는 도시 같지 않은가.

그야말로 장관이라고 할 수 있는 광경에 입이 천천히 벌어지기 시작했다. 대륙에 들어온 이래로 별별 풍경을 다 봤다고 생각했지만, 지금 보이는 풍경은 또 새로운 풍경이다.

한 가지 문제가 있다면 걷는 게 너무 힘들었다는 것. 박덕구가 있었다면 편하게 업혀 갈 수도 있었을 텐데 따위의 생각이 머릿속에 들어와 꽂혔다.

전투도 없이 4시간 동안 행군만 하는 상황이지 않은가. 여러 가지 불만이 생기는 것도 무리는 아니다.

'시바, 준비가 너무 미흡했어.'

마차라도 챙겼어야 했다.

라파엘도 이쪽이 신경 쓰이기는 했는지 쉬었다 가는 게 좋지 않겠냐고 물어왔다. 하지만 첫 전투도 끝내지 못하고 벌써 쉰다면 이곳에 있는 시간만 더 늘어나는 꼴이지 않은가.

거대한 문이 시야에 비친 것은 바로 그때였다. 문 양쪽에 서 있는 거대한 석상을 보니 일이 대충 어떻게 될지 예상이 간다.

-이곳은.

-여왕의 무덤.

-허락되지 않은 자는.

-이 안으로 들어갈 수 없다.

거대한 석상들이 눈을 빛내며 우리 라파엘 파티를 맞이한 것이다.

'진짜 이거 던전 디자인 누가 한 거야. 진짜, 너무 구린데.'

전설 등급의 던전이니만큼 확률은 낮지만, 만약 베니고어 패치 2.0의 결과물이 이거라면 상당히 슬플 것 같았다.

-돌아가라.

-부정한 자들아.

-자격이 없는 자들이 들어갈 수 있는 곳이.

-아니다.

"전투 준비하겠습니다."

"네."

"하나는 메즈, 그사이에 남은 하나를 빠르게 처리합니다."

"알겠어요."

"네, 대장."

-죽음을.

"시작."

-죽음을!

눈 깜짝할 사이에 시작된 전투, 주문을 외우는 마법사가 손을 뻗자 순식간에 얼음 기둥이 나타나 가디언 하나의 길을 가로막는다.

곧 녀석의 주변이 모두 얼음 기둥으로 채워진다. 나쁘지 않은 출발이라 할 수 있으리라. 보통의 파티들도 많이 사용하는 전형적인 방법이었다.

눈앞의 석상 가디언들은 일반 몬스터라기보다는 보스 몬스터에 더 가깝다. 여왕의 무덤으로 향하는 문을 지키고 있는 녀석들이 평범한 녀석일 리가 없지 않은가.

그런 의미에서 생각해 보면…….

'괜찮기는 한데…….'

보고 있는 내가 답답해지는 것도 무리가 아니리라.

'굳이…… 저렇게 할 필요가 있어?'

라파엘의 파티는 강하다. 대륙을 싸돌아다니고 있는 파티

중에서도 손에 꼽을 정도로 강하다. 결론부터 말하자면 녀석들은 이런 식으로 진행할 필요가 없다.

파티가 가디언 하나를 상대하고 있는 사이에 얼음 감옥에 갇혀 있던 녀석이 기어코 얼음을 부수고 바깥으로 튀어나온다.

파티가 잠깐 우왕좌왕 거리는 사이에 마법사가 다시금 주문을 외워 녀석을 가둔다. 그리고 남아 있는 한 녀석에게 화력을 집중하는 모습.

'비효율적인데.'

내 눈에는 비효율적으로밖에 보이지 않는다.

마법사의 마력은 무한하지 않다. 가디언 하나의 움직임을 제한하는 데 들어가는 마력이 땅 파서 나오는 건 아니지 않은가. 저기에 들어갈 마력을 화력으로 돌리는 게 내 눈에는 더 이상적으로 보인다. 저 파티는 그럴 수 있는 능력이 차고 넘친다. 동시에 두 녀석을 상대해도 전혀 무리가 없다는 거다.

'너희 1회차 영웅 파티잖아, 시바. 게다가 성검 용사까지 같이 있는데 꼭 그렇게까지 해야 돼?'

"다음 마법 준비해 주세요. 다시 빠져나오기 전에 부탁드립니다."

"네."

"내구가 생각보다 높습니다. 최대한 주의해 주세요, 이주혁 님."

"걱정은 필요 없다."

"사제님은 버프 마법 끊이지 않게 해주시고. 나머지 두 분은 최대한 교란하는 쪽으로……."

꼰대가 되기는 싫지만, 저 스탯, 저 능력을 가지고 저렇게 움직이는 게 답답하게 느껴진다. 도저히 가만히 있을 수가 없는 상황.

"마법 취소해요."

작게 이야기했지만 내 목소리를 들었는지 당황하는 마법사 놈의 얼굴이 시야에 비쳤다.

"유지하고 있는 마법 취소해요. 두 놈 한꺼번에 상대해도 상관없을 겁니다."

"위원장님?"

"제 말 들어요. 전혀 무리 없습니다. 위험하지도 않고요."

"마법 취소하세요."

내 말에는 잠깐 멈칫하던 마법사가 라파엘의 목소리에 곧바로 마법을 취소했다. 별건 아니었지만, 파티의 리더가 라파엘이라는 사실을 확실하게 인지하고 있다는 걸 보여주는 것만 같지 않은가.

'충성도가 높네.'

"지금부터 제가 지시하겠습니다."

"지금부터 형이 지시하겠습니다. 집중해 주세요."

"조심할 필요 없습니다. 몸 사리지 마세요. 근접 직군들은 한두 방 맞을 각오하는 게 맞아요. 내구 스탯을 괜히 올리는 게 아니지 않습니까. 사제님은 보호 주문 외워주시고 마법사는 화력이 높은 마법으로 준비하시면 됩니다. 궁수랑 도적이 가디언 두 마리 한꺼번에 모아주시고, 마법사님은 최대한 가디

언 겨냥해서 주문. 앞쪽이 아니라 쟤들 뒤쪽으로 겨냥해 주셔
야 됩니다."

콰아아아아아아아앙!!!

"전위들한테 닿을 것 같으면 사제님이 보호 마법으로 걷어
내요. 마법사 다시 주문."

콰아아아아아아아아앙!!!

"전위들은 범위 파악하셨으면 일정 거리 벌리고 빠져나오지
못하게 틀어막아요. 다시 주문."

콰아아아아아아아아아앙!!!

후드득후드득 소리와 함께 가디언들의 신체 일부가 터져 나
간다.

파티원들의 반응을 보니 이렇게 쉽게 끝날 줄은 예상하지
못했던 모양. 저들끼리도 당황스러운지 정신을 차리지 못하고
있는 모습이었다.

나를 빤히 바라보는 얼굴은 가관이다. 조용히 중얼거릴 수
밖에 없었다.

"마무리 안 할 겁니까? 전위들 들어가세요."

반사적으로 몸을 날리는 녀석들의 모습이 시야에 비쳤다.

◼

"조금 어떠셨습니까?"

"뭐라고 이야기해야 할지, 이렇게 쉽게 될 줄은 생각하지 못

했습니다."

1회차 가면 쓰레기에 의해 언데드가 되어 대륙을 떠돌아다녔던 기사가 조용하게 입을 열었다. 무척 놀랐다는 얼굴이다.

솔직히 내 능력이라고 하기에는 애매했지만, 콧대가 올라가는 것도 무리가 아니리라.

'뭘 그렇게 간을 보고 있었어?'

성검 용사 파티는 강하다. 아마 일반적인 파티였다면 아까처럼 상황이 잘 풀리지 않았을 것이다.

마법사는 가디언들의 내구와 마법방어력을 벗길 만한 마력을 보유하고 있었고, 사제는 그런 마법사의 화력 일부를 버텨 줄 수 있는 신성력을 가지고 있다. 전위들은 한 명도 빠지지 않고 고급 마력 운용 지식을 가졌고, 마법사들이 만들어놓은 틈을 벌릴 수 있는 예리함을 갖추고 있었다.

이 정도 스펙을 가지고 있는 놈들이 모였다면 중간 보스 정도는 빠른 속도로 처리해야 한다.

"역시, 역시 형은…… 대단해요. 아까도 그렇고, 이번에도…… 만약 형이 없었다면 어쩌면 위험해졌을 수도 있었을 거예요."

"그렇게 대단한 일이 아닙니다."

"아니요, 라파엘 님처럼 제 눈에도 충분히 대단해 보이십니다. 난전으로 치닫는 상황에서 적절한 판단을 내리는 게 쉽지 않다는 건 누구나 다 아는 사실입니다. 여왕의 기사들까지 나왔을 때는 정말로 위험하다고 생각했었는데……."

여기사의 발언에 고개를 끄덕이는 사냥개의 모습이 보였다.

'확실히…… 문지기들보다는 방금 놈들이 더 어렵기는 했지.'

기본적인 오더만으로 쉽게 문제를 해결했었던 문지기와는 다르게 방금 전에 일어난 전투는 제법 복잡한 구성을 하고 있었다.

무덤 안으로 진입한 지 얼마 지나지 않아 사방에서 닥쳐오는 여왕의 병사들과 그런 병사들을 진두지휘하는 8인의 기사. 거대한 도시 안에서 벌어졌던 시가전은 솔직히 이 파티로도 위험하다고 할 수 있었다.

'병사들 구성도 제법이었고.'

검과 방패를 들고 와 무작정 달려드는 녀석들이 아니라 마법 병단과 궁수부대를 보유하고 있는 진짜 군대. 조혜진마저 한 손 거드는 게 어떻겠냐고 물어봤으니 무슨 말이 더 필요할까.

조금 놀라기는 했지만, 다른 의미로 절호의 기회라고 생각되었다. 성검 용사 파티의 경험치를 단숨에 끌어올릴 기회였으니까.

전쟁과 비슷할 정도로 규모가 커다란 전투는 평화의 시대를 맞은 지금은 경험하기 어려운 것이 현실이다. 대체 훈련을 한다고는 하지만 훈련으로 어떻게 실전을 대처하겠는가. 그런 의미에서 방금의 전투는 제법 박진감 넘치는 경험이라고 할 수 있었으리라.

뭔가 지시가 나올 거라고 나를 바라보던 녀석들의 모습은 가관, 내가 알아서 해보라는 듯이 입을 잠그자 그제야 부랴부랴 파티를 정비하던 라파엘의 모습도 재미있었다.

물론 8인의 기사들을 마무리 지은 것은 전술 라파엘을 비롯한 진두지휘였지만, 그전까지 고군분투하던 성검 용사 파티의 모습은 정말로 인상적이었다.

 몇 시간 동안 쉬지 않고 싸우던 녀석들의 모습에서 놈들이 얼마나 마음을 굳게 먹었는지 알 수 있었고, 1회차의 영웅들답게 전투 중에도 계속 성장하는 모습들이 눈에 띄었다.

 '이 코인은 된다! 이 코인은 돼! 너희는 세상을 구할 수 있다고, 시바.'

 그런 생각이 드는 것도 무리가 아니었다. 진형이나 방식을 바꿔주는 것만으로도 스펀지가 물을 먹듯이 쑥쑥 흡수하는 놈들의 모습에는 절로 미소가 피어나온다.

 8기의 기사 중 마지막 3기는 따로 지시를 내릴 필요도 없었다. 짧은 경험이기는 했지만, 본인들이 어떤 포지션에서 어떻게 뛰어야 하는지 깨달은 것이다.

 "특히나 라파엘 님을 집중적으로 케어해 주셨을 때는…… 저도 모르게 입이 벌어지더군요. 상투적인 표현이기는 하지만 완전히 사람이 달라진 느낌이라…… 파티 전체가 라파엘 님을 위해 움직이고 있다는 느낌이었습니다. 그것도 이렇게 복잡한 곳에서……."

 "경험이 쌓이다 보면 누구나가 할 수 있는 일입니다. 하하, 자꾸 그렇게 치켜세워 주시니 부끄럽군요. 별것 아닌 일입니다."

 '물론 마음의 눈이 있다면.'

 "아니요, 그 누구도 형처럼 할 수는 없을 거예요. 그 누구도……."

"실례되는 말이지만 제게도 가능한 일인지…… 물어도 되겠습니까?"

'사냥개 이주혁?'

갑작스럽게 질문해 온 녀석은 라파엘에게 미묘한 라이벌 의식을 느끼고 있는 녀석.

갑작스러운 발언에 이쪽으로 시선이 모여들기 시작했다. 이주혁이 가능하다면 자신도 가능한 것은 아닌지, 여기사 역시 기대감이 넘치는 눈으로 나를 바라봤다. 라파엘이야 말할 것도 없었고.

'이제는 개나 소나 전부……'

"글쎄요……."

"……."

"……."

"가능하기야 하겠지만 아마 효율이 썩 좋지는 않을 겁니다."

얘도 재능이 나쁘지 않은 모험가이기는 했지만…….

"이런 말씀을 드리기가 죄송하기는 하지만, 애초에 개인이 가진 무력 그 자체를 전술로 사용하는 목적으로 만들어진 만큼…… 아, 물론 주혁 씨를 폄하하는 건 아닙니다. 아시다시피 팀 내에서의 역할이 다르니까요."

내가 만약 저 사냥개를 써야 할 순간이 온다면 커다란 무력을 가지는 개인을 붙잡아두는 용도로 사용하지 않을까. 끈질기고 독한 놈인 데다가 실제 전투 역시 그런 식으로 벌이는 녀

30 회귀자
사용설명서 26

석이었으니까.

이걸 어떻게 말해줘야 하나 고민하던 찰나 우리 기적의 사제, 마리엔 님께서 다시금 입을 열어오셨다.

"그럼 조혜진 님은 어떤가요?"

"글쎄요, 반반 정도……."

유니콘을 탄 조혜진이라면 한정적이지만 써볼 여지가 있다. 물론 이런 난전 상황에서는 힘들기는 하지만 말이다.

어쩌다 전술 김현성이 이렇게 핫해졌는지는 모르겠지만, 이러다가 동네 시정잡배들도 자기 한번 봐달라고 할 것 같은 느낌이다.

"하지만 확실히 대단하기는 했어요. 저희 파티장님이 강하다는 건 처음 만났을 때부터 알았지만…… 어림잡아서 3배, 아니, 그 이상은 더 강해진 것 같은 느낌이었거든요."

'그 정도까지는 아닌데, 솔직히…… 별로였는데. 이걸 말할 수도 없고.'

"객관적으로 봤을 때 어느 정도까지 강해질 수 있는 건가요?"

"강해지는 게 아닙니다. 원래부터 강했기 때문에 그렇게 할 수 있는 거예요. 아무래도 개인이 볼 수 있는 시야에는 한계가 있으니까요. 저는 그걸 보완해 주는 것뿐입니다."

"하지만 위원장님은 먼 곳뿐만이 아니라 지척에서 일어나는 일들도 전부……."

'캐치하지 않냐고?'

"제가 조금 관찰력이 뛰어납니다."

"단순히 관찰력이 뛰어나기 때문에 할 수 있는 일이 아닐 거다, 마리엔. 저건 재능의 영역이야. 그것도…… 압도적인 재능."

'주혁아, 고맙다. 시바, 내가 살다 보니까 이런 소리도 들어보네. 형이 나중에 시간 내서 너도 함 봐줄게.'

"천재…… 명예추기경님은…… 천재로군요. 일반인들의 눈으로는 이해할 수 없는……."

'우리 비극의 여기사님. 애 이름이 뭐였더라…… 너도 한번 꼭 봐줄게.'

그런 거 아니라는 듯 손을 휘휘 젓기는 했지만, 기분이 좋아지는 발언들이 계속해서 쏟아져 나온다.

왠지 내 속마음을 알고 있을 것 같은 조혜진만이 혀를 차며 나를 바라봤지만. 굳이 다른 발언을 하지는 않았다. 힘든 상황에 처해 있으니 저런 칭찬을 받는 게 나쁘지 않을 것 같다는 계산이 선 모양이다.

"하하하, 천재라고 불릴 정도는 아닙니다. 여기 있는 라파엘님 같은 사람을 천재라고 부르는 게 맞겠죠."

"그렇다면 어떤가요? 파란 길드 마스터와 비교하면……."

'누가 더 천재에 더 가깝냐고?'

말을 전부 잇지 못하는 마리엔의 모습이 눈에 보인다.

무척이나 조심스러운 질문처럼 보였지만, 휴식시간에 농담 따먹기 같은 느낌으로 나올 만한 이야기이기는 했다.

대륙에서 잘나가는 모험가 취급은 으레 연예인이나 정치인 같은 느낌이 아니었던가. 매일같이 가십에 휩싸이기도 했으니…… 개인적으로 이런 이야기가 민감하게 들려오지는 않았다. 술자리에서 심심치 않게 나오고 있는 이야기이기도 했고…….

이를테면 내가 들어도 재미있는 주제들처럼 말이다.

지능을 0까지 깎은 차희라와 김현성이 싸우면 누가 이길까. 로렌과 엘룬이 싸우면 누가 이길까. 장애물이 없다고 가정하면 유니콘과 그리폰 중에 누가 더 빠를까. 진청과 이토 소우타가 싸우면 누가 이길까. 악마 숭배자와 악마 소환사 중에 누가 더 강할까. 그런 주제들.

마치 예수님과 부처님을 싸움 붙이거나 엄마가 좋아 아빠가 좋아라고 묻는 원초적 질문에 쓸데없이 열을 올리는 평론가들이나 백수들이 생각보다 많다.

당장 베니고어 넷을 들어가도 저런 주제들이 많이 보인다.

개인적으로 궁금했던 것은 진청과 이토 소우타, 악마 숭배자와 악마 소환사의 싸움. 당시 베니고어 넷의 여론은 압도적으로 진청의 손을 들어주고 있었지만, 뭐 이건 쓸데없는 이야기다.

잠깐 정신이 다른 곳으로 가출하기는 했지만…….

'흐음…….'

갑작스러운 질문을 괜스레 진지하게 받아들일 수밖에 없었다.

솔직히 진지하게 받는 게 무의미하기는 하다.

'라파엘?'

녀석이 재능이 있다는 사실은 부정할 여지가 없지만, 천재 중에 천재. 휴먼 중에 휴먼 김현성에게 비교하는 건……

'그건 아니지……'

어떻게 상처받지 않게 대답해 줘야 할지, 고민이 될 정도였다.

일단은 하하하, 하면서 어색한 웃음을 흘리는 것이 전부. 대충 분위기를 읽었는지 마리엔이 괜스레 민망해했다.

'그래, 네 입장에서는 그렇게 보일 수도 있지. 근데 네가 그런 쓸데없는 생각을 하는 건 네가 아직 현성이를 못 봐서 그래. 진짜 걔 하는 거 보면 입이 떡 벌어진다고. 슉슉 슉슉 날아다닌다니까. 시바, 비교가 안 돼요, 비교가. 걔 재능은 진짜 대체 불가야. 노력하는 천재 알지? 시바, 그거라니까. 근데 회귀까지 했데요. 그러니 어떻게 비빌 수 있겠어? 절대로 안 비벼진다니까.'

"하하하, 그건 조금…… 대답해 드리기 어려운 것 같습니다."

"역시 조금 어려운…… 질문이었나 보네요. 그럼 명예추기경님의 지시를 받는 상태의 라파엘 님이라면 어떨까요? 파란 길드 마스터와 비교해 보면…… 역시 가능성이……"

"아뇨, 당연히 못 이깁니다."

무슨 의도로 던진 질문인지는 모르겠지만 이건 딱 잘라 이야기할 수 있다.

"네?"

"장담하건대 못 이길 겁니다. 가능성을 크게 잡아봤자 1%예요. 절대로 못 이깁니다, 절대로요. 지금 이곳에 계신 분 중에 저희 길드 마스터가 제대로 싸우는 모습을 본 분은 없으리라고 생각합니다만, 아마 제대로 한 번 본다면 제가 무슨 말을 하는지 곧바로 이해할 겁니다. 절대로 못 이겨요, 절대로요……."

"……."

"라파엘뿐만이 아닙니다. 여기 계신 파티원분들에게 제가 따로 오더를 내린다고 해도 가능성은 5% 정도라고 볼 수 있겠네요. 지금 상태보다 3단계 정도 더 올라간다고 가정하면 그제야 조금 이야기를 할 수 있을 것 같네요."

잠자코 입을 다물고 있었던 기사가 입을 열어왔다.

"아무리 그래도…… 그 정도나 차이가 나는 겁니까?"

"네, 그 정도로 차이가 납니다. 여러분이 단기간 내 강해졌다는 건 충분히 알 수 있어요. 자신감도 있고 실력도…… 대륙의 상위 파티라고 생각해도 무리가 없을 정도예요. 라파엘 님은 말할 필요도 없고요. 다른 분들 역시 마찬가지입니다. 솔직히 예전의 파란 파티보다도 성장이 더 빠르다는 것 역시 부정하지 않겠습니다. 정말로 빠르게 여기까지 올라왔다고 봅니다. 정말로 빠르게요."

"……."

"경험 부족을 논하는 게 아니에요. 스펙 자체가 다릅니다."

"……."

"아마 승부는 10초 안에 날 겁니다. 마리엔 님이 첫 일격에 당한 이후에 그대로 리타이어. 그 이후에 싸움은 굳이 설명할 필요도 없을 겁니다. 조금 강하게 말하면…… 이 파티로 부딪치는 건 자살 행위에 가깝습니다."

과장 하나 보태지 않은 발언. 시대가 변하기는 변했나 보다, 진짜.

'너네가 진짜 우리 현성이가 얼마나 센 줄 모르는구나, 시바.'

김현성이 진심으로 싸우는 모습을 한 번이라도 본 적이 있었다면, 이런 쓸데없는 질문이 나오지도 않았으리라.

186장
너희 김현성 레이드 팟 아니지?

과장해서 아무렇게나 던지는 말이 아니다.

단언하건대 이 파티로 김현성을 상대하는 건 불가능하다. 어디 급이 높은 악마와 계약하지 않는 한, 아예 불가능하다고 생각하는 것이 맞다.

'아니지. 겨우 계약한다고 되겠어?'

계약할 악마가 대류에 자리 잡고 있지 않은 한은 효율이 나오지 않을 것이 분명하리라.

용사 파티를 과소평가하는 것이 아니다. 그만큼 현재의 김현성은 강하다. 1년 전만 해도 사천왕 최약체 도노반을 반으로 갈라 버리지 않았던가. 이쪽에 연락 한 통도 없이, 정말 연락 한 통도 없이 수련에 매진한 녀석이 지금은 얼마나 강해져 있을지 제대로 상상하기 힘들었다.

솔직히 나 역시 최근 진심이 된 김현성을 제대로 본 적이 없다. 보이는 스텟으로만 대충 예상할 뿐이었지만 김현성의 무력을 단순한 스텟창으로 평가할 수 없다는 것 정도는 모두가 아는 사실이 아닌가.

아마 내가 상정하는 범위보다 더 무력이 오르지 않았을까. 정말로 마음을 독하게 먹고 바깥 신과 녀석을 따르는 비둘기들과의 결전을 준비했다고 생각해 보면, 적어도 신화 등급에 가까운 화력을 낸다고 하는 것이 옳다.

일단 파티원 대부분이 김현성의 움직임을 눈으로 제대로 좇을 수 없다는 것이 문제. 후위 같은 경우에는 그림자조차도 제대로 볼 수 없다.

사제인 마리엔의 경우에는 자신이 어떻게 죽었는지도 모른 채 숨을 거둘 가능성이 컸다. 바닥으로 떨어지는 목이, 서 있는 자신의 몸을 발견하고 나서야 비로소 본인이 죽었다는 걸 인지할 수 있지 않을까.

궁수나 암살자 역시 마찬가지다. 애초에 민첩을 주 무기로 싸울 수 있는 놈들이 아니었던가. 싸움 자체가 성립하지 않고, 파티의 탱커 라인을 맡은 기사 역시 김현성에게서 파티원들을 지켜줄 수 있을 만한 민첩함과 시야가 없다.

그나마 발끝이라도 따라갈 수 있는 게 라파엘과 사냥개. 어디까지나 움직임을 따라잡을 수 있고 검을 맞대는 것 정도가 가능하다는 거지, 싸움을 이끌어 나갈 수 있다는 의미는 아니다.

희망이 있다고, 열심히 하다 보면 언젠가는 할 수 있다고 용기를 주고 싶었지만, 이 경우에는 팩트를 선물해 주는 것이 옳다.

하지만 녀석들에게는 충격이 꽤나 컸던 모양.

'분위기가 별로 안 좋네.'

한참 의기양양한 시기였던 만큼, 현실을 마주하자 기가 죽은 것 같았다.

'그래도 어쩌겠어. 그게 현실인데……'

꿀 같은 휴식시간이 끝난 이후에 원정에서도 이 분위기가 그대로 전달되었기 때문에, 약간 걱정되었지만, 공략을 진행하는 데는 무리가 없었다. 오히려 독기가 오른 듯 더욱더 열심히 하는 모습에 약간은 감동했을 정도였다.

내가 감동하는 게 흔한 일은 아니지 않은가. 그 옛날 열심히 노력하던 박덕구의 모습을 떠올리게 했다.

'그래, 얘들아. 열심히 해줘야지. 내가 너희를 어떻게 키웠는데…… 겨우 그 정도로 멘탈이 나가고 그래. 너네는 아직 더 클 가능성이 있어요. 한 10년 정도 엄청 열심히 하다 보면 그래도 가능할 거야. 그러니까 힘내세요, 힘.'

나 역시 본격적으로 녀석들을 케어하는 계기가 됐다고 할 수 있으리라. 이미 한번 교정에 들어가기는 했지만, 스텟의 성장 가능성에 따라 효율이 좋은 스텟에 투자하라고 조언해 준다든지, 가능성이 보이는 능력에 대해 조언해 준다든지, 아니면 보완해야 할 아이템에 대해 서술해 주는 종류의 지원이었다.

계속해서 던전 내부에 있는 상황이었지만, 공략이 끝난 이후에 아이템을 교체하는 녀석들도 있었고, 또 휴식시간 중간

중간, 수련에 힘을 쏟고 있는 녀석들도 있었다.

던전의 규모가 워낙 크다 보니 가능한 일이었다. 행군 시간은 길었고 전투 후에 쉬는 일도 잦았다. 오죽했으면 식량이 떨어지는 상황을 걱정했을까.

하지만 무덤의 내부로 진입하면 진입할수록 점점 더 보스 몬스터가 보이는 곳에 닿았다는 생각이 들기 시작했다.

실제로 앞서 정찰을 나갔었던 궁수가 끝이 얼마 남지 않았다는 말을 전해왔고, 그 결과 분위기가 점점 고조되었다.

"형."

"네?"

"……아무것도 아니에요."

뭔가 할 말이 있는지 라파엘이 자꾸 괜스레 말을 걸며 주저하는 모습을 보였지만, 이 던전행으로 한 계단 더 성큼 성장한 모습이었다.

시간이 조금씩 조금씩 지나고 밤을 지새우는 일이 많아질수록 둘만의 자리를 만들려 노력하는 것 같았지만, 결정적인 말을 해오지는 않았다.

그사이에 던전 보스를 마주칠 수 있었고 그 이름에서 보이듯 녀석의 모습을 확인할 수 있었다.

예상했었던 것처럼 여왕 타입.

-감히 나의 영역에 침범하다니!

상투적인 대사를 날리며 원정대를 위협해 오는 모습에 오금이 저리기는 했지만, 그동안의 원정으로 경험치를 쌓아 올린 녀석들은, 굳이 내 오더가 없이도 제법 훌륭한 모습을 보여주고 있었다.

물론 누군가 완벽하냐고 묻는다면 고개를 젓겠지만, 적어도 얘네들이 보여줄 수 있는 모습 중에서는 최선이라고 할 수 있을 정도였다.

호흡도 잘 맞았고, 개인적으로도 작은 성장을 이루어 냈다. 상정하던 결과 중 최선의 결과가 아닐까.

콰아아아아앙!

"후위, 후위 완벽하게 보호해 주세요. 후위를 보호해야 합니다."

"……."

"기사님은 전위를 봐주지 않으셔도 돼요. 어떻게든 마리엔 님에게 꽉 달라붙어 주세요, 꼭."

"……."

"모습을 놓쳤다고 당황하실 필요 없습니다. 최대한 뭉쳐서 막으면 됩니다. 최대한 뭉쳐서. 마법사님은 보호 마법 상시 대기해 주시고…… 시야에서 놓쳤다고 생각하는 즉시 보호 마법 외워주세요. 그렇지 않으면 당할 겁니다."

-허락받지 못한 인간들아. 나를 잠에서 깨운 죄를 톡톡히 물을 것이니.

거대한 검을 든 여왕이 빠르게 몸을 옮기자, 즉시 보호 마법을 외우는 마법사.

콰드드드득!

요란한 소리가 들려오기는 했지만 커다란 충격이 있을 리 만무했다.

사냥개 이주혁은 처음부터 끝까지 여왕을 뒤를 쫓으며 계속해서 견제하고 있었고 궁수와 암살자는 그런 사냥개를 돕고 있다. 기사는 사제와 마법사에게 절대로 떨어지지 않았고, 라파엘은 이런 이들을 잇는 다리가 되어 전체적인 상황을 조율하고 있는 상황.

너무 지지부진하게 움직이는 것은 아닌가 하는 생각이 잠깐 들었지만 현재 이들이 할 수 있는 최선의 포지션을 잡고 있다는 것에는 그 누구도 이견을 제시하지 못하리라.

조혜진도 유기적인 팀플레이에 조금은 놀랍다는 듯이 입을 벌리고 있지 않은가.

아직 패턴을 다 파악하지도 못했으니, 두고 보자는 심산이 아니다. 이 파티는 이런 종류의 진형이 가장 알맞다고 판단을 내렸다.

이 던전을 공략하고 경험하고, 새로운 아이템을 얻고, 훈련하는 동안, 이게 맞다고 결정을 내린 것이다.

완벽하다고 하기에는 무리가 있지만, 라파엘의 결정이었으니 뭐라고 하기에도 조금 애매했다. 무엇보다 지금보다 더 발전할 것이라는 걸 생각하면 틀림없이 나쁜 선택은 아니다. 라파엘 자신이 가장 잘 싸울 수 있는 위치를 본인이 직접 찾은 셈이었으니까.

세세한 부분을 조정해 주는 것 같아 간단히 지시 사항을 열거하자. 확실히 점점 더 모양새를 갖추어가는 것이 보인다.

'이 코인 된다! 무조건 된다고!'

1회차의 영웅들과 성검 용사의 만남. 하나의 파티로 점점 자리 잡고 있는 녀석들을 보는 건 정말로 기쁜 일이었다.

한 가지 이상한 것이 눈에 띄었던 것은 바로 그때.

'설마…….'

검을 들고 설치는 여왕의 모습에서 언뜻언뜻 김현성의 모습이 비쳤다는 것이 문제였다.

'아니지, 이 새끼들아?'

조금 더 정확히 말하면 저 파티의 모습이었다. 어째서인지는 모르겠지만 마치 김현성을 상대하기 위해 준비하고 있다는 느낌이 든다. 검을 든 여왕을 상대로 연습이라도 하는 것처럼 김현성과의 전투를 시뮬레이션하는 것처럼 느껴진다.

이 새끼들이 며칠 전에 쓸데없는 이야기를 한 부작용인지는 모르겠지만, 녀석들이 김현성을 상대하는 모습이 머릿속으로 천천히 그려진다.

사제에게서 절대로 떨어지지 않는 기사, 모습이 사라진 이후를 대비하기 위해 반드시 보호 마법을 외우고 있는 마법사, 끈질기게 뒤를 따라붙어 자유롭게 움직이는 것을 어떻게든 방해하려는 사냥개, 생매장 듀오의 독이나 허를 찌르는 화살, 그리고 파티를 조율하며 어떻게든 결정타를 먹이려 전황을 살피고 있는 라파엘까지.

'설마…… 아니겠지? 너희 시바, 김현성 레이드 팟 아니지?'

생각해 보면 아까 전 발언 역시 무척이나 신경 쓰이지 않는가. 당연히 장난삼아 물어본 것에 불과하겠지만 지금 생각해 보니 의미심장한 부분이 많다.

'아니야, 시바. 그럴 리가 없어. 소중하게 키운 내 자식들이 그럴 리가 없다고.'

무척 가라앉은 파티의 분위기도 다시금 재조명된다.

그리고 목숨을 건 결사단 같은 표정을 하고 있었던 녀석들의 얼굴도, 심지어 이쪽과 시간을 만들려고 했던 라파엘 역시 신경 쓰인다.

'우리 애들이 그럴 리가 없다니까.'

이미 의심이 점점 차오르고 있었지만 애써 이 의심을 누르고 있는 상황이었다.

확실한 정황과 증거가 없기도 했지만 계속해서 나를 다독이는 이유는 이 코인이 떡락할 리가 없다는 자기 세뇌였다.

'그럴 리가 없습니다. 그럴 리가…… 우리 라파엘 장군님이…….'

시바, 진짜 이거 망하는 거 아니야? 애네들 싹 다 치워 버려야 하는 거 아니야?

'왜 우리 애들을 치우려고 하고 그래요?'

점점 어지러워지는 것도 무리가 아니리라. 이대로 이 코인을 놓아버리기에는 투자한 것이 너무나도 많았던 탓이다.

'그래, 아직 결정된 것도 아닌데. 뭐…… 내가 너무 과민 반응한 거겠지. 너희 김현성 레이드 팟 아니니까. 아닐 거야. 설

마 그럴 리가 없어. 응, 아니야.'

김현성의 고백을 받았던 그 순간부터 자식 키우는 마음가짐으로 지원을 쏟아낸 우리 1회차의 영웅들. 물론 녀석들은 일부였지만 쓸 만한 놈들이 많은 만큼 신경 쓰일 수밖에 없었다.

'우리 파엘이……'

성검 코인을 끝까지 붙들고 있었던 이유.

제대로 키워보자고 다짐했고, 실제로도 그래왔던 만큼 가슴이 저릿저릿하다. 고액 과외도 붙여주지 않았던가. 녀석의 교육을 위해 희라 누나에게 로비하며 아양을 떨었던 나날들이 스쳐 지나간다.

'아니야.'

라파엘이 내게 보내는 미소와 눈물은 거짓을 읽은 적이 없다. 애초에 이쪽을 적대시할 거였다면 기회는 많았을 것이다.

'우리 현성이가 뭘 잘못했다고 얘네가 이러겠어.'

때마침 라파엘이 던전 보스에게 일격을 날리는 모습이 전해져 온다. 내가 이 정도로 성장했다고, 이제부터 효도하겠다고, 이제는 고생 끝이라고, 우리 힘든 시절 전부 끝났다고 외치는 것만 같은 효자의 눈빛. 녀석의 눈빛을 본 순간 저도 모르게 고개가 끄덕여질 정도였다.

쓸데없는 오해는 이 시점에서 끝.

"형."

나를 부르는 목소리와 함께 기분 좋게 뛰어오는 녀석을 맞으려 함박웃음을 지으며 천천히 걸어 나가자 입술을 꽉 깨문 라파엘의 얼굴이 눈에 보였다.

"죄······."

그 말이 끝나기도 전에 어둠 속에서 튀어나온 박리안이 쌍 칼을 휘둘러 놈의 목을 노리는 것이 시야에 비쳤다.

"송해요, 형."

'죽이면 안 돼, 시바.'

뭔가 좋지 않은 기운을 감지한 것은 박수를 보낼 만했지만, 이야기도 듣지 않고 곧바로 죽일 것처럼 검을 날리는 모습은 가관. 그만큼 라파엘이 만만치 않게 성장했다는 걸 보여주는 것 같았다.

박리안의 표정에는 여유가 없고, 라파엘의 표정은 여유롭다. 목이 달아날 것 같은 상황임에도 불구하고 놈의 표정은 무척이나 여유롭다.

저번 박리안과 부딪쳤을 때 분명히 땅바닥에 처박혔던 것은 라파엘이었지만, 이번에 바닥에 처박혀 있는 것은 박리안.

콰드드득!

'내가 쌍검 찍지 말라고 했지.'

심지어 놈의 옆에서 창을 날려오는 조혜진의 공격에도 반응하지 않는다.

창이 녀석의 목에 닿기 직전, 움직임을 멈춘 채 나를 바라보는 조혜진의 얼굴이 시야에 비쳤다.

그녀가 바라보고 있는 것은 내 목에 성검을 겨누고 있는 라파엘. 녀석은 8장의 회색 날개를 활짝 편 채로 멍한 표정의 조혜진을 향해 입을 열었다.

"두 분 다 죽이지 않겠습니다."

"당신……."

"김현성을 불러오세요. 정확히 일주일 후에. '혼자 이곳으로 오지 않는다면 이 사람을 죽일 겁니다'라고 전해주시면 됩니다."

"……."

"일주일 후에, 혼자, 이곳으로 와야 합니다. 제 말 똑똑히 전해주세요. 조혜진 님."

무거운 침묵이 가라앉은 장내.

'너, 왜 시바…… 자살하려고 그래, 이 새끼야…….'

성검 코인 떡락이 확정된 순간이었다.

자식에게 배신당한 부모의 심정이 이러할까. 올라갈 거라고 굳게 믿고 있었던 종목이 상장폐지가 됐다는 소식을 접한 것 같은 느낌이었다.

장내가 무척 혼란스러웠지만 내 속만큼 혼란스러울까. 여러 가지로 똥줄이 탈 수밖에 없었다.

'이거 수습 가능한 거지?'

완전히 떡락해 버린 코인을 도저히 손에서 놓을 수 없다. 언제까지 존버해야 하는 건지 감조차 잡히지 않았다.

사실 나 자신이 위험한 상황이라고 생각지는 않는다. 목에 날붙이가 맞닿아 있기는 했지만, 라파엘이 내 몸에 해를 끼치려는 게 아니라는 건 대충 알 수 있었으니까. 나에게 죄송하다고 말한 것도 그랬고, 묘하게 이쪽을 배려하고 있다는 느낌도 들었다.

혹여 다리가 풀려서 쓰러지지 않을까 몸으로 나를 지탱하는 게 느껴진다. 납치범이 인질을 배려하고 있다는 사실이 웃기기는 했지만, 애초 녀석이 노리는 것은 이쪽이 아니다. 최소한 라파엘은 나를 적대시하고 있지 않다.

우리가 함께했던 그 시간들, 그 추억들, 그 따뜻했던 나날들.

'시바……'

최소한 그건 거짓이 아니었다.

녀석이 적대하는 것은 어디까지나 김현성. 어째서 녀석이 김현성을 적대시하는지는 조금 더 알아봐야겠지만, 묘한 오해를 하고 있다는 것 하나만큼은 확실했다.

이 오해를 풀 수 있다면 녀석을 되돌릴 수 있지 않을까. 다시 한번 우리의 소중했던 추억을 되찾을 수 있지 않을까.

'내 주식…… 소중한 내 추억.'

곧바로 터질 것만 같은 폭탄이 되어버린 장내에서 가장 먼저 눈에 띄는 것은 아연실색한 표정을 짓고 있는 조혜진.

그녀 역시 나와 별다를 바 없어 보였다. 현재 상황을 어떻게 받아들여야 할지, 이 문제를 어떻게 해결해야 할지 고민하는 것처럼 보인다.

애랑 제법 오랜 시간을 보냈지만, 저런 얼굴은 처음 본다.

'아니지.'

정확히 말하면 처음 보는 것은 아니지. 그녀가 천인공노할 가면 쓰레기에게 죽었을 때도 저런 표정을 지었으니까.

김현성을 대신해 희생했을 때에도 저런 얼굴을 하지 않았던가. 그때와 지금은 상황이 다르지만, 마음을 굳게 먹었다는 것은 같다.

말이 잘 나오지 않는지 입을 뻐끔거리는 모습.

이내 천천히 입을 여는 모습이 시야에 비쳤다. 계속해서 들고 있던 창을 땅바닥에 천천히 내리고 두 팔을 위쪽으로 든 채로 말이다.

"부길드 마스터를 놓아주세요. 인질이 필요하신 거라면 저로도 충분할 겁니다."

'아니, 아무리 그래도 무기를 버리면 어떻게 해.'

심지어 창을 발로 툭 밀어 자신과 떨어뜨리는 모습. 전투 의지가 없다는 걸 표현하는 것 같았지만 어리석은 행동이라는 건 그 누구도 부정할 수 없을 것이다.

물론 라파엘이 이곳에 있는 이들에게 따로 물리력을 행사하지 않겠다는 것을 확인받은 상황이었지만 그 말이 구라일지 누가 알겠는가.

'얘가 너랑 나 둘 다 죽일지 어떻게 알고. 왜 이렇게 사람이 의심이 없어.'

"아니요, 제게 필요한 것은 당신이 아니라 이 사람입니다. 조혜진, 당신은 인질로서의 가치가 없어요. 두 번 말하지 않겠습니다. 어서 돌아가서 제 말을 전하세요."

"원하는 게 있으시다면……."

"원하는 건 이미 한참 전에 말씀드렸습니다. 더 이상 제 인내심을 시험하지 마세요."

"하지만……."

"제 인내심을 시험하지 말라고 말씀드렸습니다."

목 근처에 서늘한 게 닿는 감각은 반갑지 않다.

한 가지 확실한 것은 어떻게든 이 사태를 진정시켜야 한다는 것.

"이러실 필요……."

하지만 목소리가 새어 나오지 않는다.

'개 시바…….'

조혜진의 시선을 의식했는지, 날붙이가 연약한 피부를 파고드는 것이 느껴졌기 때문이다.

'너, 진짜 왜 그래. 형 목에 상처 남기려고?'

박리안은 아직까지 바닥에 얼굴을 맞닿은 채 제압당해 있었고, 어느새 다가온 사냥개 이주혁이 그녀의 목에 검을 가져다 댔다. 얼굴에는 분하다는 표정이 한껏 드러나 있었지만, 그녀 역시 움직일 수 있는 상황이 아니다.

무엇보다 8개의 날개를 펼치고 있는 라파엘은…….

'강해.'

아마 완전히 성검의 선택을 받았다고 말해도 상관없으리라. 단순히 스펙상으로는 조혜진보다 강하다.

물론 경험의 차이를 비롯한 여러 가지 차이가 녀석의 발목을 잡겠지만, 준신화 등급에 근접할 정도의 힘을 이어받은 녀석은 강했다. 파티원들과 함께 박리안, 조혜진을 상대한다고 가정했을 시, 승산은 저쪽에 있다는 거다.

조혜진도 그걸 알았을지 모른다. 어쩌면 나와 같은 결론에 도달했을 수도 있겠지.

'정말로 해를 끼칠 생각은 없어. 무언가 원하는 게 있는 거야.' 라고.

조혜진의 머리가 팽팽히 돌아가는 것이 보였지만, 마음 급한 라파엘이 이 사태를 가만히 지켜볼 리 만무하다.

뭐라도 해보는 게 좋지 않을까 살짝 표정을 찡그리자, 곧바로 반응하는 녀석을 확인할 수 있었다.

"혀, 형."

무척 당황하는 모습, 납치범이 보여줄 수 있는 얼굴이 아니다. 잠깐 긴가민가했지만 역시나 라파엘은 나를 걱정하고 있다.

'그래, 우리 추억 아직 잊지 않았잖아, 그렇지?'

"형! 괜찮아요? 형! 어, 어!"

온몸에 힘을 다 빼고 연기에 몸을 싣는다. 혼을 담아 최대한 머리가 아프다는 모션을 취하자, 곧바로 조혜진이 입을 열어오는 모습이 눈에 보인다.

"안정을 취해야 합니다."

"어, 어…… 아…….”

"부길드 마스터를 내려놓으세요. 스트레스를 받으시면 발작을……."

"어? 어, 아…….”

"어서 빨리 내려…….”

"가, 가까이 오지 마! 제길! 가까이 오지 말라고!"

예상하지 못한 상황이 터져 깜짝 놀랐는지 눈에서는 닭똥 같은 눈물을 뚝뚝 떨어뜨리는 중. 이 타이밍에 발작을 일으킬 거라고는 생각하지 못한 것 같았다. 조혜진의 말에 나를 바닥에 내려놓아야 할지, 아니면 계속해서 꽉 붙들고 있어야 할지, 판단을 내리지 못하는 것 같았다.

마치 어린아이가 장난감을 빼앗기기 싫은 것처럼 이쪽을 꽉 껴안는 것이 느껴졌다. 눈에는 얼핏 광기마저 느껴져 실수한 것은 아닌지 의심이 되는 상황.

"빨리 안정을 취해야 합니다."

초조해 보이기는 박리안과 조혜진 역시 마찬가지. 이런 극한 상황에 터진 갑작스러운 발작이 연기라는 걸 알 법도 하건만, 그녀에게 그 정도의 눈치는 없었던 모양이다. 그 와중에 라파엘의 가까이 오지 말라는 말에 반응한 그녀도 참 그녀답지 않은가.

"빨리 내려놓으세요! 편하게 숨을 쉴 수 있게……."

"가까이, 가까이 오지 말라고! 내가, 내가 알아서 할 수 있어. 내가 알아서 할 수 있다고."

"당신……."

"지금 빨리 가세요. 지금 빨리 가라고. 빨리 가서, 김현성한테 전해. 아까 내가 말한 대로…… 똑바로 전하라고. 당신이 할 일은 그거야. 그게 형을 위한 길이니까. 내가 한 말만 전해. 형은 내가 지킬 거야. 내가 지킬 거라고."

"……."

"빨리…… 빨리!"

'역효과, 시바, 역효과.'

더 이상 라파엘을 자극하면 안 된다는 사실을 깨달았는지, 조혜진이 고개를 끄덕였다. 고통스러워하는 내 얼굴을 두고 발길이 떨어지지 않는지 입술을 꽉 깨문 모습은 가관.

"약속은 지킬 거라고 믿겠습니다."

그 뒤로 조혜진의 모습을 볼 수가 없었다.

곧바로 달려 나가는 모습을 확인했는지, 라파엘이 나를 든 채로 몸을 돌렸기 때문이다.

순식간에 시야가 변하는 게 느껴졌지만 뭐라고 반응할 수 있을 리 없다. 일단은 계속해서 고통스럽다는 모션을 취하자 울먹이는 목소리로 말을 잇는 것이 들려왔다.

"형…… 형……."

"……."

"형…… 괜찮으시죠? 괜찮으신 거 맞죠? 그렇죠?"

무척이나 빠른 속도로 어딘가로 이동하고 있다는 느낌이 든다.

문을 여는 소리가 몇 번이나 들린 후 등 뒤로 푹신푹신한 감각이 느껴지기 시작했다. 아마 침대 비슷한 곳에 나를 내려놓은 것이 아닐까.

"괜찮으신 거죠? 괜찮으실 거예요. 제가…… 제가 치료해 드릴 수 있어요."

"아, 하아, 하아⋯⋯."

"제가 해결해 드릴 수 있어요."

연신 거친 숨을 몰아쉬며 괴롭다는 듯이, 아파 뒈지겠다는 듯이 눈을 치켜뜨자 황급히 외투를 벗기는 모습이 눈에 들어왔다. 최대한 숨을 편하게 쉴 수 있게 해줘야 한다는 조혜진의 말을 기억하는 것이 분명하리라.

그제야 힐끔거리며 이 방을 둘러 볼 수 있었다.

무척이나 넓은 방 안, 이 던전에 이런 곳이 있을 거라고는 생각하지 못했지만 지금 있는 위치가 어떤 곳인지는 대충 감이 잡힌다. 여왕의 무덤이라는 던전 이름이 말해주는 것처럼 여왕이 사용하던 방은 아닐까. 계속해서 잠만 자고 있었던 이 던전의 던전 보스가 이 방을 사용했을지는 모르겠지만, 확실히 넓고 고급지다는 느낌이다.

그 와중에 계속해서 숨을 헐떡이자 라파엘이 발을 동동 굴렀다. 당연하지만 창백해진 안색이었다. 뭘 어떻게 해야 할지 몰라 다급해 보인다. 어떻게 대처해야 할지 제대로 판단하지 못하는 모습. 때마침 기적의 사제가 등장한 게 놈에게는 다행처럼 느껴지지 않을까.

"형은, 형은 괜찮은 건가요? 형은⋯⋯."

"잠깐 살펴볼게요, 잠깐만."

"어떻게 하지. 어떻게⋯⋯ 어떻게 하면 좋지? 빨리 봐주세요. 빨리⋯⋯."

"일, 일단 진정하세요. 저도 이런 경험은 처음이라⋯⋯ 일시적인 발작이라고 했으니 아마 가라앉으실 거예요. 분명히……."

"하아, 하아, 허억……."

당연하지만 제대로 된 원인을 찾지 못하자, 그녀 역시 당황하고 있다. 계속해서 신성력을 밀어 넣고는 있었지만, 차도가 있을 리 있겠는가.

수면 마법을 사용해야 한다. 아니면 수면제 비슷한 뭐라도 먹여야 한다는 여론이 형성되는 가운데 이쪽 역시 생각에 잠기기 시작했다.

당연하지만 이후 일어날 상황에 관한 이야기였다.

'시바, 이거 어떻게 하지. 이거 큰일 나는 거 아닌가. 진짜 어떻게 하지.'

기왕이면 이대로 린델로 데려다줬으면 좋겠다.

형이 너무 괴로워하니 어쩔 수 없다고 생각하는 게 가장 이상적이겠지만 그렇게 쉽게 될 것 같지 않다는 게 문제. 이미 마음을 굳게 먹은 것처럼 보이니 무슨 말이 더 필요할까.

라파엘은 현재 양보할 생각이 없다. 아까 전 조혜진에게 가까이 오지 말라고 말했던 시점에 이미 답은 나왔다. 도대체 어째서 이러는지 모르겠지만, 해를 끼치려 한다기보다는 보호하려는 것 같지 않은가.

물론 누구에게서 나를 보호하려고 하는지도 알 수 있을 것 같다. 이전까지 있었던 행동으로 유추해 보면…….

'도대체 왜…….'

김현성으로부터 보호하려고 했다고 하는 것이 맞을 것 같았다. 일이 어디서부터 어떻게 꼬였는지 보이지는 않았지만…….

'오해를 풀 시간은 있어.'

김현성이 이곳에 도착하는 것은 정확히 일주일 후니까.

성검 용사 파티에게는 재정비하고 지금까지 소모한 체력을 회복하는 시간이 되겠지만, 내 입장에서는 녀석들을 말릴 수 있는 마지막 기회이리라. 조금 더 정확히 말하면 녀석들을 살릴 기회.

때마침 마법사마저 이쪽에 들어왔다. 계속해서 진정되지 않자 마지막 수단인 수면 마법이라도 걸려고 하는 것이 분명하다.

머리를 쥐어뜯는 내 양팔을 꽉 잡은 라파엘과 계속해서 신성력을 쏟아내고 있는 기적의 사제 마리엔, 그리고 허겁지겁 주문을 외우기 시작하는 마법사까지. 정말로 잠에 빠지면 안 되는 상황이었기 때문에 숨을 천천히 고르자, 곧바로 주문을 캔슬하는 것이 느껴졌다. 인위적으로 재우는 것보다는 편하게 쉴 수 있게 해주는 게 좋을 거라고 판단한 거겠지.

연신 '엿 됐다'라는 생각을 곱씹으면서도 걱정된 것은 역시나 우리 사랑스러운 회귀자.

'얘, 어떻게 하지?'

당연하지만 하얀이 역시 신경 쓰인다.

물론 조혜진의 성격상 길드원들이 모르게 일을 처리할 것 같기는 했지만, 일주일 후에 혼자 이곳으로 도착할 김현성이 어떤 반응을 보일지…… 알 수가 없다.

'아니야.'

라파엘이 나를 해치지 않을 거라는 건 조혜진이 대충 알고 있을 테니까…… 그것까지 전한다고 가정하면…….

'그렇게 화나지는 않았을 거야. 그렇지? 내 생각이 맞지?'

최대한 이성적으로 이 상황을 풀어나가려 할 것이다.

분명히…… 분명히 유혈 사태는 일어나지 않을 것이다.

187장
일주일

'이거 일부러 늦게 오고 있는 건 아니겠지.'

"미치겠네, 정말. 안 그래도 바쁜데, 자기만 꿀 빨고 있겠다? 하, 참⋯⋯."

슬그머니 고개를 돌리자 산처럼 쌓인 서류 더미와 피로 회복제들이 시야에 비쳤다. 자신도 모르게 한숨이 나오는 것도 이상한 상황은 아니다.

아무리 유능한 행정 요원들이 즐비해 있다고 해도, 보안을 유지해 처리해야 할 사안이 많은 만큼, 그 인간의 공백이 느껴질 수밖에 없었다.

5현장 쪽으로 출발해야 하는 촉매들과 재료들을 보내는 것부터가 문제, 보안 유지를 위해 유통 과정을 숨기다 보니 처리할 사안이 한둘이 아니었다.

어디 그것뿐이랴. 기존에 이기영이 맡고 있던 업무를 처리하는 것까지, 과장 하나 보태지 않고 일이 2배로 늘어난 것만 같았다. 아니, 정확히 말하면 2.5배 정도 늘어난 것 같다.

'오늘도 밤새야 되겠네.'

"제기랄, 두고 봐. 이건 보상받을 거야. 무조건 보상받을 거라고."

뭘 요구해야 적절할지 리스트를 적고 싶은 심정.

하지만 지금은 그럴 시간조차 없다. 이번에는 길어질 거라고 듣기는 했지만, 생각보다 더 길어지고 있었으니까.

여신의 손거울이 갑작스럽게 울린 것은 바로 그때였다.

-언니, 잠깐 와보셔야 할 것 같은데요? 최대한 빨리요. 급한 일이에요.

"뭐야, 연수?"

-정말로 급한 일이에요. 좌표 보내놨으니까. 그리폰 타고 오시는 게 좋을 것 같아요. 빨리, 아무한테도 알리지 말고요. 장난치는 게 아니에요. 아마 오시면 저한테 감사하게 될 걸요.

"뭔데?"

-직접 와서 보셔야 할 것 같아요.

검은 백조에서 일하던 시절부터 무척 가깝게 지냈던 동생, 하연수. 요즘도 매일 연락을 주고받고 있었기에 메시지 자체가 이상하게 느껴지지는 않았다.

하지만 그것과는 별개로 점점 찝찝해지기 시작했다. 평소에는 사용하지 않는 비상 연락망이 울렸다는 것이 바로 그 원인이라 할 수 있으리라.

이 연락망이 울렸다는 건 사건이 터졌다는 것과 진배없다. 안 그래도 바쁜 상황에 또 하나의 일이 터진 것이다.

손거울에 찍힌 좌표는 린델에서 멀리 떨어지지 않은 숲.

-지금 바로 오셔야 해요. 정말로 급한 일이니까.

"알았다고, 알았어. 제기랄. 린델에서 만나면 되겠네."

-아니요. 린델로는 못 들어가요. 메시지로 연락드리기도 조금 찝찝한 사안이고요.

'얘가 혹시 나 담그려고 설계 치고 있는 거 아니야?'

의심이 생기기는 한다. 이미 내 사람이라고 생각했지만, 본래 인간관계라는 게 별것 아닌 이익 앞에서도 쉽게 무너지는 법 아니겠는가.

'아니야, 그 정도로 멍청하지는 않지.'

조금 고민하기는 했지만 가능성 자체는 완전히 아웃, 자신이 가지는 파급력을 알 텐데 그런 무모할 짓거리를 할 리가 없다. 성격상 의심이 많다 보니 호위는 평소보다 많이 데려가겠지만…….

'언니는 너를 믿어, 연수야. 그렇지? 우리 사이 여기서 끝낼 정도는 아니었잖아.'

곧바로 발걸음을 옮길 수밖에 없었다.

문을 박차고 나가자. 익숙한 얼굴들이 시야에 비쳤다.

"언니, 나가시려고요?"

"응, 그리폰 대기시켜 놔. 지금 나갈 테니까."

"어디로 가세요? 혹시 위원장님 마중 나가시는 거면, 평소대로 준비할까요?"

"아냐, 그런 거 아니니까. 걸칠 것 하나만 마련해 주면 돼. 따로 준비 안 해도 되고. 애들 지금 쉬는 중이지?"

"네."

"쓸 만한 애들 3명, 입 무거운 애들로."

"네."

"아, 그리고 비밀리에 나가는 거니까. 투명 마법 사용 가능한 마법사도 하나."

"네, 준비해 놓을게요."

이륙장으로 천천히 걸어가는 중에도 머릿속에서는 계속해서 복잡한 생각이 일었다.

물론 대단한 생각은 아니다. '도대체 무슨 일이 터진 건지, 오늘은 밤새는 게 완전히 확정됐구나' 하는 수준의 생각.

하지만 하연수가 찍은 좌표에 실제로 도달한 순간, 저도 모르게 쌍욕을 내뱉을 수밖에 없었다.

시야에 비친 것은 최근에 자주 마주쳤던 얼굴이었다. 자신과 잘 맞지 않은 것 같아 크게 왕래가 없었지만, 최근에 어쩔수 없이 자주 마주쳤던 인물. 그 인간쓰레기가 기억상실 기믹을 밀어붙이면서 얼굴을 익혔던 여자였다. 명실상부 파란의 삼인자이자, 길드 마스터 김현성의 신임을 받고 있는 실력자.

이유를 알 수 없지만, 평소에 단정했던 모습은 온데간데없다. 머리는 풀어 헤쳐져 있었고, 길바닥에서 한바탕 뒹군 것 같은 모습이 눈에 띈다. 마력은 완전히 바닥나 있는 상태였고, 체력마저 바닥나 있다.

정신을 잃은 모습을 보니 문제가 생기긴 한 모양, 괜스레 이마를 턱하고 짚을 수밖에 없었다. 가장 최악이라고 생각한 것 중 하나가 현실이 됐다. 던전에서 무언가 일이 터진 것이다. 입술을 꽉 깨물어 봤지만 눈앞에 보이는 광경에는 변함이 없다.

약하게 한숨을 내뱉었을 때 다시 한번 목소리가 들려왔다.

"제 말이 맞죠? 저한테 감사할 거라고 했잖아요."

"어떻게 된 거야? 아니, 언제 발견한 거야. 흔적 읽어봤어?"

"네, 안 그래도 물어보실 것 같아서, 대충…… 아직 정확하지는 않지만 던전에서부터 계속해서 뛰어온 거라고 결론을 내렸어요."

"여왕의 무덤이지? 거리가 꽤 될 텐데, 뛰어올 수 있는 거리가 아니잖아."

"그러니까 이 정도 되는 모험가가 체력이고 나발이고 싹 다 털렸죠. 연락책도 없고, 창도, 가방도 가지고 있지 않았네요. 도망친 것 같지는 않고. 목적지가 린델인 걸 보면 뭔가 알리려고 했을 가능성이 커요. 던전 공략 실패는 아닌 것 같고, 안에서 문제가 있었다고 추측돼요. 아, 참고로 이렇게 정신을 잃은 원인은 체력과 마력이 떨어진 상태에서 저기 보이는 곳에서 굴러떨어진 거고요. 차라리 그게 이 여자한테는 잘된 일일 수도 있겠네요."

"왜."

"왜긴 왜겠어요. 이 상태로 린델까지 뛰어갔으면 죽었을지도 몰라요. 심지어 기어가려다가 정신을 잃은 것 같은데…… 행운이었죠, 뭐."

"너희가 최초 목격자야?"

"아니요."

"최초 목격자들은…… 그냥 린델로 들어가게 내버려 뒀어?"

"일단 입은 막아뒀어요."

"걔네 확실하게 처리하고, 얘 좀 깨워봐."

"언니는…… 수고했다는 말도 안 해줘요?"

"그럴 리가 있나. 이리 와봐, 연수야. 꼭 껴안아줄 테니까. 정말로 큰일 한 거야. 네가 린델을 구한 거라고."

"저한테 빚 하나 진 거예요. 잊지 마세요."

"이자까지 쳐줄 테니까 걱정 안 해도 돼. 피로 회복 포션 먹이고, 나머지는 전부 나가 있어. 연수, 너…… 아니다. 너는 남아 있어도 되겠네."

"네, 아, 슬슬 일어날 거예요."

천천히 다가가 봤지만 일어날 기미가 보이지 않는다.

생각보다 고운 얼굴이라고 생각하며 저도 모르게 뺨을 툭툭 건드린 순간, 번쩍 눈을 뜨는 모습이 보였다.

아차 하는 생각이 들었을 때는 이미 몸의 균형이 무너진 뒤, 왼손으로는 자신의 소매를 잡아당기고 오른손으로는 나뭇가지를 쥐고 있다.

당연하지만 몸은 반응하지 못한다. 자신의 목을 향해 내리

꽂혀오는 날카로운 나뭇가지를 볼 수 있었던 이유는 어디까지
나 옆에 있던 하연수가 그녀의 팔목을 잡고 있었기 때문이다.

"죽, 죽을 뻔했네."

"위험했네요, 언니."

"뭐야, 아직 깨어난 거 아니야?"

"슬슬 일어날 거예요. 방금 전은 몸이 기억하고 있는 반사적
인 행동 같아 보이는데, 소문 그대로네요. 나중에 식사나 같이
하자고 해봐야지."

"아, 으……."

"저기요, 저 기억나요?"

"누구…… 여기는……."

"저 대륙 보호 관리 위원회의 이지혜예요. 당신에 부길드 마
스터랑 그렇고 그런 사이. 우리 얼굴 본 적 있죠? 같이 일도 몇
번 했었고. 연수야, 물 좀 뿌려봐."

"……."

"저 알아볼 수 있겠어요? 그러니까, 그만 좀 잡아당겨요. 소
매 다 뜯어지겠네."

"부…… 길드 마스터…… 납치, 라파엘……."

'엿 됐네.'

3가지의 키워드가 귓가에 들어온 순간 일이 어떻게 됐는지 곧
바로 이해된다. 대충 비슷한 상황일 거라고 생각은 했지만…….

'왜 걔가 오빠를 납치해?'

의문이 생겨났다.

"일주일…… 후에…… 길드 마스터…… 던전으로…… 혼자…… 전해 드려야……."

"네?"

"전해 드려야……."

'아니, 미친…… 이게 무슨 정신 나간 인질극이야.'

이해할 수 없는 일이 일어나고 있었다.

혹시 하는 생각에 잠깐이나마 심장이 덜컹거렸지만, 이상하게도 걱정이 되지 않는다. 그 둠기영 사태 역시 거짓부렁이었으니 오죽할까.

잠시 찝찝한 생각이 머릿속에 감돌았지만, 적어도 목숨이 위험한 상황은 아닌 것 같았다. 만약 정말로 그런 상황이었다면 대륙을 버리는 선택을 해서라도 그 상황에서 빠져나갔으리라. 아무 일 없다는 듯이 평온한 대륙이 이기영이 안전하다는 증거가 아닐까.

문제는 이 상황을 어떻게 헤쳐 나가야 하냐는 것이다.

'라파엘…… 라파엘.'

"언니, 이거 난리 나는 거 아니에요?"

"호들갑 떨 필요 없어. 최대한 조용하게 해결할 거야. 조용하게."

"왜요, 혼, 혼란스러워질까 봐 그런 거예요? 확실히 위원장님이 납치됐다는 소리가 나오면……."

'아냐, 그것 때문이 아니야.'

물론 그것 역시 걱정되기는 한다. 언론에서는 앞다투어 위원장의 납치 소식을 전할 것이고 또 한 번 대륙은 통탄에 빠져 기도회를 드리지 않을까.

바젤 추기경은 당장 신성기사단을 파견하겠다고 고래고래 소리를 지르고 교국의 지도자 오스칼 역시 국가적 위기를 선포할 것이 분명하리라. 역병 드래곤은 또 한 번 크라라라 하며 울부짖겠지. 원활하게 잘 돌아가던 시스템이 정전이 난 것처럼 일순간 멈추는 것도 이미 정해진 이야기.

군이 보지 않아도 예상이 간다. 지금까지 그래 왔으니까.

하지만 가장 걱정되는 것은 역시나 파란 길드의 반응. 그중에서도 항상 미친 짓을 해왔던 미친년이 걱정될 수밖에 없었다.

'정하얀…… 걔가 알면 안 돼, 절대로.'

만약 오빠가 납치됐다는 소리를 듣는다면 일반인으로서는 상상도 할 수 없는 미친 짓을 저지를지도 모른다.

그 누구보다 이기영이 그런 상황을 바라지 않으리라. 지금까지 해온 화려한 전적만 둘러봐도 대충 각이 나오지 않는가.

"지금 곧바로 파란 길드로 향할 거야. 이 여자한테 정확히 어떤 상황인지 물어보고, 문자 보내봐."

"어, 어떻게 하시게요."

"뭘 어떻게 해. 김현성한테 알려야지."

"괜찮을까요?"

"아마도. 무조건 설득해야지. 생각보다 이성적인 사람이야. 일단 그놈들이 원하는 건 김현성이니까. 죽이 되든, 밥이 되든 파란 길드 마스터에게 알리기는 해야 돼. 이후의 대응책은 같이 생각해 보면 돼. 필요할 경우 협상할 수도 있고. 원하는 게 있는 모양인데…… 이야기를 한번 해줘야지."

오늘 참 많이도 돌아다닌다고 생각하며 발걸음을 옮기자, 얼마 지나지 않아 파란 길드에 도착할 수 있었다.

중간에 연수가 보낸 문자를 통해 정확히 어떤 일이 터진 건지 자세히 확인하고, 마치 프레젠테이션에 들어가기 직전처럼 김현성을 구슬릴 말들을 생각해 놓는다.

조금 불안한 감도 있었지만, 자신감은 있다. 정하얀이라면 몰라도 적어도 얘는 말이 통하기는 하니까.

문을 두드리고 곧바로 안쪽으로 들어가자 여전히 차가워 보이는 얼굴이 눈에 비친다. 자세히는 알 수 없지만 조금은 저기압인 것 같은 느낌.

마침 기분이 좋지 않을 때 찾아왔다며 한숨을 내쉬고, 대뜸 본론부터 입을 열었을 때였다.

"오랜만이네요, 파란 길드 마스터."

"용건이 뭡니까."

"어떻게 말씀드려야 할지…… 모르겠는데…… 본론부터 말씀드릴게요. 아무래도 기영 씨가 납치당한 것 같아요."

"……."

"검은 백조에서, 던전에서 나와 린델로 향하던 조혜진 씨를 확보했어요. 던전 안에서 기영 씨가 라파엘 파티에게 납치…… 를 그리고…… 원하는 건 아마…… 일주일 후에……."

"……."

"오지 않는다면…… 오, 오빠를…… 죽이겠다고…… 그러니까, 일주일 후에…… 파란 길드 마스터가…… 던전으로……."

'뭐야……'

자신이 멍청해진 것이 아니다. 저도 모르게 턱이 덜덜 떨려오고, 다리가 풀려온다. 풀썩 주저앉고 싶은 심정을 최대한 억누르고 있는 상황. 정신은 멀쩡하지만, 몸이 말을 듣지 않는다. 온몸에서는 소름이 돋아나고 숨을 쉬기가 쉽지가 않다.

'미친, 시발…… 미친, 뭐야. 이게 뭐야.'

최대한 자신의 감정을 억누르고 있는데도 저 모양, 일반인에 가까운 자신이 바라보기에도 살의가 몸을 삐져나오고 있는 것이 느껴진다.

'아, 이거 큰일 났다. 망했다, 망했네.'

애초에 협상에 여지는 없었다. 딱딱하게 굳은 것으로 모자라 김현성의 얼굴을 목도한 순간 그 사실을 깨달을 수밖에 없었다.

천천히 방문을 나가는 모습은 뭐라고 형용하기 힘들 정도다. 팔이라도 붙잡고 대책을 논의해야 하지 않겠냐고 물어보고 싶었지만 이건 이미 내 손을 떠난 일이다.

"일이나 하러 가자…… 지들 일이니 지들끼리 알아서 해결하겠지."

하루에 두 번이나 죽을 뻔한 것도 흔치 않은 일 아니던가. 일진이 좋지 않으니, 방으로 들어가 끝마치지 못한 일이나 하고 있는 게 좋지 않을까.

어차피 지금쯤 이기영도…….

'고기나 뜯고 있겠지, 뭐.'

100% 확신할 수 있었다.

"입에서 살살 녹네…….'

'누가 요리한 거지.'

"왜 이렇게 살살 녹는 거야. 이거 왜 이렇게 맛있어?"

그 말 그대로였다. 한입 더 먹고 싶었지만, 자존심이 허락하지 않는다는 것이 문제. 애초에 이걸 다 먹을 수 있을 리가 없지 않은가.

코끝을 찌르는 향긋한 냄새에 낚여 손대기는 했다만, 이걸 전부 해치운다는 건 현재 이 상황을 괜찮다고 받아들이는 것과 진배없다.

물론 배가 고프기는 하다. 아무리 내 입이 짧다고는 하지만 던전에 들어온 뒤로 제대로 된 식사를 하지 못했으니까. 심지어 예상했던 것보다 던전이 넓었기 때문에 공략 마지막에 와서는 풀죽 같은 것밖에 먹지 못했다.

'이런 건 또 어디 숨겨놓은 거야?'

처음부터 계획적이었다고 해야 설명이 된다. 예상은 했지만, 호화로운 만찬을 보자 더욱더 내 생각에 확신하게 된다.

'가방 적재 용량에 한계가 있을 텐데, 지들 먹을 건 있나 몰라.'

쓸데없는 걱정을 하게 될 정도의 만찬, 물론 만찬이라고 하기에는 다소 소박했지만 던전 안에서 이 정도면 감지덕지다. 초창기 파란 길드가 던전을 다닐 때보다 퀄리티가 좋지 않은가.

안타까운 것은 이 모든 음식을 버려야 한다는 것.

이기영은 최대한 이 상황을 받아들이지 못한다는 걸 표현해야만 했다. 그래야 이 새끼를 설득할 여지가 있을 테니까.

처음부터 이러는 이유가 뭐냐고 열변을 토하는 것보다 일단은 입을 꾹 닫고 있는 게 효과가 더 좋게 느껴질 것이다. 상대방을 먼저 초조하게 만드는 것은 협상에서 꼭 필요한 자세가 아니었던가.

때마침 인기척이 느껴졌다. 커다란 방문을 똑똑 두드리는 소리가 들려온다.

누구일지는 안 봐도 뻔했다.

"들어갈게요, 형."

"……."

"식사는 좀 하셨나요."

아무 말 없이 테이블 위에 손을 올려 팔을 휘두르자 와장창하는 소리와 함께 먹기 좋은 음식들이 땅바닥으로 떨어져 내렸다. 녀석이 입술을 꽉 깨문 것은 당연한 일이다.

나는 네가 준 음식은 절대로 입에 대지 않을 거라는 눈빛을 한 번 쏘아 보내는 적대적인 반응을 보여준다.

아무 말도 하지 않고, 굳은 라파엘의 얼굴을 보니, 이 정도로 냉담한 반응을 보일지는 몰랐던 모양. 시간이 지나면 조금 풀어질 거라고 생각했겠지만, 상처받은 이기영의 마음을 풀기 힘들다는 건 우리 모두가 아는 사실이었다.

"입에 잘 맞지 않으셨던 모양이네요."

'아냐, 입에는 잘 맞았어. 정말로 잘 맞았다고. 솔직히 전부 다 먹고 싶었는데…… 자존심 때문에 못 먹은 거야.'

"다, 다시 가져올게요. 아니면 따로 먹고 싶은 게 있으세요?"

'거울 연어.'

"거울 연어도 가지고 왔는데. 그걸로 준비해 드릴까요?"

'그건 또 언제 챙겨왔어? 아니야, 그런데 지금은 필요 없어.'

더 이상 말하기 싫다는 듯이 와인 잔을 집어 던지자 가만히 서서 그걸 또 맞고 있는 놈의 모습이 시야에 비쳤다.

'좋아하는 와인이었는데.'

다른 건 몰라도 저건 조금 아깝다. 역시 던지지 말걸.

졸지에 와인을 뒤집어쓴 라파엘은 다소 당황한 표정, 하지만 딱히 다른 말을 하지는 않았다.

쓴웃음을 지으며 직접 땅바닥에 떨어진 접시들을 줍는 모습은 가관.

"밟으면 다쳐요."

그렇게 말하는 녀석의 뒷모습이 굉장히 씁쓸해 보였지만 눈길 한 번 주지 않는다.

"형이 절 어떻게 생각하시든 상관없어요."

"……"

"몸은 조금 어떠세요, 괜찮으신 거죠?"

"……."

"많이 놀라셨겠지만……."

"나가."

더 이상 다른 말이 필요 없다.

한숨을 크게 쉰 녀석의 쓸쓸한 뒷모습이 다시 한번 눈에 들어왔지만 역시나 눈길 하나 주지 않는다.

하고 싶은 말은 많지만, 일단은 침묵으로 일관하는 것이 옳다고 느껴진다. 내일이나 내일 모레 즈음에 슬그머니 이야기를 꺼내보는 게 좋지 않을까.

물론 말이 통할지는 미지수이지만 그걸 위한 빌드업이 아니던가. 나는 여기에 비록 갇혀 있지만, 주도권은 내가 쥐고 있다는 걸 상기시켜 줘야만 했다. 깽판 부리는 거 말고는 하는 게 없어 보이겠지만, 이 빌드업은 중요하다.

'설득할 수 있어.'

'사랑했다, 라파엘'을 시전하기에는 아직 이르다.

현재 상황이 마음에 드는 것은 아니었지만, 어떻게 내 손으로 키운 이들을 쉽게 떠나보낼 수 있을까. 평범한 녀석들이었다면 어서 김현성이 달려 들어와 뚝배기를 깨주기를 기다렸겠지만, 용사 파티는 가능성이 보이는 녀석들뿐이다.

1회차 영웅들도 그랬고, 라파엘은 더욱더 그렇다. 8장의 날개를 개화한 녀석을 그냥 쓰레기통에 던져 버리기에는…… 투자한 시간이 너무나도 아깝다.

'시간은 충분해.'

충분하고도 넘친다. 무슨 수를 써서라도 이 자살 희망자들이 불구덩이로 투신하는 걸 막아야만 했다. 모두가 손에 손을 잡고 걸어 나가는 게 새 시대의 트랜드가 아니었던가.

물론 녀석을 설득하는 것만큼 중요한 게 바로 바깥 상황이다. 김현성을 비롯한 이들이 이 사태를 어떻게 받아들이고 있는지가 중요했다.

일단 최선은…….

'현성이 혼자만 알고 있는 게 제일 좋지.'

대륙 전체가 이 사건을 아는 것만큼 최악의 상황은 없지 않을까. 기도회니 뭐니, 구출이니 뭐니, 지금까지 잘 진행해 오던 과업을 올 스탑 하고 싶지는 않다. 정하얀이나 차희라가 걱정되는 건 당연한 거고…….

언론이야 눈치 빠른 이지혜가 잘 통제해 주겠지만, 여러 방향으로 생각해 봐도…….

'일을 크게 벌이면 안 돼.'

이번만큼은 소소하게 처리하는 게 좋다. '그런 일이 있었어?' 싶을 정도로 소소하게 말이다.

바깥을 살펴보고 싶지만, 여신의 손거울이 손에 없다. 심지어 연금 키트나 촉매도 없어서 뭘 만들 수도 없는 상황이다.

물론 해결 방안이 없는 것은 아니다. 이게 될까 싶기도 했지만, 가능하리라고 믿는다.

'베니고어 님, 바깥 상황 좀 보고 싶은데…… 조금만 보여주실 수 있죠?'

"……."

'베니고어 님? 사랑스러운 이기영 신도가 직접 인사를 드리고 있습니다. 뭐 하시길래 이렇게 답장이 늦으십니까.'

"……."

'베니고어 님.'

[일반 등급의 강제 퀘스트가 발동됩니다.]

[이…… 이기영 신도! 나의 사랑스러운 이기영 신도! 나, 나 불렀어?(0/1)]

'바깥 상황을 조금 살펴보고 싶은데…… 베니고어 님의 손거울이 없어서 말입니다.'

[아, 으응…… 무슨 말 하는지 알 것 같네. 그…… 지금 다른 인간들이 뭐 하고 있는지 궁금한 거지?(0/1)]

'이해가 빨라서 좋네요.'

[그런데 이기영 신도…… 있잖아, 나도 이기영 신도가 원하는 걸 꼭 들어주고 싶은데…… 지금 상황이 그렇게 좋지는 않아서…… 이기영 신도도 잘 알고 있잖아. 나 지금 위에서 찍혀서 보호 감찰 중인 거…….(0/1)]

'……'

[내 소중한 이기영 신도를 돕고 싶은 마음은 굴뚝 같지만……
있잖아, 여신이 필멸자들의 세상에 너무 심하게 관여하면 위쪽에
서 안 좋게 볼 확률이 높거든…… 몇몇 아예 금지된 것들도 있
고……(0/1)]

'애초에 소원을 빌고, 기도를 드린다고 해서 일이 해결되지
않을 건 알고 있습니다. 최대한 관찰자의 포지션을 취해야 한
다는 것도 알고요. 그래서 제가 이렇게 작은 부탁을 드리는 것
아니겠습니까.'

[그, 그래도……(0/1)]

'막말로 제가 여기서 꺼내달라고 한 건 아니잖아요. 지금 제
가 안고 있는 이 문제를 수습해 달라고 말하고 있는 것도 아니
고……. 작은 부탁입니다, 아주 작은 부탁이에요.'

[그러니까 내가 말했잖아, 이기영 신도. 악마들을 믿으면……
이게 전부 루시퍼 때문……(0/1)]

'그래서 지금 이게 제 잘못이라고 말하고 있는 거예요? 애초
에 일이 누구 때문에 이 지경이 됐는데…….'

[······(0/1)]

'아, 빨리 보여줘요. 시간 없으니까. 지금 일이 어떻게 돌아가고 있는지 봐야 한다고요.'

[내, 내가 보여줄 수가 없어서 그래. 이기영 신도가 원하는 걸 들어주려면 망원경을 내리는 수밖에 없는데······ 인, 인간에게 위쪽의 물건을 내리는 건 불법이라고. 차라리 내가 이야기해 주는 게 좋지 않을까?(0/1)]

어?

[역시 그건 조금······ 그, 그렇지. 그래도 망원경을······ 인간에게 내리는 건 안 되는데······. 물론 이기영 신도는 평범한 인간은 아니지만······. 그래도 아직까지 필멸자의 육신을 유지하고 있는 만큼 같은 법을 적용하고 있단 말이야.(0/1)]

'내리는 게 아니죠. 빌려주는 겁니다.'

[······(0/1)]

'망원경이라고 하는구나······. 하하하하, 너무 걱정하지 않으셔도 됩니다, 베니고어 님. 내리는 게 아니라 빌려주는 겁니다. 어디까지나 빌리는 거예요. 일이 끝난 이후에는 전부 돌려드릴 테니 걱정하지 않으셔도 됩니다. 시간이 오래 걸리는 것도 아니니까…… 아니면 설마 그게 아까운 거예요? 혹시나 베니고어 님 상황이 안 좋아질까 매일같이 재판을 준비하던 소중한 신도를 이대로 버리는 건 아닐 거라고 믿습니다.'

[내가 이기영 신도를 버릴 리가 있었어? 으응, 절대로 안 버리지. 하지만……(0/1)]

'아니, 좀 빌려줘요. 이것도 못 들어주면서 무슨…… 오는 게 있으면 가는 게 있는 거잖아.'

[조금만 기다려 주면…… 아주 작은 트집 잡히는 것도 조심하고 있는 상황이라……(0/1)]

'……아니, 그럼 빌려주지 마세요. 진짜, 여신이 쩨쩨하게, 진짜…….'

[어?(0/1)]

'진짜 내가 또 서로 깔끔하게 제 갈 길 가자는 이야기를 꺼내야겠어요?'

[어? 어?(0/1)]

'나도 나대로 열심히 살아볼 테니까. 베니고어 님도 베니고어 님 나름대로 열심히 해보라고…… 이렇게까지 이야기해야겠느냐고요. '재판이고 나발이고 저는 모르는 일입니다. 증인석에서도 안 설 거예요'라고 말해야 돼요? 아! 그럼 나도 곤란해지는 거 아니냐고? 내가 왜 곤란해집니까. 저 원하는 분들많아요. 많으니까, 나도 내 일 내가 알아서 하면 되겠네. 와, 내가 너무 큰 실수를 했네. 내가 너무 무리한 부탁을 드렸어. 이미천한 필멸자가 주제도 모르고 베니고어 님을 불편하게 했나보네.'

[그…… 그게 아니라. 그게 아니라……(0/1)]

'살짝 빌려주고 돌려주면 되는 건데…… 그게 그렇게 힘든일인가? 누구는 누가 싼 똥 청소하고 치우느라 힘들어 돼지게생겼는데. 그것도 안 빌려줘? 자기는 그렇게 버리지 말라고 퀘스트까지 내려놓고서는 막상 신도가 곤란한 상황에 빠지니 이런 식으로 손절하는 거예요? 제가 그 망원경인지 뭔지가 정말로 탐나서 이러는 줄 알아요? 나도 베니고어 님이 원하는 거전부 다 들어줬잖아요. 하기 싫은 거 전부 다 했잖아요. 인정해요, 안 해요? 인정해요, 안 해요? 인정해요, 안 해요?'

[아, 아니……(0/1)]

'대륙도 구하지 마! 대륙도 구하지 말라고! 내가 정말 망원경이 가지고 싶어서 이러는 줄 알아?'

[진, 진정해…… 이기영 신도…… 진정……(0/1)]

'대륙이 위험하잖아!!'

눈앞에 놓인 테이블을 뒤집어 버리며 혼신의 외침을 내뱉자 무척 당황한 것처럼 보인다.

앞서 말한 것처럼 전혀 무리한 요구를 하는 것이 아니다.

미천한 필멸자인 이기영 역시 대충은 이곳이 어떻게 돌아가고 있는지는 안다. 직접적인 영향을 줄 수 있는 행동은 완전히 금지되어 있지만, 단순히 상황을 살펴보는 것 정도는 가능하리라. 망원경을 잠깐 빌리는 것 정도는 당연히 가능하다.

물론 감찰 중인 만큼 여러모로 논란이 될 여지가 있지만 눈과 귀가 막힌 상태로 계속해서 지낼 자신이 없다.

당연하지만 베니고어의 입장에서는 이쪽을 그저 내칠 수가 없다. 분명히 답은 정해져 있다.

한바탕 폭풍이 몰아친 장내에 들려오는 목소리는 미소를 띠게 하기에 충분했다.

[그, 그럼 잠깐만…… 꼭 돌려줘야 돼? 만약에 불시에 검문이 들어오고 그러면…… 정말로 큰일 나. 조사 들어오고 망원경 빼돌린 거 알면 정말로 뒤집힐 거라구……. 나, 나는 이기영 신도 믿어. 이기영 신도도 나 믿지?(0/1)]

'우리는 운명 공동체잖아요. 제가 베니고어 님을 믿지 않으면 누가 베니고어 님을 믿을 수 있겠습니까.'

[으응, 그렇지, 우리는 운명 공동체니까. 나…… 나 안 버릴 거지? 이렇게까지 해줬는데…… 나중에 버림받는 건 아닌 거지?(0/1)]

'절대로 안 버립니다. 요즘도 시간 날 때마다 재판 준비하고 있으니까. 베니고어 님도 잘 견뎌내세요. 버티고 잡아떼는 것만이 살길이라는 거 항상 기억하시고요.'

[나…… 나 힘낼게, 이기영 신도. 이기영 신도를 위해서라도 버틸 거야. 그러니까 이기영 신도도 힘내야 돼. 우리 같이 여기서도 저기서도 힘내자. 우리는…… 우리는 운명 공동체니까.(0/1)]

'물론입니다.'

[마음의 눈에 엘룬의 망원경이 깃듭니다.]

[마음의 눈의 등급을 신화 등급으로 상향 조정합니다.]

어째서 엘룬의 망원경을 가지게 된 것인지는 잘 모르겠지 만…….

'베니고어…… 와, 애도 진짜 만만치 않네.'

그런 생각이 머릿속에 감돌기 시작했다.

■

현 시각 가장 당황한 사람은 나도 아니고 김현성도 아니고 조혜진도 아닌 엘룬일 것이다.

잠깐 그런 생각이 들기는 했지만 이제는 이쪽과 상관없는 이야기. 저쪽의 문제는 저쪽이 알아서, 이쪽의 문제는 이쪽이 알아서 해결하는 것이 옳다.

망원경이 유출됐다는 게 밝혀져 밑으로 꺼지는 상황이 오 는 것은 아닌가 걱정되기는 했지만, 엘룬 쓰레기를 희생양으 로 내몬다면 원금 정도는 회수할 수 있지 않을까.

베니고어 역시 나와 비슷한 생각을 하고 있을지도 모른다.

확실히 이제는 같은 배를 탄 것 같은 느낌. 무능함의 끝을 달리고 있었던 베니고어 역시 '올바른 판단'이라는 걸 하게 됐 다는 생각에 괜스레 뿌듯해지기 시작했다.

'아니지. 이럴 게 아니라 상황부터 살펴보자.'

바깥이 어떻게 돌아가고 있는지 궁금해 미칠 것 같았으니까.

급하게 특성을 발동시키자 시야가 확 변한 것 같은 느낌이다. 제법 생소한 감각이었다.

'효과 한번 좋네.'

마치 한 모니터에 2가지의 영상을 동시에 켜놓은 것 같은 느낌이라고 표현하는 게 적절하리라. 왼쪽 눈에 보이는 것과 오른쪽 눈에 보이는 게 다르다.

잠깐 두통이 와서 핑 도는 머리를 붙잡기는 했지만 금방 익숙해졌다. 하지만 눈이 터질 것 같은 느낌은 그대로. 본래부터 마음의 눈을 가지고 있던 내가 이 정도라면…… 일반인들이 사용하라고 만들어놓은 것이 아니다. 평범한 인간은 이 능력의 출력을 감당할 수 없다.

카메라를 이동시키는 것 같은 느낌으로 머리를 굴리자, 시야에 펼쳐진 것은 평소와 다름없는 린델. 가장 걱정하던 최악의 상황은 넘겼다는 생각에 속을 쓸어 넘길 수밖에 없었다.

린델은 평화롭다. 조혜진이 여기저기 떠벌리지 않은 것이다. 여전히 활기가 넘쳤고 평소와 다름없는 일상을 보내고 있는 린델 주민들의 모습은 괜스레 웃음이 나오게 할 정도였다.

'내가 믿었다, 혜진아. 조용히 처리해 줄 거라고 믿었다구.'

앞서 말했던 그대로 가장 최악은 넘겼다. 수도 쪽도 마찬가지고, 현장 쪽도 마찬가지. 그저 '이번 던전행은 꽤 오래 걸리는구나' 정도로 생각하고 있는 것이 틀림없으리라.

'근데 얘는 어딨어. 얘, 무사한 거 맞지? 혹시 아직 도착 못한 건 아닐 거고……'

던전에서 린델이 멀리 떨어져 있다는 걸 생각해 보면 아직 도착하지 못했을 가능성도 염두에 두는 것이 옳다. 조혜진이 아무리 괴물의 반열에 오른 강자라지만, 이 엄청난 거리를 잠시도 쉬지 않고 달리는 것은 불가능하다. 중간에 한 번 정도는 마력과 체력을 보충할 시간이 필요하지 않았을까.

만족스럽게 고개를 끄덕였던 것도 잠시, 좀처럼 모습을 드러내지 않는 조혜진이 신경 쓰여 이곳저곳을 살펴봤지만, 아직도 보이지 않는 것이 문제다.

혹시나 하는 마음에 린델 주변을 살펴봤지만, 여전히 그녀의 종적을 찾을 수 없는 상황. 파란 길드 내에도 보이지 않는다.

엘레나와 유아영은 잠깐 외출 중인 것 같았고, 선희영 역시 평소와 다르지 않게 업무에 집중하고 있다. 눈에 띄는 것은 행정 업무가 불가능하다고 판단을 내린 박기리 삼남매 정도밖에 없다.

한가하게 차를 마시며 수다를 떠는 모습은 너무나도 평화롭게 느껴진다.

-느낌이 이상한데…… 아무래도 형님한테 가봐야 할 것 같은데…….

-왜 그러십니까?

-아무래도 형님이 도움을 청하는 것 같은, 그런 목소리가 들린 것 같아서…… 가끔 이렇게 있을 때면 불쑥불쑥 형님이 나를 바라보고 있는 게 느껴진다니까.

-멍청한 소리.

-멍청한 소리라니, 형님이랑 나는 몸이 떨어져 있어도 마음이 연결되어 있다고 몇 번이나……

-말도 안 돼.

-하하하하, 덕구 씨가 조금 피곤하신가 봅니다.

-거, 정말이라니까. 갑자기 이런 느낌이 드는 걸 보니 형님이 뭔가 위험에 빠진 게 확실하다니까. 던전에서 너무 오래 있는 것 같기도 하고, 지금도 구해달라고 외치는 목소리가 들려오는 것 같은 느낌이요.

'이 새끼 뭐야, 그러지 마.'

순간적으로 고개를 돌릴 수밖에 없었다. 더 이상 저 돼지를 쳐다보고 있다가는 본전도 건지지 못할 것 같은 느낌이 들었기 때문이다.

애초 녀석이 이 사건에 대해 듣지 못했다는 걸 확인한 것만으로도 커다란 성과다.

물론 조혜진이 어디 있는지 제대로 확인해 보지는 못했지만, 그것과는 별개로 마음이 편안해진다.

'적어도 동네방네 떠들고 다니지는 않을 테니까……'

본격적으로 조혜진을 찾아봤지만, 고개를 돌린 곳은 정하얀과 한소라가 거주하고 있는 5현장이다.

온 김에 한번 보는 것도 나쁘지 않을 것 같아 곧바로 지하로 들어가자, 작업에 열중하고 있는 하나의 인영이 시야에 비쳤다.

불안한 표정을 지으며 손을 놀리고 있는 것은 당연히 한소라.

당연하지만 어째서 그녀가 저런 표정을 짓고 있는지는 안다. 근처에서 여신의 손거울을 빤히 바라보고 있는 정하얀의 모습이 비쳤으니까.

-늦, 늦, 늦네……

-특…… 정 던전은…… 특정 던전은 마력 전파가…… 닿지 않는 곳도 있으니까요. 분명히…… 분명히 부길드 마스터도 정하얀 님을 신경 쓰고 계실 거예요, 분명히요……. 피치 못할 사정으로 연락을 주시지 못하고 있을 뿐이겠죠…….

-역시…… 그, 그, 그럴까…….

-네…….

-같이, 같이 간…… 사제, 라파엘 파티의…… 예쁘던데…….

-아아, 그 기적의 사제인가 뭔가 하는 사람이요? 예쁘기는요. 그냥 평범하던데요? 그리고 절대로 부길드 마스터 취향은 아니에요, 절대로. 저번에도 작업 중에…… 자기 이상형은 정하얀 님이라고 말씀하셨는걸요. 부끄럽다고 말씀드리지 말라고 했는데…….

-정, 정말?

당연하지만 저런 말을 한 기억은 없다. 말 그대로 생과 사를 오가는 것 같은 처세술. 어떻게든 정하얀을 진정시키려는 한소라의 모습이 짠하기는 했지만, 그 모습을 보니 그녀가 꼭 필요하다는 생각이 든다. 그야말로 살아 움직이는 분노 측정기가 아닌가. 심지어 정하얀의 분노까지 컨트롤해 주고 있다. 평소였다면 대노로 돌입할 상황이었지만 현재의 정하얀은 많이 쳐줘야 중노로 진입한 상태. 입술이 삐죽 튀어나온 것 말고는 별다른 변화를 보이지 않고 있다. 오히려 기분 좋은 소식에 살포시 미소를 머금고 있지 않은가.

평화로운 린델만큼 이곳 역시 평화롭다.

갑작스럽게 내 방 문을 열고 들어가는 모습이 눈에 띄었지만, 굳이 뭘 하러 들어갔는지 확인하고 싶지는 않다. 한소라도 최대한 못 본 척하는 표정이었고.

일단 정하얀이 아직 터지지 않았다는 걸 알았으니, 안심할 수 있었다. 당연하지만 이 납치극을 아는 것처럼 보이지도 않았다.

'혜진이 얘, 오기는 한 건가?'

모습을 찾을 수는 없었지만…….

'도착했다고 생각해도 되는 거지?'

요란하게 떠들 생각이 아니라면 남은 선택지는 하나. 눈에 띄지 않는 게 더 편할 거라고 판단한 것이 아닐까. 파란 길드에도 알리지 않을 생각이라면 길드와 연관된 장소에 없는 게 당연하다.

아마 김현성이 조혜진을 따로 챙기지 않았을까. 여기까지 뛰어왔다고 가정한다면 체력이고 마력이고 전부 다 바닥났을 테니까.

"그렇게까지 나쁜 상황은 아니야."

내가 생각했던 것보다는 훨씬 잘 수습된 상태다. 김현성이 정하얀에게 따로 연락하지 않은 것만 봐도 안심할 수 있는 상황.

정말로 흥분한 상황이었다면 텔레포트를 이용해 던전 앞까지 왔을 거라고 생각했지만, 정하얀과 한소라는 평소와 같은 일상을 보내고 있다. 둠기영 사태처럼 무작정 리무르아의 둥지로 텔레포트 하는 선택지를 고르지는 않은 것이다. 어딘가에서 이번 협상을 준비하고 있다고 판단되었다.

그래야만 했다.

'뭐, 어디 비밀 장소에서 김미영 팀장이랑 같이 회의라도 하고 있는 거야?'

애써 행복 회로를 돌리고 있었지만 김현성 역시 보이지 않는다는 것이 문제. 있을 곳을 전부 다 뒤져봤지만, 녀석의 그림자도 보이지 않는다. 야외 훈련장이나 개인 훈련실에도 없고, 식당이나 집무실, 침실에도 식당에도 없다.

'혜진이랑 같이 있어? 회의라도 하고 있는 거야? 뭐야 너희, 나 몰래 비밀 회의실 같은 거 만든 건 아니지? 그렇지?'

점점 더 초조해지는 게 당연한 반응일 것이다. 이런 마음을 대변하듯 머릿속으로는 계속해서 하기 싫은 상상들이 떠오르기 시작한다.

'진짜로 화난 거야? 이성 잃고 그런 건…… 아니겠지.'

정하얀에게 연락하지 않은 것이 아니다.

'못 한 거면 어떻게 해?'

텔레포트조차 생각하지 못할 정도로 화가 나 있다고 가정한다면 어떨까. 아예 이성적인 판단이 불가능할 정도로 화가 나 있다고 가정한다면……. 던전 앞으로 쉽게 이동할 방법마저 생각지 못할 정도로 이성을 잃었다면 어떨까.

'시발…….'

솔직히 기쁘기는 하다. 그만큼 나를 걱정한다는 말이었으니까. 마치 마왕성에 갇힌 공주를 구하러 오는 싸구려 클리셰 같지 않은가. 하지만 녀석이 상대해야 하는 게 마왕이 아닌 용사라는 걸 생각해 보면 썩 달갑게 느껴지지 않는다.

잠시 여유를 찾은 시점이었지만 점점 똥줄이 탄다.

혹시나 하는 마음에 시야를 위로 올리자 린델과 던전을 잇는 길이 한눈에 내려다보인다. 눈으로 좇기 힘들 정도의 속도로 달리고 있는 인영이 흐릿하게 보이기 시작.

'개씨발…….'

긴가민가했지만 시야에 비치는 인물은 틀림없이 김현성이다.

최소한 그리폰을 타고 올 거라고 생각했는데 그럴 겨를마저 없었던 것 같다. 태풍이나 자연재해라도 오는 것처럼 주변에 있는 야생동물들과 몬스터들이 사방으로 흩어지고, 죄 없는 새들은 자신의 보금자리를 떠나 다른 곳으로 대피한다.

과장 하나 보태지 않고 신화 등급의 레이드 몬스터라도 나타난 것 같은 모양새. 보고 있을 뿐인 나조차도 몸이 덜덜덜 떨려올 정도의 살기를 뿌리며 달리고 있으니, 직접 영향을 받고 있는 녀석들이야 오죽할까.

저런 표정은 처음이다 싶을 정도로 얼굴이 일그러져 있었다. 단언컨대 둠기영 사태 때도 저 정도는 아니었다. 그때가 필사적으로 구해내겠다는 의지를 담은 얼굴이었다면, 지금 보이는 표정에는 반드시 죽이고야 말겠다는 의지가 들어차 있다.

사랑스러운 회귀자의 얼굴이 생소해 보일 정도였으니, 무슨 말이 더 필요할까.

'아, 이거. 시발, 망했다. 망했다.'

성검 용사 파티를 살릴 수 없겠다는 걸 깨달은 것은 순식간, 애초에 협상과 대화 따위는 없다. 이번 챕터의 엔딩에는 파국밖에는 존재하지 않는다. 자신도 모르게 기댈 곳을 찾게 되는 것도 무리가 아니리라.

현시점 가장 믿을 수 있는 인물, 이런 사고가 터졌을 시 상처를 봉합해 줄 수 있는 유일무이한 인물.

'지혜 누나, 지혜 누나밖에 없어.'

지혜 누나, 눈치 빠르잖아. 김현성이 던전으로 향했다는 거, 누나 정보망에는 걸렸을 거 아니야.

'누나도 그리던 그림이 망가지는 건 싫잖아. 우리 성검 용사 파티 떡상시키기로 하면서 와인, 짠 했던 거 기억하지? 현성이 나간 거 보고 상황 어떻게 돌아가는지 눈치챘지? 뭐 준비된 거 있지? 지금 수습하려고 머리 굴리고 있는 거 맞지?'

역시나 기댈 곳은 영혼의 파트너밖에 없지 않겠는가.

'아니, 시발, 아니……'

하지만, 이쪽이 한 가지 간과한 것이 있었다.

'아니…….'

내 생각보다 그녀의 눈치가 훨씬 더 빨랐다는 것.

'뭐야, 조혜진이 왜 여기에 있어?'

쥐 죽은 듯이 이지혜의 침대에 누워 있는 조혜진.

'하연수? 쟤, 하연수 맞지?'

이지혜와 가까운 사이로 알고 있던 하연수가 이지혜와 함께 다리를 쭉 뻗고 팩을 바르고 있다.

심지어 기절한 듯 잠든 조혜진의 얼굴에 팩을 올려주는 모습은 가관, 일과를 끝내고 얻은 꿀 같은 휴식 시간이겠지만…….

-얘는 피부 관리도 안 하는 것 같던데, 참 피부가 좋다니까.

-원래 이런 타입이 그래요, 언니. 마력 자체도 정순하고…….
그게 다 외관으로 드러나는 거죠. 언니도 마력 좀 올리면 지금보다 더 좋아질 걸요. 아, 물론 지금도 좋지만요.

-그거야 당연한 거지. 이게 얼마짜린데.

타이밍이 좋지 않게 느껴지는 것은 책상에 붙어 있는 메시지 때문이리라.

[혹시 찾을 수도 있을 것 같아서 메시지 남겨요. 지금도 보고 있을 수 있겠네. 보고 있는 거 맞죠? 아, 일단 미안하다는 말부터 해야겠네.]

'안 돼. 죄송하면 안 되지……. 죄송하면 안 된다고……'

[저도 최대한 수습하려고 했는데…… 아무래도 능력 밖의 일이 터진 것 같아서 그냥 손 놓기로 했어요. 오늘 하루에만 두 번 죽을 뻔했다고요. 파란 길드 마스터는 말릴 수도 없고요. 너무 섭섭해하지 마요. 변명거리가 있다니까. 이야기 듣자마자 미친 듯이 뛰어가는 양반을 제가 무슨 수로 막아요? 아마 대책 마련 어쩌고 지껄였으면 제 목도 날아갔을걸요? 진짜 도와주고 싶은데, 이번 거는 어쩔 수 없었네요. 저는 이 주식 팔았어요. 완전히 손 털었으니까. 뒷일은 오빠한테 맡길게요.

p.s 오빠도 빨리 털어요. 아, 그리고 외부로 알려지면 안 되니까. 조혜진은 당분간 여기 둘게요. 저도 최소한의 도리는 한 거예요. 너무 원망하지 마요.]

'누나, 시바…… 혼자만 팔면 어떻게 해……'
상장 폐지하기 직전 칼같이 손절한 투자자의 현명함이 돋보이기는 했지만…….
'남겨진 사람은 어떻게 하냐고……'
아직까지 이걸 붙들고 있는 내 입장에서는 청천벽력처럼 들려올 수밖에 없었다.

188장
지지 마

'이지혜…… 이지혜, 시바.'

한날한시에 함께 매도하고, 함께 매수하자던 우리의 맹세가
나가리가 되었다는 것을 깨닫는 것은 순식간이었다.

그야말로 놀라 자지러질 정도의 손절 타이밍이었다. 개미들
등골 빼먹는 작전 세력은 아닌지 의심이 들었으니 무슨 말이
더 필요할까. 지구에 있을 때 관련 업종에 종사했다고 해도 고
개를 끄덕일 귀신 같은 타이밍. 쪽지가 고맙게 느껴지기는 했
지만, 한편으로는 원망스럽게 느껴지기도 했다.

'혜진이…… 혜진이, 너는 왜 쓰러져 있어. 어디 아픈 건 아
니지? 얘 자기 몸 생각 안 하고 무작정 뛰어가다가 퍼진 거 아
니지? 그걸 검은 백조에서 발견한 거야? 그래서 셋이 같이 있
는 거야?'

몸이 만신창이가 될 정도로 뛰어준 조혜진에게는 감사한 마음과 걱정스러운 마음이 교차했지만, 일단은 이 감정을 저 멀리 던져 버릴 수밖에 없었다. 정확히 일이 어떻게 진행된 건지를 파악하는 게 먼저라고 생각했기 때문이다.

이지혜가 남긴 쪽지에 대충이나마 상황이 정리되어 있었지만 아무래도 생략된 부분이 많다.

몇 가지 확인할 수 있었던 것 중 하나는 그녀가 직접 김현성에게 보고했다는 것. 정말로 이지혜가 직접 김현성에게 보고했다면 내가 머릿속으로 그리고 있던 그림이 확실할 것 같았다. 조혜진이 이지혜에게 바통을 넘겼고 이지혜가 직접 김현성에게 상황을 전달한 것이다. 혼란을 최소화시켜야겠다고 판단한 것 역시 그녀의 선택일 터다.

훌륭한 판단에 박수를 보내주고 싶었지만, 속 안에서 올라오는 쓸쓸함을 감출 수는 없었다. 이미 손절한 사람만 보여줄 수 있는 내면의 평화, 그 내면의 평화를 즐기고 있는 그녀의 모습이 자꾸만 시야에 들어왔던 탓이다.

-손은 울퉁불퉁하네.

-얼마나 단련했겠어요? 그 조혜진이라고요. 이 사람은 안 그래도 훈련광으로 유명해요.

-흐음, 할 것도 없는데 네일이나 좀 해줄까?

-그래도 돼요?

-어차피 자고 있는데, 뭐. 당분간은 못 일어날 거라며? 파란

색으로 칠해주는 게 좋겠네.

초조함으로 가득 차 있는 이쪽과는 거리가 먼 모습에 질투가 난다.

지금이라도 빠르게 손절하고 평화를 얻고 싶었지만, 이지혜보다 넣어놓은 원금이 많은 이쪽은 쉽사리 몸을 뺄 수가 없다. 기절한 상태로 관리받고 있는 조혜진이 부러울 지경이었다. 이지혜가 최소한의 도리를 해줬다는 건 알고 있었지만, 내 마음속에서 삐져나오는 초조함은 완전히 다른 이야기다.

다시 한번 시선을 김현성으로 돌려봤지만 달라지는 것은 없다. 녀석은 여전히 입술을 꽉 깨물고 광란의 질주를 계속하고 있다. 심지어 방해되는 나무며 몬스터를 가리지 않고 베면서 나아가고 있다.

'아, 엿 됐다. 이거 진짜 엿 됐다.'

몇 시간 후 여왕의 무덤 안에서 펼쳐질 살육 파티가 걱정되는 것이 당연했다. 지금 보고 있는 것은 2회차의 김현성이 아니다. 독기로 가득 차 있었던 1회차 시절의 김현성이라고 판단해야 한다. 성검 용사 파티가 녀석의 역린을 제대로 건드린 것이리라.

'곧바로 올 것 같지? 그렇지?'

일주일 후고 나발이고 기다리지 않을 것 같다. 곧장 던전으로 직행할 것은 너무나도 뻔한 이야기.

죽음의 사신이 스멀스멀 손을 뻗고 있다는 걸 아는지, 성검 용사 파티는 아직도 내부 정리에 한창이다.

'몇 시간 남았지? 여기에 오기까지 몇 시간 남은 거지?'

정확히는 계산할 수는 없다. 하지만 3시간이 채 남지 않았으리라. 무조건 3시간 이내로 김현성이 여왕의 무덤으로 들이닥친다.

'아니, 어쩌면 1시간 안에 들이닥칠 수도 있다.'

여유가 있다고 생각했던 시간이 예상보다 훨씬 짧아져 버린 상황에 입술을 깨물어 봤지만, 여전히 다른 선택지가 떠오르지 않는다는 게 문제였다.

아직 '사랑했다, 라파엘'을 시전하지 않은 내게 이미 다른 선택지는 의미가 없다.

'설득해야 돼.'

지금 당장.

하지만 몸이 마음대로 움직이지 않는다. 더 이상 고민할 시간이 없다고 판단해 서둘러 몸을 일으킨 순간, 머리가 핑 돌더니 몸이 균형을 잃고 무너져 내렸다.

'뭐야, 뭐야. 나 왜 이래? 나 왜 이래, 시바.'

"아…… 이, 시바."

물론 의심되는 것은 있다. 아마 엘룬의 망원경을 너무 오랫동안 사용한 부작용일 것이다.

잠시 두통이 밀려들어 와 머리를 꽉 부여잡자, 덜컹 하는 소리와 함께 문이 열리는 것이 시야에 비쳤다.

"형, 형! 형!!"

화들짝 놀란 라파엘이 다시 내 몸을 침대 위로 올려놓기는 했지만, 그런다고 두통이 멈출 리 만무했다.

차라리 아픈 척이었으면 좋겠지만 진짜로 아프다. 짧은 순간이었지만 정말로 머리가 깨질 것 같은 느낌을 경험했다. 계속해서 지끈거리는 고통이 전두엽을 강타한다. 진짜로 아프다고, 나 좀 살려달라고 말하고 싶었지만, 목소리조차 제대로 나오지 않는다.

"허억, 허억……."

"괜찮으세요? 괜찮……."

'아니, 안 괜찮아. 진짜로 아파서 뒈지는 줄 알았어. 나 진짜 아파. 나 진짜 아프다고, 시바.'

혹시나 엘룬의 저주가 깃든 것은 아닌지, 합리적 의심을 해 볼 만한 고통이었다.

당장에라도 김현성이 들이닥칠 가능성이 큰 만큼 일단은 바깥의 상황을 전하는 게 급하다고 생각해 입을 열려고 했지만, 내 마음대로 목소리가 나오지 않는다.

"도망…… 쳐."

'도망쳐, 이 새끼야. 김현성이 오고 있어. 일단은 시바, 목숨이라도 건져야지. 수습은 나중에 하더라도 살아야지. 살아야 돼.'

"네? 그게 무슨…… 무슨 말씀이세요."

"도망, 도망…… 쳐야 돼."

'지금 빨리 튀어. 일단은 그래야 해. 무조건 그렇게 해야 해.'

"형……? 형? 제 모습 보이세요? 제가 누군지 알아보시겠어요?"

"김현성이…… 오고 있……."

"형?"

"나는…… 내버려 두고…… 그냥…… 도망……."

'내가 현성이한테 잘 말해줄게. 그러니까 그냥 시바, 도망치라고. 시바, 시간 없어. 시간 없다구.'

이 새끼가 내 말을 알아들었으면 좋겠다.

조금 다르게 들릴 수도 있겠다고 생각됐지만, 일단 내가 하고 싶은 말 자체는 완벽히 전했다.

'김현성이 오고 있으니까, 도망쳐.'

"죽을……."

'너 죽을 거야. 분명히 죽어.'

"자식……."

'뭐?'

"김현성 개자식……, 개자식!"

"뭐……?"

분통을 터뜨리며 땅바닥을 내려치는 녀석의 모습은 가관이다. 확실하지는 않지만, 지금 이 새끼가 무슨 생각을 하고 있는지 눈에 보인다.

'아니야. 나 세뇌당한 거 아니야. 지금 제2의 인격이랑 싸우고 있는 그런 상황 아니야.'

입술을 꽉 깨문 채 닭똥 같은 눈물을 뚝뚝 떨어뜨리는 모습은 어떻게 봐도 답이 없어 보인다. 단언컨대 현재 이 새끼는 돌아올 수 없는 강을 건너기 직전에 있다.

'님아, 제발 그 강을 건너지 마오.'

"곧 편해질 수 있을 거예요. 곧, 곧 형의 머리를 아프게 하는 그 개자식을…… 형은 제가 지킬 거예요, 제가."

"지키……"

'지키지 마, 지키지 마, 시바.'

한 손으로 눈물을 쓱쓱 닦으며 발길을 돌리는 녀석의 뒷모습은 멋있다기보다는 불 속으로 전력 질주하는 불나방처럼 보인다.

가지 말라고 소리치고 싶었지만, 목소리가 나오지 않는다. 애처롭게 손을 뻗었지만, 녀석의 시선은 나를 보고 있지 않다. 누가 봐도 전쟁터로 나가기 직전의 병사처럼 보인다.

'아, 머리 아파, 시바. 이 개새끼가, 형이 아파 뒤지겠는데 어디를 가려고 그래. 가지 마. 돌아올 수 없는 강을 건너지 마.'

하지만 녀석은 뒤를 한 번 돌아본 후 커다란 문을 굳게 닫아버렸다. 철컥 하는 소리가 들린 것을 보니 바깥쪽에서 문을 잠근 듯했다.

허억 허억 거리는 와중에 주변을 둘러보자, 라파엘이 떨어뜨린 것 같은 여신의 손거울 하나가 시야에 들어왔다.

지끈거리는 머리를 붙잡고 손거울을 들어 올렸지만, 주어진 게 너무 적다. 둔기화를 해서라도 이 방을 벗어나는 게 좋지 않을까 하는 생각도 해봤지만, 김현성이 갑작스럽게 들이닥칠지 누가 알겠는가.

'아이, 시바. 이거 큰일 났다. 진짜 큰일 났다. '사랑했다, 라

파엘. 사랑했다, 라파엘' 해야 하나?'

이쯤 되면 1회차 영웅 파티를 소개해 준 것도 후회가 된다.

마음의 눈을 발동시켜 바깥 상황을 살펴봤지만, 눈에 보이는 건 똘똘 뭉쳐서 현 상황에 대비하고 있는 성검 용사 파티뿐이었다. 조용히 전투를 준비하는 사냥개 이주혁. 기도를 드리고 있는 기적의 사제 마리엔, 시답잖은 농담 따먹기를 하고 있는 생매장 듀오를 비롯한 파티원들은 라파엘과 같은 얼굴을 하고 있다.

어쩌면 김현성이 녀석들을 살리는 선택을 할 수도 있지 않을까. 라파엘은 모르겠지만, 1회차의 영웅들은 아깝다고 생각할지도 모른다.

아니, 아깝다는 생각 이전에 이 인물들은 모두 김현성과 접점이 있던 인물들이 아니었던가. 나처럼 가까운 사이는 아니었지만, 녀석들은 분명히 김현성의 동료였었다.

'일단 얘네들이라도 건지자. 라파엘은 이미 내 손을 떠났어. 얘네들이라도 살려야 해.'

다시 한번 눈을 돌려 김현성을 바라보자, 언제 들어왔는지 벌써 던전 안을 달리고 있었다.

'뭐야, 이 새끼……. 이거 왜 그렇게 빨리 왔어. 왜 벌써 던전에 들어오고 그래.'

앞뒤 가리지 않고 달리는 모습에 녀석의 체력이 걱정되었다. 하지만 녀석은 호흡 하나 흐트러지지 않아 보인다.

살의 이외에 다른 감정을 느낄 수 없는 얼굴이 불안하게 느껴지기는 했지만……. 사냥개 이주혁을 괜찮은 녀석이라고 말하며 미소를 보이던 녀석을 믿을 수밖에 없다. 김현성이 1회차의 소중한 동료들을 저버릴 리가 없다.

김현성이 던전 내부로 침입했다는 사실을 눈치채기는 했는지, 성검 용사 파티 역시 자리에서 일어나 본 무대로 향하는 중.

-이길 수 있습니다. 이길 수 있을 거예요.
-일이 끝난 후에는 맥주라도 한잔하지.
-아, 저는 선약이 있어서…….
-돌아간 후에 곧바로 여자친구에게 청혼할 생각입니다.

'무슨 청혼이야……. 이상한 사망 플래그 꽂지 마, 시바.'

-다들 죄송합니다.
-죄송해할 필요 없어요. 저희 모두 동의한 일이니까요. 확률이 낮다고는 생각하지 않아요.
-저기, 만약 제가 죽는다면…… 제 친구들에게…….

'그런 소리도 하지 마. 너희 왜 그래, 자꾸……. 그런 말 하는 거 아니야.'

-분명히 아무 일도 없을 겁니다.

'그런 말을 내뱉는 놈한테 꼭 무슨 일이 생기더라니까. 그냥 아무 말도 하지 마. 그냥 가만히 있으라고.'

자신들이 사망 플래그를 내뱉고 있다는 걸 아는지, 모르는지 전형적인 대사를 툭툭 내뱉으며 길을 걷는 놈들의 모습은 어딘가 불안해 보이기까지 한다.

-곧 올 거다. 전투 준비.

작은 소리가 울려 퍼진다. 김현성은 입술을 꽉 깨물며 발에 마력을 가득 담기 시작했다.

서로를 확인할 수 있는 거리까지 들어왔다. 팽팽한 긴장감이 느껴지고 있는 가운데 김현성이 응시하고 있는 것은 가장 앞쪽에 자리 잡은 사냥개 이주혁.

'죽일 생각인데……. 저거 죽일 생각인 것 같은데. 진짜로 죽일 생각일 것 같은데…….'

우리 사랑스러운 회귀자가 이곳에 있는 놈들을 모조리 죽일 거라고, 그렇게 다짐했다는 걸 깨닫는 것은 순식간이었다.

저도 모르게 손거울을 들고 입을 열 수밖에 없었다.

"이주혁은 페이크. 마리엔…… 마리엔 조심, 마리엔 조심해. 조심하라고, 시바! 고개 숙여! 고개 숙여요. 고개 숙여!"

'사제부터 노릴 거라고 했잖아, 이 새끼들아.'

목소리가 닿았는지 반사적으로 고개를 숙이는 마리엔의 모습이 시야에 비쳤다.

꽤 멀던 거리가 좁혀지는 것은 순식간이었다. 눈 깜빡할 사이에 지척에 다가왔다는 표현이 이렇게까지 잘 어울리는 상황이 어디 있을까. 이 자리에 있는 녀석 중 김현성의 모습을 캐치한 녀석은 없을 거라고 장담할 수 있다. 놈들의 눈에는 김현성이 일순간 사라진 것처럼 보였을 터.

브레이크를 밟지 않고 달리던 레이싱 카가 일순간 시야에서 사라졌다고 상상해 보라, 그 누구도 평정심을 유지하지 못할 것이다.

머릿속으로 수없이 시뮬레이션했겠지만, 계획이 틀어지는 것은 이미 예정된 이야기, 김현성이 노린 것은 그 찰나의 순간이었다.

'진정해, 시바…… . 현성아, 우리 현성아.'

발에 마력을 머금고 땅을 박찬 녀석이 모습을 드러낸 곳은 기적의 사제 뒤.

다수를 상대할 때는 사제를 노려야 한다는 것은 칼밥을 오래 먹고 지낸 이들에게는 기본적인 상식이었지만, 김현성이 그런 생각을 하고 그녀를 노렸다고는 생각지 않았다. 아마 이성적으로 생각했다기보다는 몸에 새겨진 기억이나 습관이라고 볼 수 있지 않을까.

완벽한 대형을 유지하고 있던 파티의 균형이 무너진 것은 당연하다. 당황한 마법사는 주문을 외우지 못했고, 생각보다 더 빠른 속도에 사제를 전담 마크하고 있던 기사 역시 반응하지 못했다.

아마 내 목소리가 아니었다면 마리엔의 머리는 땅바닥에 굴러떨어져 있었으리라. 기적의 사제, 쟤는 본인이 방금 전에 죽을 뻔했다는 걸 알고는 있는지 모르겠다.

믿을 수 없다는 눈으로 김현성을 바라보는 사냥개 이주혁의 얼굴이 괜스레 클로즈업된다. 그 앞으로 보이는 것은 입술을 꽉 깨문 채 분노를 드러내는 라파엘의 표정.

식은땀을 흘리는 생매장 듀오, 일순간 파티가 정지한 듯한 느낌이었지만, 김현성은 검을 휘두르는 것을 멈추지 않는다.

처음에 고개를 숙인 것은 어디까지나 우연, 두 번째부터 우연은 없다.

"보호 마법, 보호 마법!"

아까부터 외워두었던 마법사의 보호막이 일순간 파티를 뒤덮는다. 기적의 사제에게 내리꽂히던 검이 멈칫한 순간, 성검 용사 파티가 안심하는 것이 보인다.

'지랄하지 마, 이 새끼들아. 겨우 저 보호막이 니네 목숨을 지켜줄 것 같아?'

"곧바로 대응해! 대응! 대응!"

채 0.5초도 버티지 못하는 보호막. 저건 공격을 막아주는 용도가 아니다. 공격을 늦춰주는 용도라고 생각하는 것이 옳다.

내 목소리를 들었는지 기사가 넋 놓고 있던 사제의 목숨을 구하기 위해 움직였다.

문제가 있다면 그 방법이 잘못됐다는 것.

방패째로 갈라져 죽음을 맞이하는 것이 소원인지, 마리엔의 앞을 막아서려고 했다.

"막지 마! 막지 마! 피해!"

내 말을 듣고는 한 손으로 사제복을 붙잡고 뒤로 집어 던졌다.

생매장 듀오가 뒤로 밀려나는 사제를 붙잡는 사이, 기사가 옆으로 몸을 움직이는 것이 시야에 비친다. 어떻게든 김현성의 공격 범위에서 벗어나려고 애쓰는 것 같았지만, 이미 앞을 막아서려고 했던 역동작에서 벗어날 수 없다. 어떻게 생각해도 김현성의 공격 범위 안.

"마법!"

파티가 위기에 빠졌을 때 녀석들을 구해준 것은 찰나의 시간을 벌어주는 보호막.

쾅!

폭음과 함께 보호막이 박살 난 이후에도 검은 멈추지 않는다.

곧 기사의 목이 떨어질 거라고 생각했을 때, 그녀의 목숨을 구한 것은 파티의 사냥개였다. 기사에게 몸통 박치기를 해, 그녀를 범위에서 떨어뜨려 놓은 것이다.

꼴사납게 땅바닥을 구르며 가까스로 위기를 모면한 기사가 곧바로 고개를 돌렸지만, 이미 그 자리에 김현성은 없다. 그녀가 볼 수 있었던 유일한 장면은 피를 토하며 쓰러지고 있는 사냥개일 터.

"커헉……."

"신성력으로 밀어! 신성력으로 밀라고!!"

숨이 끊어지고 있다. 어깨부터 가슴까지 완전히 베였다.

그제야 정신 차린 사제가 서둘러 기도를 올렸지만, HP가 회복되는 속도보다 떨어지는 속도가 더 빠르다.

입술을 꽉 깨문 그녀가 하늘 위에 손을 뻗자, 일순간 천사의 형상이 나타났다. 그제야 사냥개는 안정을 되찾기 시작했다.

'기적.'

일주일에 한 번밖에 사용할 수 없는 마리엔의 각성기가 전투가 시작된 지 얼마 되지 않아 털려 버렸다.

사냥개가 다시 일어설 거라고 직감했는지 김현성이 다시 검을 휘둘러 왔지만, 녀석의 검을 라파엘의 성검이 가로막았다.

"으아아아아아아!"

괴성을 내지르며, 검을 휘둘러 오는 모습에서는 그 옛날 어리숙했던 놈의 모습을 찾을 수가 없다. 대신 자리한 것은 독기를 품은 얼굴, 김현성 역시 입술을 꽉 깨물고 검을 휘두른다.

'죽을 거야.'

라파엘은 저 검에 반응하지 못한다. 절대로 반응할 수 없다. 처음 내지르는 검은 페인트, 이후에 휘두르는 검이 진짜.

"첫 번째는 페인트."

그렇게 경고했지만 내 말보다 김현성의 손이 더 빠르다. 다시 한번 0.5초 보호막이 라파엘의 앞을 가로막았지만, 날개 하나가 잘려 나가는 것을 막지는 못했다.

"제길!"

어떻게든 시간을 끌기 위해 궁수가 화살을 날렸지만, 고개조차 돌리지 않고 한쪽 손으로 화살을 잡아낸다. 심지어 눈길

한 번 주지 않는다.

'시바, 저건…… 진짜 멋있네.'

"괴, 괴물."

궁수의 목소리에 화답하듯 김현성이 라파엘의 목을 향해 검을 뻗었다. 남은 7개의 날개 중 하나가 다시 라파엘의 앞을 가로막았지만, 김현성은 귀찮다는 듯이 날개를 손으로 잡아 찢으며 검을 밀어 넣으려고 했다.

"아아악!"

애처로운 비명에 서둘러 발걸음을 옮기는 기사와 김현성의 뒤를 노리는 도적은, 김현성의 목소리에 몸이 딱딱하게 굳어 움직이지 못했다.

"어디 있지?"

"……."

"말해, 어디 있어."

'진짜 X 됐다. 진짜로 X 됐다. 이 새끼들아, 니네 망했어. 난 몰라.'

이미 승부는 났다. 아니, 처음부터 싸움이 성립되지 않았다.

애초에 내가 녀석들에게 따로 지시를 내리지 않았다면, 대부분이 뒈졌을 거라는 것은 그 누구도 부정할 수 없는 사실이다. 사제도 그렇고, 사냥개도 그렇다. 그나마 녀석들이 발끝이라도 비빌 수 있었던 이유는, 어디까지나 내가 녀석들의 눈을 대신해 주고 있었기 때문이었다.

'김현성 레이드 팟은 개뿔.'

녀석들이 마른침을 삼켰다. 웃음기 하나 없는 얼굴로 자신들을 응시하는 김현성에게 공포를 느끼고 있는 것이리라.

아마 속으로는 이런 생각을 하고 있지 않을까.

'이게 인간인가?'

혹은······.

'악마.'

지금 내 눈에도 김현성의 모습은 정의의 용사라기보다는 어둠의 군주처럼 보인다.

어둠의 군주 둠현성도 제법 멋있어 보였지만 현시점에서는 반갑지 않다. 미묘하게 어두운 조명 때문에 그런 건지는 모르겠지만, 라파엘의 날개 한 짝을 손으로 잡아 뜯어 피가 튄 모습은 왠지 모르게 오싹하다.

우리 현성이의 별별 모습을 다 봐왔던 나도 이렇게 느끼는데 다른 녀석들이야 오죽할까. 라파엘 파티 역시 칼밥을 먹고 사는 처지인 이상 저 눈이 무엇을 뜻하는 것인지 대충 눈치채고 있을 것이다.

'전부 다 죽을 거야.'

그 말 그대로. 김현성은 이곳에 있는 이들을 살려둘 생각이 없다. 1회차에서 함께했던 영웅들과의 추억이고 나발이고, 내가 쏟은 주식이고 나발이고 신경 쓰지 않을 심산이다.

물론 김현성이 저들과 그렇게 친하지는 않았다고 해도······.

'그래도 동료였다며, 현성아. 쟤들 말도 들어는 봐야지.'

"시발······."

'기적의 사제한테는 도움받은 적 있었다며, 생매장 듀오랑은 같이 술 마신 적도 있었고…… . 여기사랑도 아는 사이라고 하지 않았어? 쟤들 잘못한 거 없어. 라파엘이 쟤네 다 꼬드긴 걸 수도 있잖아. 라파엘도 잠깐 마음이 아파서 그런 거일 수도 있고…… . 원래 마음이 아픈 애들이 간혹 이상한 실수 저지르고는 하잖아. 그렇게 사람 쉽게 내치고 그러면 안 돼.'

"그러면 안 된다고……."

'쟤네 키우는 게 얼마나 힘들었는데…… . 너도 사실 죽이기 싫잖아.'

김현성도 녀석들을 그리워했었다. 내게 1회차 영웅들에 대한 썰을 풀 때 조금은 즐거워 보이기도 했고, 추억에 젖은 것처럼 이야기하기도 했었다. 군이 2회차에서 새로운 인연을 만들 생각이 없다고는 했지만, 그치들을 지원하고 있었다는 것 자체가 명백한 증거가 아니던가.

하지만 지금의 모습에서 그런 그리움은 보이지 않는다. 증오와 분노 외에 다른 감정은 없다.

'진짜 죽이려나 보다.'

물어보지 않아도 알 수 있는 법이다. 내가 나가서 말리지 않는 한, 라파엘을 비롯한 용사 파티는 처참한 모습으로 무지개다리를 건널 것이다.

비틀거리며 문을 열려고 해봤지만, 도저히 열리지 않는다. 그 와중에도 김현성은 녀석들에게 검을 겨누고 있다.

'죽이 되든, 밥이 되든…… 일단 살려야 하지 않을까?'

'어떻게?'라는 생각이 머릿속을 스치고 지나갔지만, 적어도 이 문을 열 방법을 찾을 때까지는 시간을 끌어야 했다.

다이렉트로 김현성에게 연락하는 방법이 좋지 않을까 싶어서 메시지를 넣어봤지만, 본인의 집무실에 놓고 온 모양인지 받지를 않는다.

누군가가 문을 두드린 것은 바로 그때.

'누구야.'

"부길드 마스터?"

'아이고, 우리 리안이! 우리 리안이가 해냈구나.'

성검 용사 파티의 시선이 본인에게서 떨어지기를 기다리고 있었던 모양이다.

어떻게 빠져나왔는지는 알 수 없었지만, 일단은 쾌재를 불러야 함이 옳다.

"문을 열 방도를…… 찾는 중입니다. 조금만 기다려 주시면……."

"아, 네."

이제 곧 이곳을 빠져나가 피 터지게 싸우는 쟤네를 말릴 수 있을 테니까.

초조한 마음으로 허벅지를 툭툭 두드려 봤지만, 아직도 문이 열릴 기미는 없다. 그 와중에도 김현성과 성검 용사 파티는 미묘한 분위기를 유지하고 있었고.

'일단은 살리자. 살려보자.'

쉬울 거라고 생각되지는 않는다. 가능성 역시 낮지만, 시간을 끄는 거라면 가능할지도 모른다.

'마리엔 각성기는 끝났고······.'

한 번 외울 때마다 세 번씩 차징 되는 마법사의 보호 마법 역시 끝.

물론 이쪽은 계속 충전이 가능하지만, 지금 당장은 주문을 외울 수 있는 상황이 아니다.

'일단은 주문부터 외워야 해.'

형편없이 깨져 나가는 보호 마법이지만, 저 보호 마법 한 발이 성검 용사 파티의 목숨 하나라고 생각하는 게 옳다. 쉽게 말해 총 3개의 라이프 포인트를 세이브 하게 되는 셈이다.

찰나의 순간만을 버티게 해주는 수단에 불과하지만, 저 찰나의 순간이 없다면 파티의 전위들은 김현성의 검에 반응할 수 없다.

시간만 있으면 계속 충전할 수도 있으니, 그렇게 나쁜 상황도 아니다. 기적의 사제가 살짝 퍼지기는 했지만, 사냥개도 몸을 움직일 수 있을 정도로 회복했고, 다른 파티원들의 몸도 비교적 멀쩡한 상태다.

맨 처음 기적의 사제가 물리고 시작했다면 아예 가능성조차 없었겠지만 사제가 유지하고 있는 파티는 그렇게 쉽게 리타이어 하지 않는다. 반쯤은 성기사로 분류할 수 있는 라파엘 역시 아직까지 싸울 수 있는 상황이니 이곳에서 나갈 때까지는 버틸 수 있다. 성검 용사 파티를 전술 김현성 다루듯 컨트롤한다면······.

'할 수 있어.'

30분? 30분은 버틸 수 있지 않을까? 아니면 10분? 10분 안에 나갈 수 있으면 좋을 텐데…….

여러 가지 복잡한 생각을 하는 중에도 입은 자연스럽게 움직이기 시작했다. 남은 시간이 얼마 없는 상황, 최대한 빠르게 브리핑을 해야겠다고 생각했기 때문이다.

"제 목소리에 집중하세요."

아무리 세상일이 어떻게 돌아갈지 모른다지만.

"지금부터 제가 지시하겠습니다."

김현성 레이드 팟을 지휘하게 될 줄은 상상도 하지 못했다.

'할 수 있다. 할 수 있다. 할 수 있다.'

CF에서나 나올 것 같은 명대사를 저도 모르게 지껄이게 된다. 그만큼 이게 무모한 도전이라는 걸 알기에 나온 자기 세뇌의 주문이었지만, 영 설득력이 없다고 생각하지는 않았다.

라파엘 파티를 믿는 것이 아니다.

물론 녀석들의 능력을 아예 배제하는 건 아니었지만, 이게 가능하다고 믿는 것은 어디까지나 내가 김현성을 가장 잘 알고 있다는 자신감 때문이었다.

전투 중 보이는 사소한 습관, 성향과 공격 루트, 27군단 소환 사태 때의 경험, 그리고 전술 김현성을 통해 축적된 데이터. 녀석이 어느 정도의 출력을 낼 수 있는지, 마력과 체력이 어느 정도 인지, 전쟁터에서 뭘 할 수 있는지, 난전에서, 대인전에서, 또 이런 상황에서 뭘 할 수 있는지는 내가 제일 잘 알고 있다.

아마 녀석보다 내가 녀석에 대해 더 잘 알고 있지 않을까.

아무리 우리 사랑스러운 회귀자가 훈련광이라고 한들, 자신에 대해 심도 있게 분석한 적은 없었을 테니까.

서서히 지끈거리기 시작하는 머리를 부여잡았다.

'할 수 있어.'

기본적으로 라파엘 파티는 강하다. 아직 완성되지 않았지만……

'내가 완성시킬 수 있어.'

이기는 것은 불가능하지만, 버티는 거라면 가능하다.

"제 목소리 들리는 거 티 내지 마세요. 모른 척하고, 당연하지만 대답하지도 않습니다. 단기전으로는 불가능합니다. 장기전으로 끌고 가야 해요. 기본적으로 보호 마법 3개를 캐스팅하는 게 가장 중요합니다. 지금부터 이걸 파티의 목숨이라고 생각합니다. 절대로 쓸데없이 사용해서도 안 되고, 제 허락 없이 남발해서도 안 됩니다. 검이 지척에 다가와도 지시가 없으면 사용하지 않습니다."

-…….

"마법사는 보호 마법 외에 다른 주문은 외우지 않습니다. 마법의 쿨타임에는 라파엘의 회색빛으로 세이브 하는 것으로 하겠습니다. 대충 이해되실 거예요. 기본적인 스킬 사이클은 보호 마법 3번, 회색빛의 보호 1번, 그사이 다시 보호 마법 3번, 다시 회색빛의 보호 1번, 이게 기본적인 사이클입니다. 주문을 외우는 타이밍도 지시해 드릴 테니 그냥 제 지시 없이는 움직이지 않는다고 생각하시면 됩니다."

-어디 있어.

"전투가 재시작되자마자 한곳으로 뭉쳐서 사제님 버프 받고 시작하겠습니다. 스펙이 안 된다는 건 파티원분들이 가장 잘 알고 계실 거예요. 끊임없이 버프를 유지하는 게 중요해요, 끊임없이요. 그래야 제 지시에 반응이라도 하실 수 있을 겁니다. 추가로, 보이지 않는다고 당황하실 필요 없습니다. 제가 보고 있으니까요. 다른 눈이 달려 있다고 생각하시면 돼요. 현재 현성 씨가 있는 방향을 12시로 하겠습니다. 말이 조금 빠르지만, 다 알아들으리라 믿겠습니다. 세부 지시는 전투가 시작되면 곧바로 드리겠습니다."

-…….

"마지막으로 한 가지, 조금이라도 실수하면 죽습니다. 실수하지 마세요."

-…….

"궁수 화살 준비. 아까처럼 당황해서 날리지 말고 제대로 노려. 라파엘은 날개 하나 버리면서 빠져나오는 거로…… 불가능하면 두 장. 지원은 해줄 테니까, 알아서 나와요."

–……

"발사."

내 말과 동시에 화살을 장전하는 궁수가 시야에 비쳤다.

곧바로 반응한 김현성이 검을 들어 올렸지만.

"기사 방패 들고 전진. 사제, 기사 대상으로 회복 주문 외운 후에 버프, 마법사도 주문 외워."

중무장한 기사가 커다란 방패를 들고 돌진해 오는 중이다.

갑작스럽게 회복 주문을 외우라는 개소리에 의문을 품는 사제의 얼굴이 보였지만, 이내 피를 흘리고 쓰러지는 기사의 모습을 보고는 얼떨떨한 표정이 감돌았다.

대미지가 들어오자마자 회복 주문의 영향을 받은 기사 역시 당황한 기색이 역력, 애도 나쁘지는 않다고 생각했다.

'나쁘지는 않아.'

박덕구처럼 방어력에 몰빵한 것이 아니기에 버틸 수 있을지 걱정되기는 했지만, 아이템빨과 최소한의 내구로 힘이 들어가지 않은 한 발 정도는 버틸 수 있는 모양이다. 급소를 보호해 즉사하지 않은 것만으로도 녀석은 자신의 역할을 다한 것이다.

그사이 라파엘은 날개를 펴고 김현성의 범위 내에서 벗어나려 안간힘을 쓰고 있었다.

김현성의 얼굴에 의아함이 깃든다.

그 과정에서 날개 한쪽이 잘려 나가기는 했지만, 첫 번째 위기를 넘겼다는 게 중요했다.

"회색빛."

거대한 회색빛이 파티 전체와 감싸며 김현성을 밀어내지만, 겨우 저걸로 밀어낼 수 있을 리 없다.

4개의 라이프 포인트를 가졌다는 표현이 4번을 버틸 수 있게 해준다는 뜻은 아니다. 어디까지나 안정적으로, 한 턴을 넘길 수 있게 해준다고 설명하는 것이 적절하다. 자세한 설명을 하지는 않았지만, 녀석들 역시 그 사실을 알고 있을 터.

대열을 재정비하고 사제의 버프를 받은 시점에, 마법사의 주문이 완성됐다.

'보호 마법 충전했고.'

진짜 시작은 여기서부터.

"라파엘은 중심, 메인은 사냥개."

라파엘을 직접 조정하는 것보다는 사냥개를 이용하는 것을 선택, 애초에 라파엘은 파티의 밸런스를 잡아주는 역할이 더 잘 어울린다. 물론 개인의 능력은 라파엘이 더 뛰어나지만, 라파엘을 메인으로 내세우면 파티의 밸런스가 무너진다.

본인 역시 자신의 역할을 알고 있는지 검을 땅으로 내리꽂았다.

'회색 영역.'

아군에게는 버프를, 적군에게는 디버프를 주는 스킬이었다.

물론 김현성이 저깟 디버프에 영향을 받을 리 없지만, 파티 전체의 방어력과 전반적인 능력치가 오른다는 게 중요했다.

파티와 개인은 엄연히 다르다. 개인이 상대할 수 없는 재앙급 몬스터를 인간이 막아내는, 불가능을 가능으로 만드는 것이 바로 유기적인 팀플레이와 밸런스, 약속된 행동과 정확한 판단이 아니었던가.

"이주혁 님은 역할은 평소대로, 다만 스스로 판단하지 말고 제 지시대로만 움직여요."

볼 수 있는 화면이 많지는 않았지만, 망원경에 최대한 마력을 때려 부어 김현성의 신체 곳곳을 살폈다. 어디에 마력이 들어가고 어떤 근육을 사용하는지, 또 어떻게 움직이는지 자세하게 분석한다.

전술 사냥개는 효율이 낮지만…….

'발목만 붙잡으면 돼.'

상처 입히는 건 애초에 불가능하다.

"몸 사리지 마요."

본인이 죽는 걸 각오하고서라고 어떻게든 발목만 물어뜯겠다는 일념으로.

물론 속도는 부족하다. 힘도 부족하고, 마력은 두말할 것도 없다. 하지만 김현성이 움직이는 곳, 김현성이 위치를 옮기는 곳에 한 발자국 늦게 녀석이 등장한다.

개인의 입장에서 이것보다 더 거슬리는 일이 어디 있을까. 아마 김현성에게는 녀석이 어그로를 끄는 탱커처럼 느껴질 것이다.

"왼쪽."

-허억…….

"머리 조심."

-허억, 허억…….

"발에 마력 모아요. 사라집니다. 다음 오른쪽."

-하아, 허억…….

"끝까지 달라붙어요. 늦으면 다 죽어. 팔에 마력 모을 시간 주지 마. 거리 벌어지면 한꺼번에 다 죽습니다. 검이 빛날 시간을 줘도 다 죽고, 안정적인 자세에서 검을 휘둘러도 다 죽는 거예요. 축이 되는 발만 거슬리게 합니다. 검에 힘이 안 실리면 적어도 피할 시간은 벌 수 있으니까."

-하아, 허억, 허억…….

'아, 이 새끼 금방 퍼지겠는데.'
문제는 녀석의 체력으로 김현성을 따라잡는 것이 불가능하다는 것, 김현성 역시 그걸 알고 있다.

'싸울 때는 확실히 똑똑해.'

사냥개가 어떤 역할을 부여받았는지 이해하고 있다. 그렇기에 오히려 녀석을 내버려 두는 것이리라. 일부러 움직임을 더크게 가져가고, 일부러 동선을 먼 곳으로 잡는다. 스펙상 본인이 월등한 우위에 있는데도 불구하고 사냥개에게 집착하지 않는다. 일단은 체력을 빼놓는 것으로 만족하는 것이다.

사냥개에게 어그로를 끌리는 순간, 정황이 더 복잡해진다는 걸 이해하고 있다. 여기까지 오는 내내 사용한 마력과 체력이 영향을 주고 있다고 생각했는데, 그것도 아닌 모양이다.

조혜진을 퍼지게 한 거리도 김현성에게는 별 영향을 준 것같지 않다. 물론 아예 영향이 없지는 않겠지만, 고작 라파엘 파티를 상대하는 데는 무리가 없을 거라 판단한 것 같았다.

'체력이 많이 늘었어.'

아마 우리 사랑스러운 회귀자 역시 전술 김현성을 염두에둔 것이 아닐까.

당시 녀석도 체력이 아슬아슬하다는 걸 깨달았을 것이다. 더 안정적으로, 더 오래 그 상태를 유지하기 위해서는 체력의상승이 필수적이라고 생각한 게 분명하리라.

'안 좋은데.'

파티의 지원을 받고 있는데도 사냥개는 벌써 퍼지기 직전, 독기가 어디로 간 것은 아닌지 헐떡거리며 어떻게 주문에 맞춰주고는 있지만 반응이 늦다. 간혹 자신에게 들어오는 공격 루트를 전달해도 힘에 부치는지 제대로 반응하지 못한다.

'겨우 1분 40초? 아니, 이제 2분인가.'

지금까지는 어떻게든 버티고 있지만 여기서 몇 분이 더 추가되면 곧바로 균형이 무너진다.

현시점에서도 파티를 위해 사용되어야 할 보호 마법이 점점 사냥개 개인을 위해 사용되고 있는 상황이다.

하지만 이 균형을 유지해 주는 것은 중요하다. 라파엘을 투입하면 곧바로 누구 하나가 뒈져 나가는 상황이 펼쳐지게 되리라.

'이거 큰일 난 것 같은데…… 진짜.'

그따위 생각을 하며 커다란 문을 바라봤지만, 박리안은 아직도 뾰족한 수를 찾지 못한 것 같았다. 굳게 잠긴 문을 열기 위해 본인의 쌍검이라도 찾으러 간 것은 아닌지 모르겠다.

'현성아…… 시바, 현성아.'

그 와중에 조금 이상하게 느껴진 것은 김현성에게서 별다른 액션이 없었다는 것.

내가 균형을 유지시키고 있다기보다는 녀석이 수를 던지지 않는다는 느낌이 강하게 들기 시작했다. 내 생각이 맞는지는 모르겠지만, 마치 라파엘 파티를 살펴보는 것만 같은 느낌.

'현성아, 눈치챈 거 아니지?'

그런 생각이 갑작스럽게 들어와 꽂힌다.

이런 생각을 해볼 만도 하다. 김현성도 바보는 아니다. 애초에 처음, 마리엔이 자신의 공격을 피했다는 것부터가 의아하게 느껴질 터다.

곧바로 찢어 죽일 수 있을 것 같았던 벌레들이 의외의 저항을 하고 있다. 파티의 완성도가 본인이 상정하고 있던 것보다 훨씬 높게 느껴질 것이다. 어쩌면 생각하기도 싫은 상상을 하고 있을지도 모른다.

'혹시나 이 새끼들이 기영 씨의 지시를 받고 있는 것은 아닐까.'

그런 합리적 의심 말이다.

움직이는 게 마치 시험하고 있는 것 같지 않은가. 이 파티가 어디까지 자신을 따라올 수 있는지, 본인이 생각하는 게 맞는지 하나하나 짚어보는 듯한 느낌이다.

내가 김현성을 잘 알고 있는 만큼, 녀석 역시 나를 잘 알고 있다. 내가 파티와 개인을 어떤 식으로 굴리는지는 녀석이 먼저 경험해 보지 않았던가.

아니나 다를까 점점 표정이 어두워지는 게 시야에 비친다.

혹시라도 녀석들을 죽이면 안 된다는 내 마음이 전해진 것은 아닌가 하는 생각이 들었지만, 어디까지나 희망 사항에 불과하다.

'아…….'

반대로 라파엘의 얼굴은 더욱더 밝아지는 중.

'너, 이기고 있는 거 아니야. 언제, 어떻게 목이 날아가도 이상하지 않은 상황인데, 뭐가 좋다고 그렇게 웃고 있어, 시바.'

아마 형이 드디어 자신을 알아줬다고 판단한 것은 아닐지 모르겠다.

당연하지만 저 모든 행동이 김현성에게는 거슬릴 것이다. 만약 이기영이 정말로 눈앞에 있는 파티원들에게 지시를 내리고 있다면 결코 정상적인 방법이 아닐 거라고 생각할 테니까. 어쩌면 세뇌 같은 종류의 정신적인 압박을 받고 있다고 추리하고 있을지도 모른다.

　본인이 하기 싫은 잃을 억지로 하게 하거나, '이제는 용사 파티가 없이는 살 수 없는 몸이 되어버렸어' 따위의 대사를 듣게 되는 상황을 상정하고 있을 수도 있다.

　김현성의 표정이 점점 더 어두워질수록 내 안색도 괜스레 어두워지고 있는 시점, 사랑스러운 회귀자가 제자리에 우뚝 멈춘 것은 바로 그때였다.

　-죽여 버리겠어.

　'원래 죽이려고 했잖아.

　-살아 있는 걸 후회하도록…… 이 쓰레기 같은 놈들.

　'안 돼, 그런 거 하지 마. 악당 같은 대사 날리면 안 돼. 우리 정의의 편이야, 알지?'
　"가까이 가지 마. 가까이 가지 마!! 움직이면 죽어. 움직이면……."
　아니, 이미 한 놈 죽을 것 같다.

-아아아아악!

비명과 함께 생매장 듀오 중 한 놈의 팔이 날아가는 것이 시야에 들어왔기 때문이다.

'난 몰라.'

고통에 찬 비명을 내지르며 땅바닥을 나뒹구는 놈의 모습은 가관.

-아악!! 아아아악!!!

고향으로 돌아가 청혼한다는 녀석의 계획은 여기서 끝이 아닐까. 목숨을 건지더라도 무릎은 꿇을 수 없을지도 모른다. 방금 다리 한쪽이 날아갔으니까.

-아아아악!!

'사, 사랑했다. 라파엘. 시바.'

그런 말이 절로 튀어나오는 순간.

대륙의 빛을 납치한 악마 놈들의 최후를 직접 확인할 수 있지 않을까 하는 생각이 머릿속에 내려와 꽂혔다.

"힘내라. 힘내, 현성아…… 지지 마."

189장
미친 까마귀

엘룬이 선물한 망원경에 보인 것은 동료를 잃을 위기에 표정을 굳힌 용사와 녀석을 둘러싼 타천의 무리.

루시퍼가 내려준 성검, 아니, 마검을 손에 들고 김현성을 위협하는 녀석들의 모습에는 저도 모르게 고개가 저어졌다.

다수에게 둘러싸인 회귀자가 이 위기를 버틸 수 있을지, 자신이 진정으로 원하는 것을 얻을 수 있을지는 모르겠지만, 차갑게 굳은 얼굴은 현재 사태가 얼마나 심각한지 말해주는 것 같았다.

'더러운 루시퍼의 졸개들······.'

평화로운 대륙을 위협하려는 악마들의 모습에 오금이 저린다.

여러모로 불리한 점이 많다. 개인의 스펙은 김현성이 높다지만 수적으로 열세인 상황이다. 여기까지 오느라 소모한 마력과 체력을 생각해 본다면 불리한 싸움이라고 하는 것이 옳다.

나 역시 김현성과 함께 저 악마 무리를 향해 빛의 심판을 내리고 싶은 심정, 이곳에 갇히는 것밖에 할 수 없다는 게 원망스러워지는 순간이었다.

'열려.'

거대한 문을 쿵쿵 두드려 봤지만, 여전히 반응이 없다.

'믿는 수밖에 없어, 아니, 나는 현성이를 믿어.'

"할 수 있을 거야."

그동안 수많은 위기를 헤쳐온 그 김현성이지 않은가. 이번 위기 역시 충분히 감당해 낼 거라고 여겼다. 녀석은 그런 놈이었으니까.

소중한 친우가 세뇌되었을지도 모른다는 사실을 깨닫고 각성한 용사 때문인지 루시퍼의 졸개들은 스멀스멀 뒷걸음질 치기 시작.

본인들이 인지한 행동이 아닐 거라고 장담할 수 있다. 아마 갑작스럽게 뻗어 나오는 노을빛 기운에 어둠의 마기가 본능적으로 반응하는 것이 아닐까.

"힘내라, 힘내. 지지 마라, 현성아."

내 목소리라도 닿는다면…… 닿는다면, 아주 작은 힘이나마 닿을 수 있다면, 녀석에게는 정말로 커다란 힘이 될 텐데…….

-다, 다음에는 어떻게 해요, 형?

-다음에는…… 어떻게…….

타천의 힘에 의해 잠시 안에 남아 있던 어둠이 반응하기는
했지만, 언제나 손절은 냉혹한 법.

-대답해 주세요, 형. 지시를…… 지시를 내려주세요.
-형, 괜찮으신 거 맞죠? 괜찮으신 거…… 맞는 거죠? 쓰러지
신 건 아니죠?

그 와중에 라파엘이 점점 더 초조해지는 것이 느껴졌다.
안 그래도 슬슬 머리가 지끈거리는 타이밍, 아까와는 별개
로 손가락을 툭툭 허벅지로 두드릴 수밖에 없었다. 이후의 일
을 어떻게 처리해야 할지 머리를 굴려야 했던 탓이다.
'세뇌당했다고 하면 되려나.'
김현성 역시 그렇게 생각하고 있을 테니 딱 적당한 변명이
되지 않을까. 벌써부터 노을빛에 영향을 받은 녀석들을 보니,
얼마 지나지 않아 이곳에 도착할 것 같다.
슬쩍 거울을 바라보자 현재의 모습이 그리 좋지 않은 것처
럼 보이기는 한다.
두통 때문에 일그러진 얼굴이기도 했고 무엇보다 제대로 먹
지 못해 마른 모습은 누가 봐도 건강이 좋지 않다고 말해주는
것 같았다.
자해한 흔적이라도 있으면 좋지 않을까 싶었지만, 드라마틱

한 전개를 위해 스스로를 상처 입히고 싶지는 않다. 아무리 나라고는 해도 쓸데없이 아픈 건 싫었으니까.

군이 온몸에 멍이 든 흔적을 만들지 않아도 김현성이라면 내가 겪었을 고통을 모두 알아주지 않을까.

'아니지, 그래도 조금은 있는 게 나으려나.'

조금 정도는 있어야 개연성이 맞지 않을까 싶기도 했다.

여러 가지 생각을 하는 와중에도 팔과 다리가 잘린 녀석은 고통스러운 비명을 내지르는 중이었다. 이미 전투 불능이라고 판단한 것인지는 몰라도 김현성이 녀석을 지나쳐 천천히 발걸음을 옮기는 모습이 시야에 들어왔다.

저대로 천천히 죽어가는 걸 지켜보려는 건지, 아니면 살아 있는 게 후회될 만한 상황을 만들기 위해서인지는 모르겠지만, 냉정한 빛의 심판이 녀석을 기다리고 있는 것만은 확실해 보였다.

입술을 꽉 깨문 라파엘의 얼굴을 보자 미안한 감정이 살짝 올라오기는 했지만 이미 밸런스는 무너졌다. 아무리 여기서 쌩 발악을 한다고 해도 이 무너진 균형을 되찾는 것은 불가능.

무엇보다…….

'아, 무서워.'

김현성의 얼굴이 굉장히 무섭다.

-형, 형! 형!

녀석의 형 하는 소리가 채 닿기도 전에 쾌직 하는 소리가 들려온다. 시야에 비친 것은 벽에 얼굴이 처박힌 라파엘, 순간 날개를 펼쳐 몸을 뒤로 빼기는 했지만, 대미지가 없을 리가 없다.

사실 육체적인 대미지보다는 정신적인 대미지가 더 커 보인다. 갑작스럽게 목소리가 들려오지 않은 이유를 생각하는 것이 틀림없다.

아니면…….

'수신기에서 내 목소리를 들었나?'

'현성아, 지지 마라는 대사를 들었다면 멘탈이 나갈 만도 했다. 귀신같은 타이밍에 손절 당한 것은 아닌지 고려하고 있을 수도 있다는 거다.

아주 약간의 걱정거리가 대뇌의 전두엽을 스치고 지나가기는 했지만, 이내 들려온 목소리에 조금은 안심할 수 있었다.

입술을 꽉 깨물고 있던 녀석의 외침은 가관.

-무슨 짓을 한 거야! 형한테 무슨 짓을 한 거냐고! 형한테…….
-그럴 리가 없어. 이럴 리가…….

'진짜 미안해, 진짜로. 나도 이러기는 싫었는데, 상황이 좀 그래. 다들 손절하는 타이밍이기도 하고…… 나만 붙들고 있기는 조금 그렇잖아.'

-나를…… 버릴 리가 없는데…… 나를…… 분명히 뭔가가

잘못된 거야. 그래, 분명히 네가…… 네가 무슨 짓을 한 거야.

'아니야, 충분히 그럴 수 있어. 믿지 않으면 배신당할 일도 없는데…….'

-형이 나를 버릴 리가…… 아아아악!!

콰앙!!
파티의 중심을 자처하던 라파엘이 스스로 무너지고 있는 상황, 안 그래도 김현성에게 대응하기 힘들던 파티가 무너지는 것 역시 시간문제였다.
그나마 눈빛이 살아 있는 것은 사냥개뿐. 입술을 꽉 깨문 녀석이 김현성을 향해 돌진하는 것은 순식간이었다.
곧바로 목이 잘려 나갈 거라고 생각했지만, 놈은 의외로 괜찮은 모습을 보여줬다. 남은 파티원들과 함께 최후의 힘을 짜내듯, 아까와 같은 모습을 보여주기 시작한 것이다. 직접적인 지시는 없었지만, 본인들이 어떻게 움직여야 하는지는 기억하고 있는 모양.

-그대로 주저앉아 있을 생각이냐.

손발이 오그라드는 대사를 치는 사냥개의 몸은 이미 만신창이다. 말 그대로 온몸이 너덜너덜해지고 있다.

-겨우 이 정도로 주저앉고 끝낼 생각이었던 거냐.

'그만해, 얘들아……'

-일어서. 일어서라, 라파엘. 나를 실망시키지 마라. 너를 믿고 여기까지 따라와 준 나를, 우리를 실망시키지 마.

그들의 감성이 이해가 되기는 했지만, 한 발자국 뒤에서 저 말을 듣기에는 확실히 무리가 있다.

-네 손으로 시작한 일이다. 끝까지 매듭을 지어. 지키고 싶은 사람을 위해, 대륙을 위해, 자신이 저지른 죗값을 치르기 위해 싸우고 싶었던 게 아니었었나. 나는 기억하고 있다, 라파엘. 네 눈을 보고 난 따라온 거야.
-흔들리지 마라. 너는 분명히 해낼 수 있다. 분명히…….

이제는 기억조차 나지 않는 싸이월드 감성을 숨김없이 드러내는 사냥개의 의외의 모습에 엉덩이가 들썩였지만, 누군가는 착실히 반응하고 있다. 가슴에 검이 튀어나온 채 저런 말을 지껄였으니, 오히려 반응하지 않는 게 이상하지 않을까.

조금 다른 이야기이지만, 사실 김현성이 조금 걱정되기도 했다. 아무리 상황이 꼬였다고는 하더라도 1회차의 동료들을 본인의 손으로 보내는 것은 조금 너무하지 않은가. 게다가 그 동료가 라파엘에게 지지를 보내고 있다는 사실을 어떻게 생각할지도 의문이 남는 부분이고…….

-너 자신을 위해서 싸워. 지지 마라, 라파엘……. 지지……마…….

녀석은 결국 입에서 피를 흘리며 툭 하고 쓰러져 내렸다.
미약하게 숨을 쉬는 걸 보면 살아 있는 것 같기는 했지만, 얼마 버티지 못하리라는 것은 부정할 수 없는 사실.

-아, 안 돼, 안 돼!

중얼거리는 라파엘의 모습을 보며, 기적의 사제 마리엔이 신성력을 내뿜는다.

-지지 마요. 지지 마세요. 주저앉지 마세요.
-아, 아아…….
-기억하세요? 할 수 있을 거라고…… 말해주셨잖아요. 처음 만났을 때 분명히 그렇게 말씀해 주셨잖아요. 할 수 있을 거예요, 라파엘 님은 분명히…….
-마리엔, 마리엔!

믿었던 기적의 사제마저 신성력을 전부 사용한 이후에 탈진.

사방을 둘러보는 라파엘의 모습이 보인다. 지금 눈에 보이는 광경은 거짓말이라는 듯이 두리번거리며 눈물을 흘리고 있는 모습이 보인다.

함께 싸우는 동료들은 이제 없다.

-힘을…… 힘을 줘.

-…….

-당신이 날 선택한 이유가 있다면 힘을 줘!

-넌 애초에 선택된 적도 없었어.

-형이 말해줬어. 분명히 날 선택한 이유가 있을 거라고. 힘을, 힘을 주란 말이야. 동료들을 지킬 수 있는 힘을 줘. 형을 지킬 수 있는 힘을, 힘을 줘! 이 머저리 같은 고철 덩어리! 제발…… 부탁해. 제발…… 원하는 건 뭐든 할 테니, 내게.

뭔가 스멀스멀 느낌이 오는 타이밍이기는 하다. 정의의 용사가 성검으로부터 인정받아 힘을 얻는 클리셰이기는 하지만, 녀석은 용사가 아니지 않은가.

괜스레 혀를 차고 있었던 바로 그때였다.

콰아아아아아아아아.

굉음과 함께 회색빛이 녀석의 몸에서 흘러나오기 시작한 것.

'뭐야, 이러면 안 되는데.'

"뭐야, 이러면 안 돼. 왜 이러는 건데……."

제대로 가늠할 수조차 없을 정도로 빛나는 회색빛은 과장 하나 보태지 않고 찬란하게 느껴진다.

온몸이 상처투성이였던 라파엘의 몸이 천천히 회복된다. 아니, 회복이라기보다는 재생이라는 표현이 떠 어울리는 상황, 그동안의 대미지가 처음부터 없었던 것처럼 회복되고 있다.

당연하지만 회색빛은 쓰러진 녀석들에게까지 영향을 미치고 있다. 미약한 숨을 헐떡거리고 있던 사냥개의 숨이 점차 안정적으로 변하기 시작했고, 탈진한 마리엔의 창백한 안색 역시 평소와 다름없는 모습으로 되돌아간다.

'뭐야……'

손절했는데 갑자기 이러는 게 어디 있어.

'아직 추가 매수할 수 있는 상황인 거 맞지?'

김현성의 표정 역시 한층 더 굳기 시작한다. 저런 반응을 보이는 것도 무리가 아니리라. 보이는 출력 자체가…….

'이해할 수 없는 수준.'

그 말 그대로이지 않은가. 아무리 마검, 아니, 성검에게 선택받았다고 한들, 평범한 인간이 가질 수 있는 힘이 아니다. 내뿜고 있는 회색빛의 양이 이미 김현성을 상회하는 상황. 우리 사랑스러운 회귀자가 녀석에게 질 거라는 생각은 들지 않았지만, 지금 라파엘이 보여주고 있는 모습은 지극히 비상식적이었다.

물론 라파엘이 어디서 저런 힘을 받고 있는지는 대충 이해가 간다.

"루시퍼."

계약서에 도장을 찍은 거라고 생각하는 게 맞다. 최소한 가계약 정도는······.

'하.'

괜스레 입술을 꽉 깨물며, 여러 가지 고민을 해볼 수밖에 없었다.

'어째서?'

"도대체 왜."

'왜 산 거야?'

모두가 이 주식을 손절한 상황에 어째서 그녀가 여기에 투자했는지, 도대체 뭐 볼 게 있다고 다시 이 주식에 발을 들였는지에 대해······ 의구심을 가질 수밖에 없었다.

'목적이 뭐야.'

"······."

'듣고 있어? 목적이 뭐야?'

당연하지만 루시퍼의 목소리는 들려오지 않았다. 애초에 이쪽에 알릴 생각이었다면 이렇게 갑작스럽게 일을 진행시키지는 않았을 것이다.

아니, 생각해 보면······.

'갑작스러운 게 아닐 수도 있어.'

처음부터 끝까지 모든 게 설계일 가능성을 떠올려 보는 것도 무리가 아니다.

현시점에서 그녀가 뭘 노리고 있는지는 알 수 없었지만, 계획된 것이 아니라면 이렇게까지 하지는 않았을 거라고 생각했다.

떠올려 보면 이상한 것이 한두 가지가 아니다. 성검이 라파엘을 선택했다는 것부터, 현재 상황에 이르기까지 의심이 되는 정황은 많다.

물론 대수롭지 않게 넘길 수도 있지만, 루시퍼가 이런 멍청한 곳에, 아무런 목적 없이 투자할 거라는 생각은 들지 않았다.

'다 망해가는 주식에 투자해?'

베니고어 사단이라면 이런 일이 일어나도 그다지 이상하지 않겠지만, 루시퍼는 다르다.

조금이라도 살아날 기미가 보인다면 그러려니 하겠지만…….

'그것도 아니고…….'

심지어 혹시 모를 상황을 대비해 소규모 투자로 간을 보고 있는 상황도 아니다. 누가 봐도 규격 외의 회색빛을 퍼주고 있는 모습에는 내 입이 다 벌어질 정도였으니까.

혼자 힘으로 싸우고 있는 김현성이 걱정될 정도였으니, 무슨 표현이 더 필요할까.

'어이없네, 진짜.'

그런 말이 절로 튀어나오는 상황.

곧바로 몸을 날린 김현성이 라파엘에게 쇄도해 들어가는 것이 시야에 비쳤다.

아까처럼 검을 휘두르기는 했지만 검에 깃든 마력이 다르다. 정말로 죽이겠다는 생각으로 휘두른 검을 라파엘은 회색빛으로 받아낸다.

그 와중에 피슉 하는 소리와 함께 녀석의 한쪽 날개가 잘려 나가기는 했지만…….

'곧바로 회복.'

회색빛에 휩싸여 원래대로 되돌아가는 날개 역시 루시퍼가 자신의 힘을 밀어 넣었다는 거로밖에 생각되지 않는다. 아무리 신화 등급의 검이라고 한들, 저런 규격 외의 모습을 보여주는 것은 불가능했으니까.

누가 봐도 누군가의 지원을 등에 업고 싸우고 있는 게 느껴졌다.

-이 힘이라면…… 지킬 수 있어.

'그거 네 힘 아니야.'

어떻게 보면 벨리알이 내게 마력을 쏟아부었을 때와 비슷하다고도 볼 수 있으리라.

단언해서 말하건대 그때보다 더하면 더하지 덜 하진 않았다. 당시 나는 정말로 마력만 받았을 뿐이었고, 녀석은 성검이라는 신화 등급의 아이템에, 벨리알보다 서열이 높은 악마에게 힘을 빌리고 있다. 그 출력을 나보다 더 잘 활용할 수 있다는 것도 굳이 말할 필요가 없는 이야기.

애초에 내 비루한 신체는 벨리알이 넣어준 마력을 전부 소화시키지 못했다. 하지만 녀석은 다르다. 라파엘은 틀림없이 재능이 있는 편에 속하는 인재다. 아니, 어떤 부분에서는 천재라고 불릴 정도로 가능성이 있었고, 실제로 본인의 힘으로 이 위치에 올라왔다. 루시퍼와 궁합이 맞는지 맞지 않는지, 부작용이 있는지 없는지, 자기 몸을 갉아먹고 있는지 아닌지는 모르겠지만, 보이는 모습만큼은 완벽에 가깝다.

그 라파엘이 검을 휘두르는 것만으로도 콰아아아앙! 하는 소리가 들려오며 사방이 부서져 나간다.

애초 고급 마력 운용 지식에 올인해 마력 컨트롤 부분에 많은 투자를 했던 것이 이렇게 돌아온 것이다. 비교적 약한 내구도, 체력도 문제가 되지 않는다. 지금 녀석은 완전히 회색빛에 둘러싸여 있는 상태였으니까.

이쯤 되면 루시퍼가 원하는 게 김현성을 제거하는 것이 아닐까. 그런 생각이 들었지만 이내 고개를 저을 수밖에 없었다.

'아니야. 그건 아니지…… 그건 아닐 거야.'

김현성을 열렬히 원했던 게 바로 그녀가 아니었던가. 아직 김현성은 위에서 어떤 일이 벌어지는지 모르고, 어떤 진영을 선택할지도 정해진 바가 없다. 운이 좋으면 김현성이라는 인재를 영입할 수 있는 루시퍼의 입장에서는 그런 무리수를 던질 이유는 하나도 없다.

결정적으로…….

'나 역시 적으로 돌리고 싶지는 않을 테니까.'

만약 김현성을 치우고 그 자리에 라파엘을 세울 생각이라면 그 생각이 틀렸다고 딱 꼬집어 말해줄 수 있다. 루시퍼의 지원과 성검을 등에 업은 녀석이라고 한들, 절대로 녀석은 김현성을 대체할 수 없다.

괜스레 쫄리기 시작해 문을 쾅쾅 두드려 봤지만, 박리안에게서 다른 피드백이 돌아오지는 않았다.

그 와중에 김현성과 라파엘은 전투에 여념이 없다. 꽤나 넓은 동공이 순식간에 폐허가 되어버리는 데는 몇 분도 걸리지 않았다.

거대한 회색빛은 계속해서 김현성을 노리고, 김현성은 여전히 차가운 눈빛으로 놈을 응시하며 검을 휘두른다. 날개가 잘려 나가고 상처가 쌓이는 와중에도 계속해서 회복하며 김현성과 맞서는 놈의 모습은 정말로 타락한 천사의 모양새.

"이 지랄이 났는데, 위쪽에서는 아무런 반응도 없다고? 저게 루시퍼가 직접 힘을 준 게 아니라고?"

저런 출력이라면 루시퍼가 이 대륙에 발을 들여놨다고 생각하는 것이 옳다.

[일반 등급의 강제 퀘스트가 발동됩니다.]
[이기영 신도…… 이, 이기영 신도!(0/1)]

'역시 루시퍼일 줄 알았어. 그래, 시바…… 이걸 눈치 못 챌 정도로 무능하지는 않겠지.'

[지, 지금 감찰단…… 감찰단이 오는 중이래. 어떻게 해? 어, 어떡해? 아직 재판 준비 다 끝난 거 아니지? 일단 망원경부터…… 망원경.(0/1)]

'……'

[큰일 났어, 이기영 신도…… 망원경 빨리……(0/1)]

'너한테 기대를 한 내가 병신이지, 시바. 걔네가 지금 재판이랑 감찰 때문에 오는 것 같아? 지금 상황 안 보여?'

[아, 아! 뭐, 뭐야! 뭐야!(0/1)]

'눈치 못 챘어? 시바?'

[잠, 잠깐 기다려. 지금 수, 수습을…… 수습해 볼 테니까. 잠깐만……(0/1)]
[알 수 없는 이유로 일반 등급의 강제 퀘스트가 취소됩니다.]

"제대로 각을 잡으셨네요, 아주. 시바."
베니고어 쪽을 차단한 것 역시 루시퍼.
위쪽이 멍청하다고 비난하기는 했지만 정말로 그렇게 생각하지는 않는다. 애초에 바라는 게 없기도 했거니와 그만큼 루시퍼의 계획이 은밀했다는 거니까. 베니고어 위쪽에서도 대응이 한 발자국 늦었을 정도라면 그녀가 그 정도로 철저하다고 생각하는 게 맞다.

'설계하고 있었다, 이 말이지. 시바……'

의자에 앉아 이 상황을 바라보며 즐거워하는 루시퍼의 얼굴이 괜스레 스쳐 지나간다.

'위에서 설계하고 있었다…… 하.'

이죽거리고, 비웃고 있는 것은 아닐지 떠올리자 헛웃음이 나올 지경이다.

그녀의 노림수가 뭔지는 모르겠다만, 잘못하면 악마 진영에 적대감을 가지게 될 수 있다고는 예상하지 못한 모양이다. 아니면 그것까지 전부 다 포용할 정도로 이번 투자에 자신이 있었던가.

'시간이 얼마나 남았지?'

백만 년 동안 나를 위쪽과 격리할 수는 없을 터, 베니고어 사단뿐이라면 더 오래 개입할 여지가 있었겠지만, 곧 베니고어 측에서도 윗분이 등장하는 게 예정된 상황이다.

이번이 루시퍼의 2번째 방문인 만큼, 위쪽에서도 철저히 준비하고 달려올 것이다. 시간이 얼마 지나지 않아 퀘스트의 생성을 막고 있는 알 수 없는 이유가 사라질 거라는 건 불 보듯 뻔한 이야기.

문제는 그 시기가 언제냐는 것과 골든 타임에 맞출 수 있냐는 것이었다. 나라도 뭔가 해봐야겠다는 생각이 머릿속에 들어와 꽂혔다.

'초조해지게…… 박리안 얘는 진짜 뭐 하고 있어?'

그런 생각을 머리에 담는 순간, 거대한 문이 쾅 하는 소리를 내며 열리는 것이 시야에 비쳤다.

바깥에 보인 것은 땀으로 흠뻑 젖은 박리안의 얼굴, 칭찬이라도 해주고 싶었지만, 지금은 그럴 겨를조차 없다. 김현성의 표정이 점점 굳어가는 게 계속해서 시야에 들어왔으니까.

"하아…… 하아…… 늦어서…… 늦어서 죄송합니다. 부, 부길드 마스터…… 몸은, 몸은 괜찮으십니까? 어디 다치신 곳은…… 안색이, 안색이 좋지 않으신데……."

"저 좀 부축해 주세요."

"지금 당장 이곳을 빠져나가도록 하겠습니다."

"아니요. 갈 곳이 있습니다. 그전에…… 아……."

'내 눈…… 시발, 내 머리.'

"부길드 마스터, 일단은 휴식을 취하시는 게……."

"아니, 좀 가요. 급하니까."

"하지만……."

"빨리 갑시다, 좀!"

"네."

한 발자국 내딛자마자 아까와 같은 통증이 덮친다.

솔직히 땅바닥을 데굴데굴 구르고 싶을 정도의 고통이었지만, 지금 당장은 참을 수밖에 없다는 것이 문제. 한 걸음, 한 걸음 내딛기가 힘에 부쳤지만, 옆에서 내 몸의 균형을 맞춰주고 있는 박리안 때문에 간신히 버틸 수 있었다.

전방을 바라보자 여전히 전투 중인 장내가 보인다.

본래부터 차갑게 느껴졌던 김현성의 얼굴이 점점 더 차가워진다. 꽉 깨문 입술에서는 계속해서 피가 흘러나오고, 검을 잡은 손아귀에서도 핏물이 흘러내린다.

검을 휘두를 때마다 라파엘의 몸에 상처가 생기며 신체 일부분이 잘려 나가기는 하지만 회색빛과 함께 금세 회복된다.

아직은 무리가 없어 보이기는 했지만, 정말로 김현성의 체력이 걱정되기 시작했다.

-너만은 절대로 용서 못 해, 절대로!
'개소리 좀 그만해, 이 미친놈아.'
-…….
-절대로!!

싸움은 길고, 거칠다. 김현성의 몸에는 상처 하나 없었지만, 확실히 어떤 종류의 부담을 느끼고 있다는 게 느껴진다. 얼굴에는 초조함과 분노가 드리우고 있었고, 조금씩 호흡도 흐트러지기 시작한다.

지금 김현성이 싸우고 있는 대상은 라파엘이 아니라 루시퍼의 일부라고 해도 과언이 아닐 것이다. 그만큼 루시퍼의 퍼주기는 계속되고 있었다.

'한계가 있기는 한 건가? 끝은 있어?'

그녀가 한 재력 한다는 건 알고 있었지만, 이 정도로 퍼줘도 괜찮을까 싶을 정도.

라파엘은 상처 입고, 회복하는 과정을 반복하고, 어떻게든 틈을 만들어내기 위해 회색빛을 쏟는다. 김현성은 여전히 시선을 고정시킨 채로 검을 휘두르기에 여념이 없다.

자원이 계속해서 충전되는 라파엘과는 다르게 김현성은 충전되지 않을 자원을 계속해서 소모하는 쪽.

뭐라고 도움이 되고 싶었지만, 솔직히 내가 가서 어떻게 도움을 줘야 할지도 모르겠다. 전술 김현성을 가동해도 의미가 없다. 애초에 형국 자체는 현성이가 밀어붙이고 있는 형국이었으니까.

일단은 싸움을 말리는 게 먼저가 아닐까. 곧바로 손거울에 대고 입을 여는 게 올바른 판단이라고 생각했다.

"그만해요, 라파엘 님. 지금 조종당하고 있는 겁니다. 싸움을 멈추세요. 뭔가 서로 오해가⋯⋯."

하지만 그게 잘못된 선택이라는 것을 깨닫는 데에는 몇 초도 걸리지 않았다.

-아니요, 형이 조종당하고 있는 거예요. 보고 계세요. 제가 이 새끼 해치우고 형을 정상으로 만들 거예요. 더 이상 형을 힘들게 하지 않을 거예요. 더 이상⋯⋯ 머리 아픈 일도⋯⋯.

'어?'

-기억을⋯⋯.

'하지 마, 미친놈아. 말 안 한다며.'

-기억을······.

'야, 이 시바······ 하지 마! 하지 마!'

-잃는 일도 없을 거라고요.

'개······.'

-뭐?

마치 시간이 멈춘 것만 같은 느낌.

나만 이런 감정을 느끼는 게 아니었는지, 일순간 정지된 전투 현장이 시야에 들어왔다. 자신이 뭔가 잘못 들었다는 듯, 지금 무슨 소리를 하냐는 듯 인상을 구기고 있는 김현성의 표정은 가관.

-방금 뭐라고 했지.

-기억을 잃는 일도 없을 거라고. 몰랐다고 말하지는 마, 김현성, 이 쓰레기 같은 개자식.

-뭐라고······ 방금, 뭐라고······.

-네가 그렇게 만든 거야. 네가 그렇게 만든 거라고!!!

여러 가지 감정이 뒤섞인 얼굴. 루시퍼가 정말로 원하는 게 무엇이었는지, 어째서 라파엘에게 투자한 건지, 김현성의 얼굴을 확인한 순간 확신할 수 있었다.

'타락.'

"루시퍼……."

미친 까마귀가 노린 것은 둠현성일지도 모른다.

커다란 충격을 받은 듯 김현성의 얼굴에 수심이 드리우기까지는 그리 오랜 시간이 걸리지 않았다. 여전히 검을 맞대고는 있었지만, 집중력이 흐트러진 게 눈에 보일 정도, 누가 봐도 정신을 다른 곳에 놓고 온 것 같은 표정이지 않은가.

당연하지만 녀석이 무슨 생각을 하고 있을지 예상이 간다. 방금 들은 충격적인 소식을 되새김질하고 있지 않을까.

집중해야 한다고, 헛소리에 불과하다고 생각해 주면 좋겠지만 멍한 얼굴은 여전했다. 단언컨대 이전에 봤던 이상한 행동들을 천천히 떠올리고 있을 것이다.

이를테면 머리를 부여잡는다든지, 잠깐 다른 세상에라도 다녀온 것처럼 멍한 표정을 짓는다든지, 방금 전에 있었던 일을 기억하지 못하는 일이 잦아진다든지 하는 종류의 사건들 말이다.

애초에 조혜진에게 내 상태를 확인해 달라고 한 것도, 내 머리에 이상이 있을 수 있다는 것도, 모두 김현성의 머리에서 나온 추측이 아니었던가. 그 누구보다 녀석이 먼저 의심했었고,

녀석이 먼저 눈치챘었다.

'시바…… 시바……'

어쩌면 그런 결론에 도달했을지도 모른다. 조혜진이 자신에게 거짓 보고를 했거나, 내가 의도적으로 자신에게 이 일을 숨기고 있을 가능성을 상상하는 것이다.

녀석의 얼굴이 구겨지기까지에는 그리 오랜 시간이 걸리지 않았다. 눈에 보이는 것은 절망, 말 그대로 끝이 보일 것 같지 않은 절망이었다.

'이 새끼, 왜 이렇게 눈이 죽었어.'

―…….

'현성아, 정신 차려. 형 멀쩡해. 정신 차려야지. '이제 됐어, 이제는 지쳤어' 한 번 더 시전하려는 거 아니지? 지치면 안 되는 거 알지?'

―형을 구할 거야. 네 더러운 손아귀에서 그 사람을 구해낼 거야.

'넌 좀 닥쳐.'

―아무것도 모르고 있었던 주제에! 아무것도…… 모르고 있었던 주제에!

'좀 닥치라고.'

무너진 멘탈이 전투에 영향을 주는 것은 역시 너무나 당연한 수순이었다.

애초 김현성은 정상적인 판단을 할 수 있는 상태가 아닌 듯 보인다. 어찌어찌 몸을 움직이고 있지만, 평소처럼 공격에 대응하지는 못하고 있다.

좀 과하게 충격 먹은 것은 아닐까 하는 생각이 들었지만, 그 조혜진조차 울고불고 난리를 쳤었던 기억상실 기믹이 아니었던가. 김현성이 더하면 더했지, 덜하지는 않을 거라고 생각했다.

소중한 친우, 짐을 함께 들어주는 동료, 1회차와 2회차, 본인의 인생을 통틀어 유일하게 의지할 수 있는 형제. 안락하고 따뜻한 회귀자의 품에서 온갖 꿀을 받아먹기 위해 내가 저지른 사소한 사건들만큼이나 김현성은 나를 의지하고, 따르고 있다. 무의식 세계에서의 만남 이후에는 특히나 말이다.

여러모로 걱정이 생길 수밖에 없었다.

-그럴 리가…….

'맞아, 그럴 리가 없어. 그 생각이 맞아, 현성아.'

-말도 안 돼. 그럴 리가 없어.

'그래, 말도 안 되는 소리야. 걔, 순전히 거짓말쟁이야. 상태도 조금 이상한 것 같은데 무슨 그런 쓸데없는 말을 믿고 그래.'

-그런 일이…… 일어날 리가 없어.

'그래, 일어날 리가 없지. 잘 알면서 왜 그래. 그리고 쟤 지금 루시퍼한테 조종당하고 있는 것 같다니까. 그런 애가 하는 소리에 무슨 귀를 기울여 주고 그래? 저거 전부 다 거짓말인 거 알지?'

-거짓말…… 이야.

'그래, 거짓말이야.'
하지만 정말로 거짓말이라고 생각하는 것 같지가 않다는 게 문제였다.

-쾅!

아니나 다를까 큰 소리를 내면서 벽에 부딪히는 등 밀리는 형국을 보여주고 있지 않은가.

거친 숨을 몰아쉬며 어떻게든 승리를 가져가고야 말겠다는 라파엘의 의지에 괜스레 우리 회귀자가 다칠까 걱정되기는 했지만, 아마 김현성의 몸 자체에는 커다란 이상이 없을 거라고 생각했다. 정말로 루시퍼가 노린 것이 둠현성이 맞다면 녀석이 상처 입는 걸 바라보고만 있지 않을 테니까.

신체보다 더욱더 걱정을 불러일으키는 것이 바로 멘탈. 자꾸만 현실을 부정하는 모습에 어쩌면 다시 한번 무의식 세계에 들어갈지도 모른다는 생각을 해볼 정도였다.

만약 정말로 루시퍼가 김현성을 노린 게 맞다면 지금 이 장면이 루시퍼가 머릿속에 그렸던 장면이 아니었을까. 완전히 난장판이 된 장내, 계속해서 입을 열며 몰아붙이는 라파엘과 마치 혼이 나간 것만 같은 김현성.

김현성의 표정이 어두워지면 어두워질수록 더욱더 고개를 끄덕일 수밖에 없었다.

'비열한 까마귀 년……. 제기랄, 제기랄.'

현시점에서 내 말을 뒷받침해 줄 만한 증거는 없다. 하지만 시간이 지날수록 노리는 바가 무엇인지 점점 더 명확해지고 있다.

당장은 정신력 자체를 마모시키는 것이 첫 번째 과제라고 생각하고 있을 터, 그리고 그 계획은 충분히 들어맞고 있다.

애초에 김현성이라는 인간의 성향은 빛에 더 가깝다.

정확히 말하면 본인만의 길을 걸어가고 있었지만, 진영 자체는 왼편에 있다는 거다. 선의의 중재자라는 녀석의 성향이 설명해 주듯, 지금까지 김현성의 정신은 악마들이 침투할 수 있는 빈틈조차 허락하지 않았다.

타락 플래그를 세울 수 있게 그 단단한 정신의 벽을 허무는 첫 번째 과정이 순조롭게 진행되고 있는 상황, 깨끗했던 영혼에 때를 묻히는 과정이라고 생각하면 이해하기 쉽지 않을까.

혼란스러워하는 김현성의 표정과 녀석의 몸 주변에서 삐죽삐죽 튀어나오는 오오라가 내 말이 맞았다는 것을 아주 잘 증명해 주고 있지 않은가.

그 이후가 바로 유혹, 새로운 힘을 받아들이라는 유혹이다. 더러운 악마 놈들이 순진한 인간을 꾀어낼 때 사용하는 전형적인 방법. 아마 지금쯤 김현성의 머릿속에 루시퍼의 목소리가 들려오고 있을 거라고 확신할 수 있다. 네가 원하는 걸 전부 다 해줄 수 있다고, 힘이 필요하면 힘을 주고, 누군가의 기억을 되찾고 싶다면 그렇게 해주겠다고.

정확히 뭐라고 말하고 있을지는 알 수 없지만, 내가 상상할수 없는 목소리가 일방적으로 전해지고 있을 거라고 장담할수 있다.

어쩌면 빛을 부정하는 목소리를 내뱉고 있을 수도 있지 않을까. 이를테면 이기영 개인이 겪고 있는 부조리한 운명에 대해서, 혹은 신에게 헌신한 그에게 찾아온 불행에 대해서.

자신들은 다를 거라고, 타천사 루시퍼는 이 문제를 해결해줄 수 있다고 말하고 있을지도 모른다.

내가 루시퍼였다면 베니고어를 부정하는 방법을 써먹었을거다.

'하, 시바.'

정말로 어둠의 군주 둠현성이 태어나는 건 어떨까 생각해

봤지만 역시나 논외.

'불순물이야.'

김현성은 루시퍼의 힘 없어도 더 강해질 수 있다.

'까마귀는 불순물이라고.'

단기적으로는 좋은 선택이 될 수도 있겠지만, 장기적으로 봤을 때는 전혀 도움이 되는 선택지가 아니다. 애지중지 소중히 닦아온 보석에 거추장스러운 장식은 필요 없다.

김현성 역시 그 사실을 잘 알고 있을 것이다. 어딘가에서 빌려온 힘, 당장의 위기를 벗어나는 것에는 도움이 될지 몰라도, 이후에는 전혀 도움이 되지 않는다는 걸.

'내 말 맞지? 계약 같은 거 안 할 거지? 너, 악마 싫어하잖아.'

루시퍼가 대놓고 악마처럼 등장하지 않을 거라는 것은 알고 있었지만, 산전수전 다 겪은 김현성이 갑작스럽게 등장한 구원자에 손을 아무 의심 없이 잡을 거라고는 생각하지 않는다.

'계약 같은 거 안 할 거지? 기벽이 바뀌기는 했는데…… 그래도 너 선의의 중재자잖아. 뭐, 세상이 무너진 것도 아닌데 정체도 모르는 구원자의 손을 잡으려고 그래.'

김현성이 입술을 꽉 깨문 것은 바로 그때.

'현성아.'

흔들리는 눈빛에 신념은 없다.

'미친 까마귀 년, 지금 당장 안 멈추면 계약이고 나발이고.'

[아니, 이건 당신에게도 도움이 되는 일입니다, 이기영 군단장.]

'뭐?'

[물론 개인적인 욕심을 아예 배제한 것은 아니었지만, 이게 당신들을 위한 길이에요.]

'그딴 건 필요 없어.'

[아니요, 필요할 겁니다. 이기영 군단장은 제게 감사하게 될 겁니다, 분명히. 그리고 결국에는 함께 오시게 되겠네요. 그렇지 않습니까?]

이후에 다른 목소리는 들려오지 않았다. 더 이상 대화할 필요가 없거나, 이쪽의 페이스에 말리지 않겠다는 의도가 엿보이지만, 이런 일방적인 소통이 반가울 리 없다.

여러 제한이 걸려 있다는 것 자체는 이해할 수 있지만, 그녀가 정말로 숨기고 있는 게 뭔지, 알고 있는 게 뭔지, 알 턱이 없는 이쪽의 입장에서는 모든 것이 의아하게 느껴질 수밖에 없었다.

내가 읽지 못한 뜻이 있을 거라고 생각하기에는 이 모든 상황이 마음에 들지 않는다. 남이 머리 꼭대기 위에서 이쪽을 조종하고 있는데 기분 나쁘지 않을 사람이 이 세상에 어디 있을까.

내가 하기에는 좀 그런 생각이라는 걸 알고는 있지만, 나는 끌고 다니는 쪽이지 끌려다니는 쪽이 아니다. 루시퍼가 원하는 게 정말로 내게 도움이 되는 일이라고 한들, 나는 그녀가 우리를 휘두르는 걸 원하지 않는다.

'그래, 한번 네 마음대로 해봐.'

박리안에게 반쯤 업힌 느낌으로 커다란 던전을 이동한 지 어느덧 몇십 분이 지나가고 있는 상황. 그녀 역시 지쳐 보이기는 했지만, 천천히 가달라고 말하지를 못하겠다.

'조금 더 빨리.'

"힘들 거라는 건 알지만……."

"허억, 네. 허억……."

"감사합니다."

'이번 일 끝나면 내가 사례할게, 진짜로.'

점점 더 심각해지는 안쪽의 상황 때문에 그녀를 재촉할 수밖에 없다.

'베니고어는 아직이야?'

당연하지만 아무런 반응도 없다. 솔직히 벌써 수습할 수 있을 거라고는 생각지도 않았다.

'시바, 진짜.'

다시금 눈을 돌려 시선을 김현성에게 돌리자 점점 더 막장으로 치닫는 듯한 느낌이 든다. 갑작스럽게 뻗어 나오기 시작한 이해할 수 없는 기운에 당황하는 라파엘의 모습이 시야에 비쳤기 때문이다.

침을 꿀꺽 삼키는 녀석의 목이 괜스레 클로즈업된다.

열심히 입을 털던 녀석이 일순간 벙어리가 될 정도로 현재 김현성의 몸에서 흘러나오는 기운은 심상치 않다. 드디어 본색을 드러내느니, 어쨌느니 지껄이고 있었지만, 자신의 목소리가 떨리고 있다는 걸 인지하고 있을지 모르겠다.

-으아아아악!

소리를 내며 검을 휘둘렀지만 보이지 않은 장막에 회색빛이 모조리 비껴가는 모습, 아니, 마치 회색빛이 스스로 김현성에게 닿는 걸 거부하는 것처럼 보이지 않는가.

김현성이 천천히 고개를 들어 올린 것이 딱 이즈음, 아까보다 더 어두워진 얼굴이 눈에 띈다.

자기 혐오에 가까운 두 눈은 다른 무엇보다도 녀석의 심정을 잘 설명해 주는 것처럼 느껴졌다. 휘몰아치는 칠흑의 어둠이 놈의 몸을 감싸 안았고, 그 마력의 파동이 내가 있는 곳까지 닿는다. 손발이 부르르 떨려오는 것은 물론 온몸에 소름이 돋는 것만 같은 느낌.

'시바, 하지 마! 하지 말라고.'

"하지 말라고! 시발!"

김현성의 등 뒤에서 거대한 칠흑색의 날개 한 쌍이 뻗어 나오는 게 눈에 비친 것은 바로 그 직후였다.

다시 또 한 쌍.

"……."

다시 또 한 쌍.

"개시바……."

다시 또 한 쌍.

10장의 날개 비주얼은 괜찮기는 했지만 가슴이 덜컹 내려앉는 듯한 느낌, 김현성이 고개를 돌리는 게 눈에 보인다. 아마 내가 달려오고 있다는 걸 눈치채고 있는 게 분명하겠지만 얼굴에 반가움이 보이지는 않는다.

물론 처참할 정도로 망가진 이쪽의 모습에 걱정하는 듯한 표정이 얼굴에 맴돌았지만, 이내 본인이 어떤 상태인지를 깨닫고는 입술을 꽉 깨무는 모양새. 악마와 계약한 자신을 내가 어떻게 생각할지, 걱정하는 모습이라 할 만했다.

'이거 원래대로 되돌릴 수는 있는 거지? 희망은 있지?'

하지만 마음의 눈이 보여주는 정보는, 그 일말의 희망조차 부숴 버리고 있다.

[김현성의 고유 기벽을 확인합니다.]
[역겨운 어둠 속으로 가라앉는 노을]

'조심해야 했어.'

나 스스로도 반성할 수밖에 없는 부분.

괜찮을 거라고, 별거 아닐 거라고 생각했지만……. 저 역겨운 어둠이 루시퍼를 뜻하는 것일지 그 누가 알았을까.

'제길.'

저도 모르게 입술을 깨물 수밖에 없었다.

190장
듐현성

먼 거리에서 김현성이 보이고 있다.

이대로 들어가야 할지, 아니면 시간을 조금 들인 후 들어가야 할지, 제대로 판단이 서지 않았다. 혹시나 녀석에게 더 안 좋은 영향을 끼칠까 걱정된 탓이다.

아직도 익숙하지 않은 듯 자신의 몸을 천천히 둘러보는 녀석의 모습은 확실히 어색하게 느껴졌다.

루시퍼가 음흉한 미소를 띠며 박수 치고 있을 거라고 생각하니 심사가 뒤틀렸지만.

'넌 진짜 내가 크게 한 방 먹인다. 시바, 두고 봐, 시발.'

일단은 이 문제를 수습하는 게 먼저였다.

'정신에 이상은 없는 건가? 합리적인 판단은 할 수 있는 건가?'

그 와중에 가장 신경 쓰였던 것은 현재 김현성의 정신 상태.

나 같은 경우에는 벨리알과 계약했더라도 그다지 다른 점을 느끼지는 못했다. 투명한 빛의 영혼은 마치 철벽과도 같아서 그 어떤 어둠도 허용하지 않았기 때문이다.

하지만 모든 이들이 빛과 함께하는 건 아니지 않은가. 다른 이들은 조금 다를 수밖에 없다.

당장 더러운 까마귀와 계약한 악마 계약자들만 봐도 영혼이 오염되는 것은 어쩔 수 없는 페널티라는 것을 알 수 있다. 악마 소환사 그리고 악마 숭배자들 역시 마찬가지. 악하기에 악마와 계약한 것이 아니라 악마와 계약했기 때문에 악해진 것일 수도 있다.

그것이 김현성에게 어떤 영향을 끼치고 있을지 어떠한 것도 확신할 수 없다.

부정적인 감정이 계속 머릿속에 맴도는 상황이니, 조금은 달라지지 않았을까 싶기도 했지만 회귀자의 정신력과 영혼이 그렇게 약하지는 않을 것이다.

물론 지금 일어나고 있는 상황을 보면 딱 잡아 말할 수는 없지만…… 겉보기에는 이상함이 느껴지지 않는다.

"아아아아아!"

고함과 함께 날개를 활짝 펴며 마지막 발악처럼 회색빛의 검을 휘두르는 라파엘.

그저 본인의 몸을 내려다볼 뿐, 라파엘 자신에게는 전혀 신경 쓰지 않는 김현성을 향해 도약하듯 뛰어드는 모습이었다.

공격이 먹힐 거라고 확신하는 얼굴, 나 역시 나쁘지 않은 움직임이라고 생각했다. 라파엘이 지척에 다가온 순간까지, 김현성은 반응하지 못한 것처럼 보였으니까.

하지만 반대쪽 벽에 처박혀서 고통스러운 비명을 내지른 것은 라파엘이었다.

콰아아앙!

심지어 검을 휘두르지도 않았다. 몸에 손등을 가져다 댄 것만으로도 라파엘의 몸이 저 반대편 벽에 달라붙었다.

'뭐야, 왜 이렇게 세졌어. 왜 이렇게 세진 거야? 시바, 방금 뭔데? 와, 시바 방금.'

김현성 역시 본인의 힘이 의아한지 자꾸만 몸을 내려다본다. 눈으로 보기에도 어처구니없을 정도로 상승한 스텟들이 보이니 무슨 말이 더 필요할까.

심지어 일부는 보이지도 않는다. 마음의 눈으로도 전부 읽을 수 없을 정도의 상태창이 만들어진 것이다. 신화 등급의 직업 타락한 검. 직업명만이 선명하게 비쳐왔다.

"하하하……."

자조적인 웃음소리가 뭘 뜻하는 건지는 모르겠지만, 그렇게 긍정적으로는 보이지 않는다.

"하, 하하."

"제길!"

쿨럭 하는 소리와 함께 피를 토하는 라파엘이 다시 한번 몸을 날려봤지만 상대가 될 리 없다.

콰드드득!!

바닥에 쓸리는 소리와 함께 온몸으로 바닥을 청소해 주고 있다. 그걸로는 모자랐는지 라파엘의 등을 밟고 날개를 잡은 채로 힘을 주는 김현성.

기괴한 소리와 함께 날개가 그 자리에서 찢겨 나간다.

붉은 혈액이 공중으로 흩뿌려지는 가운데 서 있는 김현성의 모습이 멋있기는 했지만, 상황 자체는 굉장히 그로테스크하다고 할 수 있으리라.

"아아아아악!"

비명 소리가 들려왔지만 표정 하나 바뀌지 않는다.

거추장스럽다는 듯이 왼쪽에 있는 날개를 잡은 채 발에 힘을 주자 라파엘의 몸이 땅바닥으로 처박혔다. 물론 잡고 있었던 날개가 뜯어졌다는 것은 굳이 설명할 필요가 없을 것 같다.

"아악!"

콰아아아아앙!!!

"아아…… 악!"

콰아아아아아아아아앙!!

"아아……."

'시바, 얘 조금 정신 이상해진 것 같은데. 정신 나간 거 아니지?'

빛을 등진 둠현성의 경천동지할 힘에 잠시나마 뽕이 차오르기는 했지만, 지금까지와는 비교도 할 수 없는 잔인한 모습을 보여주고 있다는 것이 문제였다. 최대한 전투 불능으로 만드는 것을 우선시하거나 비교적 깔끔히 죽이려고 하는 김현성의 모습은 이미 그 자리에 없다.

우려했던 그대로의 모습에 괜스레 허벅지를 툭툭 두드리게 된다.

'미친 건 아닐 거야, 미친 건⋯⋯.'

날개를 움직이는 것이 익숙하지 않은지 자기 멋대로 움직이고 있는 날개는 괜스레 온몸의 털이 삐죽 서게 한다.

시간이 얼마 지나지 않아 피로 흠뻑 젖어버렸다. 솔직 담백하게 말해서 정하얀의 전성기 때보다도 더 소름 끼치는 얼굴이다. 날개가 반쯤 뜯겨 나간 라파엘의 목을 잡고 위로 들어 올리는 모습은 어떻게 죽일까가 아니라 어떻게 더 고통스럽게 할지를 고민하는 듯한 모양새이지 않은가.

'세긴 진짜 졸라 세다.'

아직도 라파엘의 몸에 많은 양의 회색빛이 남아 있다는 걸 생각해 보면⋯⋯ 거의 신에 가까워졌다고 표현해도 되지 않을까. 벨리알을 처음 만났을 때의 그 위압감이 지금의 김현성에게도 느껴진다.

'시바, 진짜 벨리알보다 센 거 아니야?'

과장된 표현이었지만, 서열 하위권의 군단장들은 무난히 상대할 수 있을 것 같기도 했다.

계속해서 이동하는 와중에 나를 부축하고 있는 박리안의 몸이 덜덜 떨려오는 게 느껴졌다.

지금까지는 잘 보이지 않았겠지만, 이제는 그녀의 눈에도 현재 김현성의 모습이 시야에 비치고 있다.

뭔가 이상하다는 걸 깨닫는 게 당연하다. 칠흑색의 날개를 단 이가 피를 흠뻑 뒤집어쓴 채 있는 모습을 보고 그 누가 평정을 유지할 수 있을까. 그게 본인이 소속되어 있는 길드의 길드 마스터라면 더욱더 의아함을 느끼게 될 것이다.

이윽고 김현성이 이쪽을 천천히 바라봤다. 라파엘을 잡은 손을 그대로 늘어뜨리고, 불안한 얼굴로 나를 바라보는 모습. 최대한 불쌍하게 보이고 싶었겠지만 지금 상황에서는 그게 역효과로 비친다는 걸 왜 모르는 걸까.

아니, 애초에 저 모습에 내가 어떤 반응을 보여야 할지 알 수가 없다.

'부정해야 하나? 그게 맞는 건가.'

"기영 씨……."

"……."

"기영, 기영 씨."

'아이, 시바.'

"기영 씨……."

김현성이 천천히 이쪽으로 다가오기 시작했다.

날개를 살짝 펼친 채 땅을 박차고 느릿하게 날아오는 것 같은 모습을 취했지만, 녀석이 내게 닿기까지는 그리 오랜 시간이 걸리지 않았다.

재미있는 것은 박리안이 덜덜 떨리는 얼굴과 눈으로 나를 지키기 위해 검을 빼 들었다는 것, 그녀는 지금의 김현성을 적으로 규정했다.

솔직히 비난하지도 못하겠다. 내가 그녀의 입장이었어도 비슷한 판단을 내렸을 테니까.

"도, 도망치세요, 부길드 마스터. 도망치셔야 됩니다. 저건…… 길드 마스터가 아니에요, 괴물입니다."

'너가 보기에도 그렇게 느껴져? 우리 도망쳐야 되는 거야?'

"여기는 제가 말, 맡겠습니다."

'아니야, 우리 도망칠 필요 없어. 그건 아닐 것 같은데…… 근데 나도 조금 무섭기는 해. 그리고 애초에…….'

도망칠 수도 없을걸. 방금 봤잖아.

목소리가 덜덜 떨리고, 다리도 부들부들 떨리고 있다. 박리안과 꽤나 오랜 시간을 함께했지만 저런 모습을 보는 건 나 역시 처음이다.

'겁먹었어.'

임무 완수를 위해서라면 죽음조차 불사하는 그 박리안이 겁을 집어먹었다.

이외에 다른 말이 필요할까. 공포에 젖은 것으로도 모자라 숨을 쉬는 것도 힘들어 보인다.

"리안 씨도 고생 많으셨습니다."

"떨어져. 부길드 마스터에게 떨어…… 떨어져, 이 더러운 악마……."

"훌륭합니다. 네, 그게 제가 당신에게 바라던 모습이에요. 지금의 판단은 조금 아쉽습니다만…… 아무튼 고생하셨습니다."

"가까이 다가오지 마……. 가까이……."

'박리안한테도 손대는 건 아니지?'

다행이라고 하기에는 뭣하지만, 살며시 그녀의 손을 잡아 검을 내려놓게 하는 모습이 시야에 비쳤다.

당연하지만 박리안은 움직이지 못하고 있다. 이미 몸이 완전히 굳어버린 것이 분명하리라. 믿을 수 없다는 표정으로 털썩 바닥에 주저앉은 얼굴은 진짜 악마를 목도한 것 같다.

녀석이 나를 배려한 건지는 모르겠지만, 최소한 내 몸은 그렇게 떨려오지 않았다.

김현성은 내게 해를 끼칠 생각이 없다. 걱정과 근심 외에 다른 표정이 드러나 있지 않지 않은가.

오히려 본인이 더 두려워하고 있는 것 같다. 도망치고 싶은 감정을 억누르고 싶어 한다는 표현이 맞을지도 모르겠다.

'시바, 다행이다. 이건 진짜 다행이다.'

아군과 적군을 가리지 못하는 미친놈으로 각성하지는 않은 모양이다.

곧바로 허그라도 할 줄 알았건만 본인의 몸에 묻은 피가 신경 쓰이는지 안절부절못하는 모습은 이전의 김현성을 보는 것 같기도 했다.

이건…….

'어떻게 반응해야 하는 거지?'

처음 보는 김현성의 모습에 어떤 액션을 취하는 것이 정답인지 종잡을 수가 없다.

'괴로운 척해야 하나?'

그건 논외.

'아니면…… 평소대로 맞이하는 게 좋을까.'

그것 역시 이상하지 않은가. 무려 악마와 계약한 김현성인데, 평소와 같은 상태로 맞이하는 것 자체가 말이 되지 않는다.

하지만 얼굴에는 것은 걱정과 후회, 불안함과 정체 모를 공포밖에 보이지 않는다.

'엿 같네, 진짜.'

모든 상황이 엿 같이 돌아가고 있었다.

'하, 진짜 짜증 나는데.'

뭐라고 말이라도 해야 한다고 생각했지만, 자꾸만 말이 나오지 않았다. 심지어 원인이 눈앞에 있는 김현성 때문이 아니다.

'리바운드.'

망원경을 오랫동안 사용한 후유증이 이쪽을 덮치려고 하고 있다.

표정을 일그러뜨리지 않으려고, 녀석의 흥분을 가라앉히기 위해, 일단은 평소의 모습을 보여줘야 한다고 생각했지만 어색하게 일그러진 표정밖에 보여줄 수가 없다.

저도 모르게 자꾸만 얼굴을 구기게 된다. 당장에라도 땅바닥을 구르고 싶은 고통을 참는 것이 어디 예삿일인가.

'아이, 씨바…… 어떻게 해야 하는 거야, 어떻게. 루시퍼, 시바. 루시퍼, 시발.'

계속해서 인상을 찡그리고 있었을 때 들려온 녀석의 목소리.

"괜찮습니다, 이제. 전부 괜찮을 겁니다."

'뭐가 괜찮은데.'

녀석은 필사적으로 울음을 참는 듯한 말투로 입을 열어왔다.

"이제 괜찮을 겁니다. 더 이상 힘든 일은 없을 거예요."

'그러니까 그게 무슨 뜻이야.'

"제가 잘못 생각했었습니다."

"아, 으……."

"더 이상 제 책임에 대해 신경 쓰지 않으셔도 됩니다."

'아니, 시바. 이 새끼 손절하려는 거 아니야?'

왠지 모르게 점점 불안해지기 시작했다. 혹시나 김현성이 대륙을 배재할 생각을 하는 게 아닌가 하는 생각이 들었기 때문이다.

아닐 거라고 그건 아닐 거라고 생각했지만, 언제나 그랬던 슬픈 예감은 틀리지 않는다.

"처음부터 들 필요가 없는 짐이었습니다."

'아냐, 들어야 해, 미친놈아. 들어야 한다고…….'

"전부, 전부 끝났어요."

'아니야. 아직 안 끝났어, 미친놈아…….'

김현성의 대륙 손절 선언이 귓가에 들려온 순간, 적대적인 얼굴로 놈을 노려볼 수밖에 없었다.

'난 못 버려, 시바. 버릴 거면 너 혼자 버려.'

곧바로 녀석의 얼굴이 딱딱하게 굳었다. 내 표정을 완곡한 거절의 뜻으로 받아들이지 않았을까.

조금 충격받은 표정을 보니 내 생각이 맞는 모양이다. 곧이어 연타를 날리는 게 조금 미안했지만, 머리를 붙잡으며 입을 열 수밖에 없었다.

"당신 누구야."

순간 눈동자가 죽어버린 것 같은 느낌, 순간적이지만 소름이 돋아 급하게 입을 열게 된다. 어떻게 생각해도 오해의 소지가 다분한 발언이었으니까.

"아니, 저는 지금 당신이 누군지 묻고 있는 겁니다."

급하게 말을 내뱉었지만 여전히 어두운 얼굴이 눈에 띈다.

그래도 이전보다는 조금 나은 것 같은 느낌이었다. 예상했던 것처럼 정말로 기억을 잃어가고 있는 게 아닌지 고민한 것이 아닐까.

말을 듣고 나서야 내가 무슨 뜻으로 이런 말을 내뱉었는지 이해한 것처럼 보인다. 평소의 자신이라면 절대로 입에 담지 않을 대사를 내뱉었으니, 이기영이 오해하는 것도 무리가 아니라고 생각하고 있지 않을까.

그냥 기억상실 기믹을 쭉 밀고 나가도 나쁘지 않을 것 같이 느껴지기는 했지만, 지금 당장은 써먹을 수가 없다는 게 아쉬울 지경이었다. 아니, 더 이상 기억상실 기믹은 써먹을 수조차 없다. 안 그래도 혼란스러운 머릿속을 더 혼란스럽게 만들 수는 없었으니까.

"저는……"

"……"

"저는 기영 씨가 알고 있는 김현성 그대로입니다. 조금…… 네, 당황하시는 것도 이해는 합니다. 제 모습이…… 네, 익숙하지 않으시겠죠. 보기 불편하신 모습이라는 것도…… 혐오스러운 모습이라는 것도 이해합니다."

'익숙하지 않은 정도가 아니라 진짜 싸이코처럼 보여. 근데 혐오스러운 모습은 아니고…….'

온몸이 피로 물들어 있잖아. 눈도 벌겋고. 그리고 무엇보다 때가 좀 많이 묻었어.

"하지만 제 말을 듣는다면 분명히…… 애초에 짐을 들 필요가 없었던 거예요. 그들은 적입니다."

'그들이 누군데.'

"저를 회귀시킨 이들, 그리고 기영 씨가 따르고 있는 이들은 불필요한 이들입니다. 그들은 아무것도 희생하지 않습니다. 그저 책임을 강요하고, 달콤한 말로 사람을 속일 뿐이에요. 물론 기영 씨의 신앙에 반하는 말이기는 합니다만, 굳이 저희가 그들을 위해서 싸울 필요가 없다는 걸…… 깨달았을 뿐입니다."

'내가 아는 김현성은 그런 말을 내뱉지 않을 거야.'

그런 싸구려 대사를 내뱉고 싶었지만 뭔가 약한 듯한 느낌이다.

'악마에게 너 자신을 팔아먹었어?'

직접 묻는 것 역시 좋은 선택지처럼 보이지 않았다. 애매할 때는 아무 말도 하지 않는 것이 최선, 다시 한번 녀석의 날개를 밀쳐내 봤지만, 여전히 밀리지 않는 강경한 모습이었다.

'왜 그래, 너. 시바.'

"그들은 기영 씨를 좀먹고 있습니다. 자신들 멋대로 평범한 사람들을 대륙으로 끌어들여 시험하고, 벼랑 끝으로 내몰고 있습니다. 저 라파엘 역시 기영 씨를 꼬드기려는 수단에 불과해요. 신에게 선택받았다는 감언이설로 사람을 꼬드기고 쓸데없는 책임감을 주고 짓누릅니다. 희망을 주고 용기를 주지만, 그들은 결과적으로 아무것도 책임지지 않아요. 기영 씨는 대륙을 위해 일할 필요가 없어요. 자기 자신만 생각하시면 됩니다. 애초에 나누는 게 아니었는데. 애초부터 짐을…… 나누는 게 아니었는데…… 이럴 줄 알았다면 기대는 게 아니었어."

'그건 아니지.'

"무리하지 않았으면 이렇게 아플 일도 없었고, 기억을…… 기억을 잃어가는 일도 없었을 겁니다."

"어떻게……."

"자신들이 선택한 이조차 제대로 책임지지 못하는 이들입니다. 그저 끝없이 벼랑 끝으로 내몰기만 하는 이들을 기영 씨가 도울 필요는 없어요. 빛이 우리를 배신한 것이 아닙니다. 애초에 그들은 우리 편조차 아니었던 겁니다."

"그래서 선택한 게……."

'그 꼴이야?'

"어쩔 수 없는 선택이었습니다."

'미친 까마귀 년, 넌 진짜 언제 한 번 뒤통수 크게 맞을 준비해라.'

솔직히 김현성의 말에 반박하기가 힘들다.

'게네, 미친놈들 맞긴 해. 솔직히 어이없는 놈들이라고 생각

하는 게 맞아.'

우리가 이곳에 자리 잡은 게 자신들의 의지가 아니라고는 하지만, 김현성을 벼랑 끝으로 내던졌다는 것 역시 부정할 수 없는 사실이었다.

들기 싫은 짐을 떠넘기고, 본인들은 간섭할 수 없다는 변명거리 하나로 모든 책임을 인간들에게 맡긴다.

물론 이해는 할 수 있다. 애초에 이곳은 우리가 살아가는 삶의 터전이고 우리가 앞으로 책임져야 할 땅이었으니까.

하지만…….

'바깥 신 정도가 메인 빌런이면 이야기가 다르지.'

이미 인간의 범주를 벗어난 일이 아닌가.

위협을 막아야 한다는 이유로 개인에게 멋대로 힘을 내리고, 선택하며, 그들이 싸우기를 강요하는 일. 대륙을 위해 헌신하다 기억까지 잃어가고 있는 나를 김현성이 어떤 심정으로 바라봤을지는 예상하지 않아도 뻔했다. 불합리하다고, 이건 저주며 주박이라고 느끼고 있을 것이다. 이번 납치 사건을 저지른 것 역시 신들이 내린 성검이 원인이지 않은가.

아마 지금 말한 것 모두가 김현성이 평소에 하고 싶었던 말이 아니었을까. 책임을 강요하지 말라고 울부짖던 놈의 모습이 다시 머릿속에 떠오를 수밖에 없는 상황이었다.

'그동안은…….'

김현성이 가지고 있는 윤리관, 선의의 중재자라는 성향이 녀석의 발목을 잡고 있었던 것이 아닐까.

둠현성화로 인해 사고가 틀에 박히지 않게 되었다는 것은 환영할 만했지만, 이건 내가 원하는 상황이 아니었다.

'그래서, 루시퍼 밑으로 들어가라고?'

기분 나쁜 선택지. 어처구니가 없어 헛웃음이 나올 정도였다.

'그렇지, 루시퍼한테는 별로 중요하지 않게 느껴지겠지.'

막말로 루시퍼가 관리하는 대륙이 몇 개인지 내가 어떻게 알겠는가.

이 조그만 대륙은 그녀가 관리하는 수십 개의 대륙 중 겨우 하나일지도 모른다. 이 대륙보다 나와 김현성의 가치를 더 높게 평가해 줬다는 것 자체는 고마웠지만, 여기서 이룰 게 있는 내게는 반가운 소식이 아니다.

아마 벨리알에게도 그리 기분 좋은 상황은 아니지 않을까. 뒤에서 루시퍼에게 받을 게 있다고 한들, 황금알을 낳는 거위의 배를 가르고 싶지는 않을 테니까.

아니, 확신할 수 있다. 벨리알 역시 이 상황을 마음에 들어 하지 않을 거다.

'내가 이뤄놓은 게 얼만데…… 이걸 두고 전부 떠나자고?'

"……."

'개 똥 싸는 소리 하지 마, 시바. 절대로 못 줘. 내가 내 걸 뺏길 것 같아?'

수정 펀치라도 한번 날리면 정신을 차릴까 싶기도 했지만, 내구에 의해 내 주먹이 부서질까 그렇게는 못 하겠다.

허벅지를 툭툭 두드리며 입술을 깨물어봤지만, 뾰족한 수가 생각나지 않는다.

베니고어는 언제까지 구석에 처박혀 있을지 모르겠지만, 본인들이 맡긴 회귀자가 이런 상태에 처해 있다는 걸 알고 있는지나 모르겠다.

"다른 사람들은."

"그들의 인생입니다."

"나를 믿고 있는 이들은."

"그것 역시 그들의 인생입니다. 기영 씨가 책임질 필요 없는이들입니다."

'우리 현성이, 시바…… 삐뚤어졌잖아.'

"파란 길드는."

"그들까지는 구원할 수 있을 겁니다."

'그건 마음에 드네.'

괜찮다고 느껴지는 게 한 가지 있었다면 이 모든 게 나 때문에 벌어진 일이라는 것이었다.

김현성이 둠현성으로 변한다고 하더라도…….

'많이 달라지지는 않았어.'

겉모습이나 눈빛에는 변화가 컸지만, 최소한 이기영을 아끼는 마음에는 변함이 없었다.

완전히 흑화한 줄 알고 긴장했던 것도 잠시, 사춘기 소년처럼 삐뚤어진 모양새에 약간은 안심할 수 있었다.

물론 타인에게는 그렇게 보이지 않을 테지만……. 내 눈에 둠현성은 질풍노도의 시기에 혼란을 겪고 있는 청년으로밖에 보이지 않는다.

충분히 흔들 수 있다고 판단한 것은 당연했다. 김현성이 내게 해를 끼칠 리가 없다. 제정신을 유지하고 있다는 것만으로도 이 새끼를 원래대로 되돌릴 방법은 충분하고도 차고 넘친다. 평소와 다르게 강경한 태도이기는 했지만, 그래 봤자 김현성은 김현성이지 않은가.

"비켜."

"……."

"비켜요."

"이러실 거라고 생각……."

"비키라고 말했습니다."

입술을 꽉 깨물기는 했지만, 어두운 눈으로 일단은 몸을 슬쩍 비켜준다.

아무렇지도 않은 척 안쪽으로 뛰어갔지만, 나를 바라보는 김현성의 모습이 괜스레 신경 쓰인다.

비켜주기 싫었겠지. 본인이 저지른 일들이, 피범벅이 된 장내를 보여주기 싫을 테니까. 하지만 굳이 막지 않는 것을 보니 본인이 이렇게 강경하다는 걸 보여주려는 의도처럼 보이기도 했다.

서둘러 안쪽으로 들어온 후에는 곧바로 라파엘의 상태를 확인할 수밖에 없었다. 이미 손절했지만, 다시 써먹을 수 있다면 써먹는 게 맞았으니까.

'살아 있어.'

솔직히 재기할 수 있을지는 모르겠지만, 일단 숨은 붙어 있다.

신성력을 넣어봤지만, 반응이 있을 리 없다. 온몸이 너덜너덜해져 반 시체 같아 보였으니, 솔직히 숨이 붙어 있는 것만 해도 기적이라고 할 수 있으리라.

라파엘뿐만이 아니라 다른 파티원들 역시 미약하게 숨은 쉬고 있다. 그 상태가 문제라면 문제라 할 수 있겠지만 적어도 목숨은 붙어 있다.

'써먹을 수 있을지는 진짜 모르겠다.'

"동료였잖아요."

"적입니다. 그리고 기영 씨에게 해를 끼치려고 한 이들이기도 했고요. 1회차에 매몰되지 않으려고 했을 뿐이에요."

"사소한 오해로 시작된 일이었어요. 이들에게 죄는 없습니다."

슬쩍 고개를 돌리자, 시야에 비친 김현성의 눈에는 살의가 담겨 있었다. 아마 내가 등장하지 않았더라면 당장에라도 놈들의 숨을 끊어놓지 않았을까. 아니, 지금 이 순간에도 이놈들을 죽이려고 생각하는 것이 눈에 보인다. 어디까지나 녀석이 움직일 수 없는 이유는 내가 이 자리에 있기 때문이었다.

"그들은 더 이상 신경 쓰지 마세요. 함께 가는 겁니다."

"가지 않겠습니다."

조금 무섭기는 했지만, 일단은 땡깡을 부려보는 게 맞다. 지금 같은 기분으로 루시퍼의 곁으로 가는 건 싫었으니까.

"강제로라도 데려가겠습니다."

'네가 시바, 강제로 뭘 어쩔 건데.'

주도권을 빼앗기면 안 된다. 쫄아도 안 되고 오히려 당당한 반응을 보여줘야 한다.

어둠에 자신을 팔아먹은 둠현성이라고 한들, 김현성은 김현성. 친구 한 번 못 사귀어본 놈이 영혼의 베프라고 믿고 있는 나를 쳐낼 리 없다. 인간관계다운 인간관계를 가져보지 못한 녀석이 유일한 끈인 내게 손댈 리 없지 않은가. 애초에 타락한 이유가 이쪽에 있었다면 이 관계의 갑은 나다.

'네가 어쩔 거야, 시바. 김현성, 네가 어쩔 거냐고. 그렇게 무서운 표정 짓고 뭐 어쩌려고. 너, 그거 시바 연기하는 거 다 알아.'

"강제로……."

'때릴 거야? 시바, 그럼 때려봐. 아주 기절시키세요. 기절시켜서 아주 반쯤 패 죽여서 데려가 봐, 시바. 누가 손해인가. 때려! 아주 죽이라고! 대신 이거 하나만 알아둬, 시바. 나한테 손대면 거기서 우리 절교야, 절교. 거기서 우리 관계 리셋이라고.'

"조치를……."

'기절시켜. 쉽잖아, 시바. 때리라고! 오늘 깻값 좀 받자. 빨리 때리라니까.'

"제 말에 따르지 않는다면 강압적으로…… 두 번은 경고하지 않겠습니다. 진지하게 말씀드리는 겁니다, 진지합니다."

'어? 시바, 너 지금 손 올렸어? 진짜로 손 올린 거야? 진짜로? 나 진짜 때리게? 때려?'

"아무리 기영 씨라고는 해도……."

'그래, 시바. 여태껏 밥 해주고 돈 벌어주고 다해줬더니 돌아오는 게 이거라, 이거지? 지금 타락해서 뭐 눈에 보이는 거 아무것도 없다, 이거지? 그래, 시바. 때려! 아주 죽여봐! 어디 한 군데 부러뜨려 봐! 둠기영 때도 그렇게 쥐어 패더니만 왜 지금은 못 패?!'

"제 인내심을 시험하지 마세요."

'시험 안 하니까 아주 반 죽여서 데려가시라고요. 지금 손에 마력 넣은 거 아니지? 그렇지?'

"정말로……."

'그래, 정말로 때리라니까. 반 죽여주세요, 아주. 네?'

"차라리 죽여."

'빛은 절대로 어둠에 굴복하지 않으니까.'

시바 멋있었어.

"죽일 리가……."

'그렇지?'

"죽여요."

'나 순교할 거야, 시바. 죽이라고! 순교시켜 달라고.'

김현성이 손을 커다랗게 휘두르는 것이 시야에 비쳤다.

혹시나 이 새끼가 진짜로 때릴까 싶어 몸을 움츠리기는 했지만, 다행히 녀석이 두드린 것은 애꿎은 벽.

콰앙 하는 소리와 함께 벽 한쪽이 무너져 내린다.

"죽일 리가…… 없잖아요."

그럼 그렇지.

"죽일 리가 없잖습니까."

충분히 되돌릴 수 있어.

그런 생각이 절로 머릿속을 스쳐 지나간다.

그 말 그대로였다. 흑화한 척하지만, 김현성의 본질은 달라지지 않았다. 혼란스러워하는 눈에 눈물을 가득 채우고 있는 것만 봐도 알 수 있다. 놈은 지금 답답해하고 있고, 무서워하고 있다. 심지어 본인의 모습을 혐오하고 있기까지 하지 않은가.

이런 분위기로 흘러가면 안 된다는 걸 인지하고 있으면서도 어떻게 다른 조치를 못 하는 상황이라고 생각하는 편이 맞다.

마음 같아서는 한 대 쥐어박아 준 이후에 함께 지옥으로 손을 잡고 룰루랄라 하고 싶을 터. 하지만 김현성이 내 몸에 손을 댄다는 선택지는 애초부터 존재하지 않았다.

'새끼가…… 어디서 센 척이야?'

녀석이 내게 의지한다는 것은 알고 있던 사실이었지만 이 정도였을 줄은 누가 알았을까. 그렇기에 되돌릴 여지가 있다고 생각했다.

다시 한번 생각해도 둚현성은 아까웠지만…….

'아, 시바. 진짜 너무 아까운데.'

사춘기에 접어든 김현성을 빠르게 끌고 와야만 했다. 얘, 정신 건강도 정신 건강이고 전투에서 비협조적으로 나오면 곤란했으니까.

"죽이지 못할 거라면 제게서 떨어지세요."

'이 더러운 악마야! 이렇게 소리치면 너무 상처받겠지. 조금 돌려서 까야 하나? 그래도 너무 상처받지는 마, 현성아. 형도 어

찔 수 없으니까. 그러니까 누가 그렇게 아무 데서나 흑화하래.'

"실망…… 실망했습니다."

일단은 이 정도로 괜찮지 않을까.

"실망했어요."

이 정도라도 충격받을 게 분명하다. 굳이 뒤를 돌아보지 않아도 어떤 반응을 보일지 예상이 간다.

슬쩍 녀석을 바라보자 확실히 눈이 흔들리는 게 시야에 비쳤다. 입술을 꽉 깨물고 있기도 했고, 정신 공격을 받은 것처럼 보이기도 했다. '이제는 돌이킬 수 없어' 따위의 생각을 하고 있을 것만 같은 느낌.

곧바로 고개를 돌리며 3연벙을 시도해 보는 게 확실할 것 같았다.

"정말로…… 현성 씨한테 실망했어요."

'그 힘이 뭔지 알아? 그거 네 힘도 아니잖아. 아무리 절박해도 그렇지 어떻게 악마랑 계약해? 네가 악마랑 계약하면 내 입장이 뭐가 돼? 그리고 시바, 루시퍼? 루시이퍼어?'

"……위해서였습니다."

"비겁한 변명이에요."

"변명이 아닙니다. 이 방법밖에는 없어요."

"분명히 돌파구를 찾을 수 있을 겁니다."

"그렇게 쉽게 찾아지는 게 아니에요. 기영 씨는 겪어보지 않아서 몰라요. 아니, 만약에 우리가 생각했던 것처럼 일이 잘 풀린다고 하더라도 분명히…… 분명히 기영 씨는……."

'기억을 잃을 거라고? 아니면 후유증을 앓게 되거나 망가질 거라고?'

차마 입에 담지 못하는 '그 단어'를 고려하고 있는 것처럼 보인 것은 당연했다.

사실 김현성에 입장에서는 자연스럽게 떠올릴 수 있는 상황이라고 생각했다. 1회차를 직접 겪어본 김현성만이 우리가 얼마나 위험한 도박을 하고 있는지 알고 있다.

지금까지 착실히 준비하고는 있었지만, 카스가노 유노와 함께 봤던 미래처럼 일이 잘 풀리지 않을 가능성도 크지 않은가. 다시 한번 대륙 멸망 축제가 벌어지거나 김현성이 소중하게 생각하고 있는 이들이 깡그리 죽을 가능성도 존재한다.

물론 무의식 세계에서 일어났던 뜨거운 대화를 통해, 책임지는 것에 대한 공포를 극복한 것 같았지만……. 엄밀히 말하면 완전히 주박에서 벗어났다고 생각하기는 힘들다. 짐을 함께 들고 있는 포지션이 되어버렸을 뿐이었으니까.

그것만 해도 녀석에게는 충분히 환영할 만한 상황이겠지만 덕분에 김현성은 새로운 난제를 하나 더 떠안게 됐다.

'만약 대륙의 승리로 모든 일이 끝난다면…… 이기영은 어떻게 되는 걸까 하는 의문.'

수많은 전투와 수많은 죽음, 수많은 고통을 이겨내 결국에 승리를 쟁취한다고 해도, 자신의 친우는 고통받을 것이라는 확신 아닌 확신이었다.

하루가 다르게 몸이 쇠약해지는 것은 물론 커다란 상처를 떠안게 될 것이다. 혹시 모를 동료의 죽음에 눈물을 흘리고, 고통스러워하며 자기 자신을 자책할 것이다. 점점 어둠 속으로 들어가 자괴감을 느끼게 될 것이다. 가슴 아파하고 종국에는 망가져 버릴 것이다.

그렇게 생각하고 있을 게 뻔했다. 김현성은 이미 한번 겪어 본 일이 아니었던가. 그 누구보다 녀석이 가장 잘 알고 있지 않을까. 살아 있어도 살아 있는 게 아닌, 온갖 가시밭길로 만들어진 그 길을 어떻게 걸어가라고 할 수 있겠는가.

연약한 이기영은 본인처럼 강하지도 않다고 생각하고 있겠지. 신체는 이미 죽어가고 있고, 정신도 이미 죽어가고 있다고 판단하고 있을지도 모른다.

이미 기억을 잃어가는 상황이었으니 무슨 말이 더 필요할까. 예전부터 한계를 느끼고 있었고, 더 이상 짐을 공유하는 게 이로운 게 아니라는 걸 깨달아 버렸다. 애써 부정하고 있던 걸 라파엘을 통해 깨달아 버린 것이다. 이기든 지든 간에 이 싸움을 계속하는 건 자신한테 유리하지 않다고. 그렇게 판단해 버렸다.

저주받은 빛의 주박에 묶인 이 남자는 그 긴 싸움을 견뎌낼 수 없고, 만약에 견뎌낸다고 해도 헌신짝처럼 버려질 거라는 걸 김현성은 그간의 경험을 통해 알고 있었다.

'새끼, 참 겁 많네. 형 상처 안 받아, 시바. 기억도 안 잃는다고. 몸은 조금 쇠약해질 수 있겠지. 근데 그것뿐이야. 형 수명 6,000년이라고. 안 뒈져. 절대로 안 죽어.'

그렇게 솔직하게 고백하고 싶지만 그렇게 할 수 없다는 게 문제였다. 지금에 와서 '아…… 그거 새빨간 거짓말이었어. 은근히 잘 먹히고…… 아프다고 하면 사람들이 챙겨주고 응원해주고 그렇더라고 그래서 뻥카 친 거야. 그래도 이해해 줄 수 있지? 우리 여전히 친구지?'라고 어떻게 말하겠는가? 만약 말하더라도 녀석이 믿지 않을 것이 분명했다.

　그래도 일단은 말은 꺼내봐야 하지 않을까. 나는 괜찮다고, 걱정할 필요 없다고.

　"저는 괜찮습니다. 제 걱정을 하실 필요 없어요."

　"……."

　"기억을 잃는 것 역시 생각하시는 것처럼 큰일이 아니에요. 그냥 조금 전에 있었던 일을 기억하지 못하는 것뿐입니다. 현성 씨가 생각하는 것처럼 그렇게 위험한 상황은 아니니 안심하셔도 됩니다."

　"거짓말."

　'아니야, 거짓말 아니야.'

　"거짓말이 아닙니다."

　"거짓말하지 마세요."

　'너, 왜 그래. 눈 왜 그래. 한 대 치겠다, 야.'

　"정말로……."

　"거짓말하지 말라고! 매일 그런 식이었어. 매번 자기는 괜찮다고, 멀쩡하다고. 믿을 것 같아? 내가 그 말을 믿을 것 같아! 당신이 희생할 필요 없어. 생판 얼굴도 모르는 사람들 때문에 자신을 희생할 필요 없다고!"

'야, 무서워. 시바, 신경질 내지 마.'

"그렇게 숨기지 마! 제길, 말하지 않으면 모른다고!"

'둠현성, 시바. 다혈질, 시바.'

조금 무섭기는 했지만, 이럴 때는 정공법으로 움직이는 것이 옳다.

"정말로 괜찮습니다."

"……."

"정말로 괜찮아요. 저는 받아들일 수 있어요."

눈을 똑바로 뜨고 말해야 한다. 나는 견뎌낼 수 있다고, 이겨낼 수 있다고 강인한 모습을 보여주는 게 옳은 선택이지 않겠는가.

정의를 향하고 있는 흔들리지 않는 눈빛을 느꼈는지 녀석 역시 입술을 꽉 깨물기 시작했다. 끝이 보인다고 생각할 수밖에 없었다.

조그만 변수가 생긴 것은 바로 그때.

[희귀 등급의 강제 퀘스트가 발동됩니다.]

[이기영 신도! 해, 해결했어! 해결했다고!(0/1)]

'그래, 시바, 해결해서 참 좋겠네. 이미 일은 다 끝났는데. 여기 망한 건 안 보이지? 시바.'

[미, 미안해. 내가 사랑하는 거 알지? 그, 그게, 그…… 그 루시퍼가 너무 복잡하게 결계를 쳐둬서 윗분들도 무척 고생했단 말이야. 그, 그리고 지금 상황에 대해서 무척 유감을 표현하고 계시기도 하고.(0/1)]

'김현성 되돌릴 수 있어?'

[글…… 쎄. 일단은 시간이 조금 필요할 것 같아. 알아봐야 할 것도 많고. 지금 당장은 불가능하지만 그래도 너무 걱정하지 마, 이기영 신도.(0/1)]

'……'

[위쪽에서 이기영 신도에게 전폭적인 지원을 내리기로 결정했어. 최, 최대한 빨리하라고 해서. 설명은 나중에 할게.(0/1)]

'뭐야, 시바. 지금 타이밍 별로 안 좋은데. 아니, 시바, 애초에……'

라고 말을 잇는 순간, 기다렸다는 듯이 어디에선가 빛이 떨어져 내린다.

콰아아아아아아!!

엄청난 소리와 함께 황금색 광휘가 온몸을 뒤덮는다.

'와, 이 새끼들 진짜……'

어처구니가 없어 실소가 나왔다.

'뭐, 시바? 지원을 못 해?'

어째서 갑작스럽게 거대한 빛이 쏟아져 내렸는지, 그동안의 요청에 대답 한 번 없던 지원이 어째서 갑작스럽게 승인이 떨어졌는지 대해 눈치챌 수 있었기 때문이다.

'와, 진짜 이 새끼들도……'

눈앞에서 표정을 일그러뜨리고 있는 김현성이 그 이유였다.

루시퍼가 둠현성을 채가자 급해져 부랴부랴 이쪽에 비슷한 힘을 내린 것이 분명했다.

굳이 보지 않아도 위에서 어떤 상황이 벌어지고 있는지 눈에 보인다. 김현성은 이미 완전히 등을 돌린 것 같고…… 심지어 루시퍼한테 커다란 힘까지 받았으니 위쪽에서 가만히 있을 수가 있었겠는가. 이대로 가면 이기영과 김현성 모두 루시퍼행 급행열차를 탈지도 모른다는 불안감이 놈들을 휘감았을 터.

당연하지만 위쪽의 신들이 가장 상상하기 싫은 상황이라고 할 만했다. 이미 루시퍼에게 커다란 힘을 받고 방문을 걸어 잠근 김현성 쪽에 무언가 액션을 취할 수 있을 리 만무.

그래서…….

'부랴부랴 포섭하시겠다.'

지지부진하게 움직이는 것 말고는 할 줄 아는 게 없어 보였던 위쪽의 과감한 결단은 당황스러울 정도, 특히나 현재 상황을 살펴보자면 더욱더 그랬다.

"제길! 제길!!"

창백해진 김현성의 얼굴이 자꾸만 눈에 보였기 때문이다.

솔직히 나에게는 나쁘지 않다.

'이야, 공짜다! 공짜 레벨업이다!'

혹시나 루시퍼가 여기까지 생각하고 있었는지 떠올리며 훈훈하게 원 따봉을 날리고 싶을 정도였다.

하지만 김현성에게 지금 벌어지고 있는 성스러운 현상이 반갑게 보일 리 없다.

'형 레벨업한다! 나도 신화 등급 코인 탄다!'

아마 녀석의 눈에는 안 그래도 죽어가고 있는 이기영에게 저주받을 주박을, 무거운 운명을 씌우는 것처럼 보이지 않을까. 최소한 지금 얼굴을 보면 그렇게 생각하는 게 맞는 것 같았다.

"제길! 하지 마! 하지 마! 이 개새끼들아! 하지 마! 내버려 둬. 내버려 두라고!"

'아니야, 해야 돼. 더 해줘! 빛 줘! 빛 줘엇!'

"하지 마! 하지 말라고! 더 이상 짐을 들게 하지 마!! 더 이상!! 기영 씨! 거기서 나와요! 거기서 나오라고요!"

'아니야, 이게 내 운명인가 봐. 아무래도 빛과 함께하는 게 내 운명인가 봐. 그리고 어떻게 나가, 빛이 나를 가두고 있는데. 못 나가.'

최대한 검을 휘두르며 손을 뻗고 있었지만, 김현성의 신성한 빛에 가로막혀 전진하지 못했다. 팔에서 치이이익 소리가 나고 있음에도 불구하고 계속해서 빛 안으로 기어들어 오는 꼴은 조금 감동적으로 보이기도 했다.

"하지 마…… 흐으윽, 하지 말라고. 더 이상 뭘 어쩌려고……
더 이상 뭘 어떻게 하라고……."

"괜찮습니다, 현성 씨. 제가 선택한 길이에요."

자신의 모든 걸 걸고 대륙을 위해 싸우는 희생의 정석, 성
자 그 자체의 모습. 종국에는 망가질 거라는 걸 알면서도 운명
을 받아들이는 광휘의 빛기영.

솔직히 내가 의도한 상황은 아니었지만…….

'아, 김현성 이 새끼 이거 어떻게 해.'

이 멋있는 설정을 즐길 수도 없을 정도로 절박한 얼굴을 보
여주고 있었다.

온몸이 빛에 휘감긴다. 빛의 연금술사로 전직했을 때와는
본질적으로 다른 느낌이 든다.

온몸이 성스러운 기운으로 꽉 차는 게 느껴졌다. 반쪽짜리
가 아닌 진짜 신성 말이다. 대륙을 구하기 위해 자신을 희생하
는 성자의 얼굴을 보여야 한다고 생각했지만, 자꾸만 입꼬리
가 올라가는 것도 무리가 아니다.

그 와중에도 김현성은 커다란 빛이 나를 감싸지 못하게 막
으려고 발악하고 있다. 지금쯤이면 쓸데없는 저항이라는 것을
깨닫지 않았을까.

베니고어가 아니라 윗분들이 직접 초이스했다고 하지 않았
던가. 강해지기는 했지만 이미 정해진 운명을 거스를 수 있을
정도의 무력을 보유한 것은 아니다. 결국에는 발악에 차 검을

휘두르는 것밖에는 할 수 있는 게 없다.

타락의 상징처럼 자리한 10장의 날개로는 현재 상황을 막을 수가 없다. 검으로 베어보려고 하지만 계속해서 떨어져 내리는 빛의 물줄기를 어찌 가를 수 있겠는가.

"아아아……."

물론 그 와중에도 내 몸에는 천천히 변화가 일어나기 시작했다.

'나도 날개 달리는 거야?'

생각이 끝나기가 무섭게 빛의 날개가 뻗어져 나오기 시작한다.

'10장은 되겠지? 나도 10장 할래.'

아프지 않을까 생각했지만, 순백색의 날개는 오히려 신성함을 충만하게 해주는 듯한 느낌이었다.

그 와중에 김현성의 손이 불쑥 빛을 뚫고 나오는 게 눈에 보인다.

'뭐야, 시바. 어떻게 닿았어?'

"제길, 제기랄!"

어떻게든 나를 끌어내리려는 모습이 굉장히 눈에 띄었지만, 나갈 때 나가더라도 진화는 한 후에 나가고 싶다.

다행히 광휘의 폭풍이 녀석을 날려 버렸지만, 여전히 어떻게든 손을 뻗으려 발버둥 치고 있었다.

"닿아, 닿아!"

심지어 칠흑색의 마력이 쏘아 보내는 모습은 가관이다.

'아니, 진화 좀 하자고.'

정말로 필사적인 얼굴이었다.

'얘, 진짜.'

마치 박덕구가 나를 지키려는 것 같아 살포시 감동하기는 했지만 반가운 상황은 아니다.

불가능이라는 걸 깨닫고 바라보고 있으면 좋으련만 계속해서 쏟아지는 빛줄기를 막으려는 모습은 무척 당황스럽다.

'이게 막아져? 이게 막아진다고?'

하늘에서 쏟아져 내리는 빛을 마력으로 틀어막으려는 모습은 어찌 보면 장관이었다.

빛의 안으로 들어가 나를 구하는 것은 무리라고 판단했는지, 칠흑의 파도가 광휘의 폭풍을 덮치기까지는 그리 오랜 시간이 걸리지 않았다.

콰아아아아아아!!

엄청난 폭음이 들려올 정도, 하지만 안은 고요하다.

'현성아아…… 시바, 그러면 안 돼. 남 레벨업하는 거 막 방해하고 그러면 안 돼.'

아마 위쪽에서도 굉장히 당황하고 있지 않을까.

어떻게든 빛을 전해줘야 하는 시점, 김현성은 늦었으니 이기영이라도 포섭해야 한다고 생각하고 있는 상황이 아니었던가. 그런데 갑작스럽게 나타난 방해꾼이 떨어지는 빛을 틀어막으려고 하니 얼마나…….

'황당하겠어?'

실패의 아이콘인 베니고어가 이번에도 실패하지는 않을까 두려워하고 있을 거라 장담할 수 있다.

[이기영 신도, 이기영 신도!!(0/1)]

아니나 다를까 벌써부터 통한의 외침이 들려온다.

"으아아아아아!"

김현성은 여전히 내게 내려오는 무거운 짐을 막기 위해 최선을 다하고 있는 형국이었다.

도대체 일이 어쩌다가 여기까지 오게 된 건지는 모르겠다, 시바.

'아니, 현성아. 이거 받는다고 책임져야 하고, 뭐 그런 거 아니야. 계약서에 도장 찍은 것도 아니고, 그냥 먹튀 해도 상관없다고. 얘네가 지들 불안해서 뿌린 건데, 왜 그렇게 과민 반응해. 심정은 이해하는데…….'

[이기영 신도! 쟤 좀 막아봐. 이기영 신도오!(0/1)]

'나도 막고 싶어, 시바. 일단 출력이나 높여봐, 시바.'

[아, 알겠어.(0/1)]

이쪽의 조언을 받아들이기는 했는지, 더욱더 강한 빛이 뿜어졌지만, 김현성 역시 더 커다란 소리를 내지르며 빛에 대항하려고 했다.

솔직히 뭐라도 해야겠다는 생각을 할 수밖에 없었다. 당장 이 힘을 받아들이는 게 문제가 아니라고 느껴졌기 때문이다.

시간이 지나면 지날수록 김현성의 눈에 거대한 분노가 들어차는 것이 보인다. 자신에게 원하지 않은 책임을 부여한 것처럼, 지금 나에게도 그런 책임을 덧씌우는 것처럼 보였던 걸까. 어쩌면 동질감을 느끼고 있다고 생각해도 될 것 같았다.

"이 개자식들…… 이 개새끼들아! 멈춰! 흐윽…… 시발, 멈추라고!"

절규에 가까운 비명이 들려오고 있지 않은가.

"하지 마! 이 더러운 새끼들아! 그만…… 제발 그만……."

'우리 현성이 욕 좀 하는구나.'

"멈춰…… 멈춰어!!"

녀석의 몸은 이미 넝마가 된 지 오래.

[이기영 신도…… 이거 어떻게 해. 큰일 나는 거 아니지?(0/1)]

베니고어가 걱정할 정도였으니 무슨 말이 더 필요할까.

그만큼 지금 김현성이 보여주는 모습은 절박해 보인다. 온갖 저주 섞인 말을 내뱉고 있었고, 이제는 그럴 여유마저 없어졌는지 정체를 알 수 없는 독기가 눈빛에 감돈다.

[멈추는 게 좋을까? 멈추는 게…… 멈추는 게 좋을까?(0/1)]

나 역시 멈추는 게 좋지 않을까 하는 생각이 들었다. 김현성이 진심으로 베니고어 측을 적대하지 않을까 걱정이 됐던 탓이다.

대륙을 버리고 도망치는 선택지가, 대륙을 파괴하는 둠현성 완전체로 진화할 수 있다는 생각이 드는 것도 무리가 아니었다.

단순히 대륙을 손절하려는 김현성이라면 설득의 여지가 있지만, 후자는 설득의 여지조차 사라진다. 바깥 신보다 둠현성이 먼저 대륙 뽀개기를 끝낸 이후 악마들과 함께 베니고어의 보금자리를 향해 돌진할지도 모른다.

"제길, 제길!!! 이 개새끼들! 멈춰!"

일단은 뭐라도 말을 내뱉을 수밖에 없었다. 흥분한 김현성을 진정시키는 게 먼저다. 이건 나쁜 일이 아니라고 좋은 일이라고 설득해야 한다. 일단은 차분한 어조로 말을 이어보자.

'후우…….'

커다랗게 한숨을 쉰 후 곧바로 입을 열었다.

솔직히 나도 이게 통할지 모르겠다. 평소라면 말을 들어먹기라도 하겠지만, 지금 상태에서는 먹힐 거라고 장담할 수 없다.

"괜찮습니다."

"……."

"……."

'뭐야, 안 들려?'

"괜찮다고 말씀드리지 않았습니까."

"……."

'현성아, 내 말 씹는 거야? 그런 건 아니지?'

"별것 아닙니다. 현성 씨가 생각하는 것처럼 무거운 짐을 드는 것도 아니고, 힘든 일을 겪는 것도 아닐 겁니다. 오히려 즐거운 일입니다. 저에게는 행복한 일이에요."

'제발…… 제발 들어먹어라.'

"남은 시간 동안 제가 할 수 있다는 일이 있다는 게 즐겁습니다."

"……."

"제가 소중하게 생각하는 이들을 위해 일할 수 있다는 게 즐거워요. 당연히 힘들 거라는 건 압니다. 그리고 현성 씨가 무슨 생각을 하는지도 알고요. 어째서 제 걱정을 하시는지도 아주 잘 알고 있어요."

'아, 이 새끼 반응 없네.'

하지만 듣고 있을 거라고 확신할 수 있다. 아직도 내게 시선을 고정하고 있었으니까.

'그냥 이렇게 말하는 것만으로는 안 돼.'

조금 더 민감한 주제로 이야기를 꺼내야 한다. 이를테면 김현성이 흑화하게 된 결정적인 이유라든지 말이다. 갑자기 머리가 깨끗해지고 나았다는 설정보다는 그게 더 설득력 있을 테니까.

녀석이 민감해하는 주제인 만큼 틀림없이 반응할 것이다.

일단은 서로 말이 통하는 상황을 만드는 것이 최우선이였다.

"그…… 일을 숨긴 건 죄송합니다."

"……."

"하지만 정말로 걱정시켜 드리고 싶지 않았어요. 별거 아닌 일이라고 생각했습니다."

"……."

"제가 만약에 기억을 잃는다고 해도……."

"……."

"정말로 모든 걸 잊어버린다고 해도…… 모두 함께 있어줄 거라는 걸 알고 있으니까요."

"……."

"제게는 크게 중요한 일이…… 아닐 거라고, 그렇게 생각했었습니다. 그렇잖아요? 아마 다르지 않을 겁니다. 평소와 같을 거예요. 모든 게 끝난 이후의 린델의 일상은 분명히 예전과 변함없을 겁니다."

"……."

"혜진 씨와 함께 체스를 두기도 하고, 함께 와인을 마시기도 할 겁니다. 엘레나 님과 함께 세계수를 보러 다니고, 엘프 분들과 시간을 보낼 수도 있겠네요. 예리와는 간단한 카드 놀이를 하며 시간을 보내고…… 안기모 씨와는 함께 여신의 거울을 들여다볼 수도 있겠군요."

"……."

"정연 씨, 그리고 소라 씨와 함께 연금술을 처음부터 공부할 수 있을 겁니다. 네, 전부 다 까먹는 것은 아닌지 걱정스럽기는 합니다만, 몸이 기억하고 있는 만큼 금방 배울 수 있겠죠. 틀림없이…… 말입니다. 아마 1년이나 2년이 지난 이후에는…… 아니, 어쩌면 3년 정도가 지난 이후에는 지금과 같은 수준으로 올라올 수도 있겠네요. 파란 길드의 재정에 문제가 생기는 일은 없을 거예요. 인프라는 그대로 있을 테니…… 하하."

"……."

"희영 씨와는 함께 봉사하면서 시간을 보내게 될 겁니다. 제가 아직 다녀오지 못한 장소들이 아직 많이 있으니…… 물론 디아루기아 님께서 루리아나 막스와 함께 시간을 보내라고 성화를 부리기도 하겠지만 말입니다."

"……."

"아영 씨, 창렬 씨와는 제가 교습을 나갔을 때의 이야기를 나누고…… 재미있었던 일이 많았던 만큼, 저한테도 새로운 경험이었던 만큼, 많이 웃게 될 겁니다. 네. 정말로 많이 웃게 되겠죠. 내가 그런 적도 있었어? 하면서 말이에요. 어쩌면 예전에 찍어놨던 영상들을 전부 보게 될지도 모르겠네요."

"……."

"가끔 저를 찾아오는 희라 누나와의 시간도 굉장히 즐거울 겁니다. 일이 끝난 직후에는 바빠 얼굴을 자주 볼 수 없겠지만, 전쟁이 전부 다 끝난 이후에는 매일같이 끌려다니게 될 겁니다. 또, 또 처음부터는 무리겠지만…… 오스칼 님께 정치에 대해 다시 배우고…… 바젤 교황님과는 다시 한번 신학에 관해 이야기를 나눌 수도 있게 되겠고, 김미영 팀장님에게는 전반적인 길드 운영에 대해서, 지혜 씨에게도 여러 가지로 다시 배울 게 많을 겁니다. 이를테면 인생을 살아가는 방법이라든지…… 하하."

"하지…… 마…… 세요."

"하얀이와 계속 함께 있게 된다면, 어쩌면 결혼할 수도 있겠네요. 왠지 모르게 상상이 잘 되지는 않지만 말입니다. 덕구는 박수를 쳐주겠죠. 자기가 이럴 줄 알았다고 전부 자신 때문이라고 즐거워하며 쓸데없는 이야기를 늘어놓을 게 뻔합니다."

"그런 말…… 하지…… 마세요. 흐윽, 그런 말 하지 말라고…… 제기랄, 그런 말 하지 말라고……."

"현성 씨와도 비슷할 겁니다. 가끔 함께 나가서 식사도 하고, 그리폰을 타러 나가기도 하고, 별것 아닌 일로 웃고, 어느 때처럼 즐겁게 시간을 보낼 수 있게 될 거예요."

"제발…… 제발 그런 말 하지 말아주세요. 제발……."

"저는 이 일상을 지키고 싶습니다. 제가 결코 이타적이라고 생각하지는 않아요. 어디까지나 제 만족을 위해서 이 일상을 지키고 싶어요. 네, 당연히 힘들 겁니다. 아프기도 하고 무너지기도 하고 고통스러운 시간을 보내고, 베니고어 님을 원망할 수도 있고, 어쩌면 지금의 선택을…… 두고두고 후회할지도 모릅니다. 어째서 저를 말리지 않았냐고 투정부리는 일이 생길지도 몰라요."

"……"

"하지만, 하지만 종국에는 웃게 될 겁니다. 다 함께 커다란 테이블에 앉아서 예전에 있었던 추억거리들을 곱씹으며 예전에 아팠던 일들을 웃어넘길 거예요. 지금까지도 그래왔으니까. 지금까지도 이겨내 왔으니까."

"……."

"변하는 건 없어요, 절대로."

"아니요, 많은 게…… 많은 게 변할 겁니다. 결코, 예전 같지 않을 거예요. 모두 괴로워할 겁니다. 기영 씨가 자신들을 기억하지 못하고 있다는 걸 괴로워할 거예요. 저도…… 저도 괴로울 겁니다. 무서워요. 무섭다고…… 흐윽, 무섭다고요…… 제기랄."

"다른 선택지도 괴로울 겁니다. 정말로 대륙을 버린다고 해도 괴로울 거예요, 현성 씨. 매일같이 죄책감에 시달리고 멸망한 대륙을 보고 두고두고 오늘의 결정을 후회할 겁니다. 도움이 필요한 이들을 외면한 걸 죽을 때까지 가슴속에 품고 살아가게 될 겁니다."

'솔직히 나는 몰라도, 너는 그럴 거야. 너도 알잖아, 너 아직 완전히 못 버렸잖아.'

"만약 저를 강제로 데려가신다고 해도…… 그렇게 구걸하듯 살아남는다면 오히려 현성 씨를 원망하게 될 거예요."

'그리고 우리 솔직해지자. 막말로 네 생각대로 된다고 해도 내가 널 평생 원망할 텐데, 너 그거 견딜 자신 있어? 우리 절교하는 거라고, 너 나랑 진짜 손절할 수 있어?'

"현성 씨도 다르지 않을 거라고 생각합니다. 분명히, 저와 같은 생각을 하고 있을 거라고 확신할 수 있어요."

"……"

"물론, 불안함이 아예 없는 것은 아닙니다. 저도 무섭고 싸우는 게 무서워요. 솔직히 말씀드리면 지금 이 상황도 무섭고, 제게 일어나는 일들이…… 매일같이 일어나는 변화들이 두렵습니다. 어떻게 무섭지 않을 수가 있겠어요. 저 역시 사람인데."

"그렇다면……"

"하지만 저는 일상을 잃는 게 더 무섭습니다. 아무것도 하지 못한 채로 우리가 그리고 있는 미래를 잃는 게…… 더 무섭습니다. 기억을 잃는 것과 비교도 할 수 없을 정도로, 무서워요. 아마…… 모든 이들이 그런 마음가짐으로 이번 일에 임하고 있을 겁니다."

"……"

"일상을, 미래를 지키려 제자리에 서 있을 겁니다."

"분명히 견디지 못하실 겁니다. 장담컨대 후회하실 거예요. 이겨내지 못할 겁니다."

"아니요, 견딜 수 있을 겁니다."

"괴로워하실 게 뻔해요."

"절대로 괴롭지 않을 겁니다."

"죽고 싶을 정도로 고통스러워……"

"고통스러울 수도 있겠죠."

"전부 잊게 되실 겁니다."

"함께할 사람이 있다면 그것 역시 괜찮습니다."

"어떻게, 어떻게, 어째서 그렇게까지 생각하실 수…… 생각할 수 있는 겁니까. 어떻게 그렇게 쉽게 받아들일 수 있는 거예요. 어째서 아무렇지도 않게 넘길 수 있는 거냐고요. 제길……."

'뭐가 어떻게야. 당연히 네가 시바, 전술 김현성으로 파바바박 해줄 걸 알고 있으니까 그렇지.'

하지만 그렇게 대놓고 말할 수 있을 리 없다. 이럴 때는 추억의 대사를 날려주는 것이 좋다. 물론 나는 기억하지 못한다는 설정이었지만 말이다.

"그야 물론."

"……."

"짐을 함께 들어주실 거라고 생각하고 있으니까요."

'솔직히 이게 될지 모르겠다.'

하지만 녀석이 뭔가 깨닫는 게 있을 거라고 믿는다. '내가 함께 들어야 돼'라든지, '내가 이러면 안 돼'와 같은 깨달음 말이다. 원래 인생이란 게 상부상조가 아니었던가. 김현성은 틀림없이 내가 자신의 짐을 들어줬다는 것을 기억하고 있다.

'먹힐 거야.'

김현성이라면 틀림없이 내게 주어진 짐을 함께 들어줄 것이다.

'제발…… 제발…….'

나 몰라라 내버려 둘 리가 없다.

'그렇지? 내 생각이 맞지? 우리 절교 안 해도 되는 거지?'

타이밍 좋은지 모르겠지만, 하늘에서 내려오던 찬란한 빛이 멈춘다.

조금 긴장할 수밖에 없는 부분. 김현성이 뿜어낸 칠흑색의 마력은 보이지 않았지만, 녀석이 어떤 태도를 취할지 예상할 수 없던 탓이다.

천천히 흩어진 빛 사이로 비친 것은 나를 멍한 얼굴로 바라보고 있는 김현성.

'나쁘지 않아. 나쁘지 않을 거야.'

나는 불안한 마음으로 4쌍의 날개를 활짝 펼치며 천천히 손을 내뻗었고…….

"흐윽, 흐으윽……."

김현성은 허겁지겁 이쪽을 향해 달려오기 시작했다.

'먹혔어. 시바, 먹혔다고.'

마무리만 잘하자. 마무리만 하면 되는 거야, 기영아.

물불 안 가리고 달려오는 모습이 그다지 무섭게 보이지는 않는다. 센 척할 여유가 사라진 건지는 알 수 없지만 내게는 나쁘지 않은 상황이었다.

보쌈해서 루시퍼 동네로 데려가는 것은 포기한 것인지 궁금했지만, 지금 녀석에게 그런 생각을 할 여유는 없어 보였다. 혹시나 몸에 이상은 없는지, 다른 부작용을 떠안는 것은 아닌지 확인하는 것이 최우선이 아닐까.

나 역시 내 몸에 이상이 있나 싶어 한차례 점검을 마쳤지만, 딱히 다른 부작용이 있는 것 같지가 않았다.

'그래서 시간이 걸린 거겠지.'

쏟아져 내리던 광휘는 아마 내 몸이 신성을 받아들이게 하는 과정이었을 거다.

루시퍼가 김현성에게 힘을 내린 것처럼 내게 힘을 내렸다면 몸이 뻥 하고 터져 나가지 않았을까. 아마 베니고어를 비롯한 윗분들 역시 최대한 다른 부작용이 없게끔 조치해 줬음이 분명하다. 만약 부작용을 얻을 시 둠현성이 8톤 트럭을 끌고 청와대로 돌진하는 상황을 그리고 있지 않았을까.

아니, 중간에 이빨을 털지 않았다면 지옥에서 힘을 키운 전술 김현성이 위쪽으로 떨어질지도 모르는 상황이었다.

조금 안타까운 것은 이런 조심스러운 과정을 겪었음에도 불구하고 받아들일 수 있는 양에 한계가 있었다는 것. 둠현성도 날개 10장을 받았으니, 내게도 10장을 내리고 싶었겠지만 물리적으로 불가능하다고 판단한 듯했다.

슬쩍 아쉬운 마음이 들었지만 나쁘지 않은 기분, 눈물범벅이 된 얼굴로 뛰어오는 김현성이 눈에 보였던 탓이다.

"아, 아아……."

'아이고, 우리 회귀자 좀 보세요…….'

그 난리를 쳤으니 당연히 몸은 상처투성이, 신성력에 의해 그을린 흔적들이 여기저기에 비쳤다.

뭐라고 말을 내뱉고 싶은 것 같았지만, 목이 메는지 제대로 말하지 못하는 모습은 양심의 표면에 스크래치를 남길 정도였다. 언어 기능에 문제가 생겼나 싶은 생각마저 들었으니 무슨 말이 더 필요할까.

"아, 으……."

김현성에게 현재의 내가 어떻게 비칠지 궁금하기도 했다. 내가 생각해도 현재의 내 모습이 익숙하지 않았으니까.

순백색의 날개를 넘어 빛으로 이루어진 날개는, 그 어떤 수식어도 어울리지 않는다. 깃털 한 장, 한 장이 찬란한 광휘로 이루어져 있었으니까.

전체적으로 후광이 비치고 있었고, 강림한 베니고어와 비교해도 지지 않을 정도로 신성해 보이기도 했다.

이전에 빛 폭탄 물약을 먹었을 때와는 비교할 수 없는 찬란한 빛이 어두운 장내를 가득 채우고 있다. 존재하는 것만으로도 세상 모든 더러운 것들을 정화할 수 있을 것 같은 모양새. 발이 바닥에 닿는 순간, 내가 밟은 곳을 중심으로 빛이 짧게 퍼져 나가는 것이 시야에 비쳤다.

'신세계의 신! 빛, 빛, 빛, 그 자체.'

내 모습이기는 하지만 오금이 저린다. 아마 김현성이 아닌 다른 누군가가 내 모습을 보더라도 비슷한 생각을 할 것이다. 이자는 결코 더럽힐 수 없는 순결한 빛을 지니고 있다고 말이다.

입꼬리가 슬그머니 올라간 것은 당연했다.

'루시퍼 누나, 시바, 보고 있어?'

아직까지 그녀가 노리는 게 뭔지 알 수 없었지만, 지금 모습을 보여준 것만으로도 충분히 복수한 것 같은 느낌이 든다.

'누나는 선을 넘은 거야, 알겠어?'

만약 어둠 쪽으로 넘어가더라도 내가 그녀의 밑에서 일하는 일은 없지 않을까.

애초에 설계 자체가 잘못됐다. 나와 김현성의 관계가 사소한 사건으로 인해 깨질 리 있겠는가. 대가리가 깨져도 김현성은 이기영을 선택할 거라 장담할 수 있다.

실실 튀어나오려는 웃음을 참아내는 것도 잠시, 일단은 살며시 미소를 지을 수밖에 없었다.

'우리 이제 아무 문제 없는 거 맞지? 그렇지?'

물론 녀석이 완벽하게 되돌아온 것은 아니다. 여전히 땅에 끌리고 있는 칠흑의 날개가 눈에 거슬렸으니까.

하지만 대충은 예상한 상황이었다. 아무리 김현성이라고 한들, 몸 안에 눌러앉아 있는 초월자의 힘을 내보내는 게 쉬울 리가 없다. 힘이 아까운 것이 아니라…….

'불가능한 거겠지.'

김현성은 이미 독을 삼켰다. 베니고어조차 해독할 수 없다고 말해오는 것을 보면, 당장 해결할 수 있는 사안이 아니라는 거다.

괜스레 얼굴이 일그러지려고 했지만, 루시퍼가 계획한 것은 무위로 돌아갔다. 루시퍼가 지금 이 장면을 어떻게 바라보고 있을지 궁금하기는 했지만, 당장 빛에 취한 김현성의 얼굴을 보니 마음이 놓인다.

"죄…… 송, 죄송…… 합니다."

'일단 사과부터. 좋아, 좋은 흐름이야. 갑자기 막 화내고 그러지 않을 거지? 그렇지?'

최근 들어 김현성이 우는 장면을 많이 본 것 같다는 생각이 든다.

반쯤 엎어져 있는 것 같아 몸을 일으켜 세우려고 했지만, 화들짝 놀라며 한 걸음 떨어지려고 했다. 스스로 몸을 일으키지만, 쉽사리 다가오지 않는 걸 보니 차마 옆으로는 다가올 수 없는 모양이다.

그럴 만하다고 생각했다. 완전히 피범벅이 되어 있었고, 본인의 기준으로도 흉측한 날개를 달고 있지 않은가. 신성하다 못해 눈이 멀어질 것만 같은 광휘와 대조된다고 생각하는 게 틀림없겠지.

뭐, 시간이 지나면 차차 나아질 거라고 생각했다. 어차피 루시퍼의 힘은 점점 사라질 테니까.

"죄송…… 합니다."

'그래, 죄송해야지. 진짜 망하는 줄 알았자녀.'

"죄송…… 죄송합니다."

'너, 나 때리려고 그랬잖아. 시바, 그건 진짜 반성해야 하는 부분이라고.'

"모두, 모두 죄송합니다."

'다른 건 다 괜찮아. 형이 이해해 줄 수 있어.'

"흐으으윽, 죄송합니다."

'아, 이거 시바, 자기 때문이라고 생각하고 있구나.'

단순히 루시퍼의 힘을 받아들인 걸 사과하는 것 같지는 않다. 어쩌면 본인과 연관된 것 자체를 미안해하고 있을지도 모른다는 생각이 든다. 본래대로였다면 평범한 일상을 살아갈 수 있었던 이기영이 자신과 연관되어 복잡한 일에 휘말렸다고 생각하는 것이 아닐까.

'그럴듯하죠.'

쓸데없는 일에 휘말리게 했다고, 회귀자였다는 사실을 고백하는 게 아니었다고, 짐을 떠넘기는 것이 아니었다고 하는 눈물 젖은 사과.

모든 걸 다 자기 자신의 탓으로 돌리는 것도 재주라면 재주였다. 나를 원망하는 것보다는 더 나은 선택이겠지만 너무 자책감에 빠지는 것은 정신 건강에 이롭지 않다.

아직까지 조금 불안정해 보이는 만큼 슬슬 마지막 대화를 나누는 것도 좋지 않을까. 드디어 놈이 이야기할 수 있는 상태에 온 것 같았으니까.

'마침 시간도 시간이니까.'

거대한 빛이 떨어진 곳이 보인다. 던전을 뚫고 들어온 빛으로 인해 새로운 출구가 생겼다는 것은 환영할 만한 부분, 살짝 날개를 펼치자 천천히 몸이 떠오르는 게 느껴졌다.

익숙하지는 않지만 조금은 신기한 감각, 여왕의 무덤의 꼭대기에 살짝 걸터앉자 이윽고 김현성이 나를 따라 올라왔다.

광활한 대륙이 한눈에 보인다. 어둑어둑하기는 했지만, 꺼지지 않는 불빛들 때문에 반짝거리는 야경이 시야에 비쳤다.

"좋은 광경이네요."

"……."

"정말로 좋은 풍경입니다."

'감정 잡자, 기영아. 방심하지 마. 모든 일에는 마무리가 중요하잖아. 마무리가 반이야. 정신 차리고 집중해야 돼.'

이 광경은 절대로 잃어버리지 않겠다는 듯한 표정으로, 하지만 불쌍하게 보이는 건 최대한 지양하는 것이 옳다. 시원섭섭한 얼굴을 하는 게 좋지 않을까. 운명을 받아들일 수 있다고, 내게 주어진 운명이라며 고개를 끄덕이는 것이 옳다.

'슬프지 않아.'

이기영을 슬프지 않다. 지금 눈에 담은 광경은 언젠가 내 기억 속에서 사라지겠지만, 언제든지 눈으로 확인할 수 있는 풍경이니까.

외로워도 슬퍼도 이기영은 무너지지 않는다. 소중한 동료들이 함께 있어줄 테니까. 이기영은 비극의 히로인이다. 툭하면 부서질 것 같은 몸으로 모든 운명을 그 여린 몸으로 기쁘게 받아들이는…… 절대로 대륙을 저버리지 않는 그런 사람이다.

저도 모르게 눈물에 젖은 눈으로 다시금 야경을 눈에 담았다. 흘러내리는 한 방울의 눈물에는 운명에 대한 괴로움이 아닌, 이 아름다운 광경에 대한 감탄이 들어서 있다. 대륙에 살아가는 이들의 생동감과 자연이 빚어낸 위대한 풍경을 향한 순수한 영혼의 울림이다.

'와, 시바. 내 눈물 빛난다.'

신화 등급으로 진화한 덕분인지는 모르겠지만, 떨어진 눈물은 계속해서 반짝였다.

놀라움을 표현한 것도 잠시, 김현성이 조심스럽게 이쪽을 바라봤다.

"정말로⋯⋯."

"네."

"정말로 괜찮⋯⋯."

"네."

"정말로 괜찮을까요?"

"네, 괜찮을 겁니다."

"⋯⋯."

"분명히 아무 문제도 일어나지 않을 겁니다."

혹시나 일 꼬이면 네가 애들 데리고 튀어줄 거잖아. 그럼 아무 문제 없는 거지, 뭐.

"정말로⋯⋯ 견딜 수 있으시겠습니까."

"네, 혼자라면 불가능하겠지만, 모두가 함께해 준다면."

"정말로⋯⋯ 아무렇지도 않은 겁니까."

"했던 말 또 하게 만들지 마세요. 아무렇지도 않을 거라고 몇 번이나 말씀드렸잖아요. 기억을 잃으면 버리실 거⋯⋯."

"아니요, 절대⋯⋯."

"그럼 홀대하실⋯⋯."

"아니요."

"그럼 아무 문제 없습니다. 물론 아쉽지 않은 건 아니지만⋯⋯."

"⋯⋯."

"물론 지금까지 쌓아왔던 추억들을 잊어버린다는 건……
조금 가슴 아프기는 합니다. 많은 일이 있었으니까요."

"……."

"하지만 이전의 시간보다는 함께할 시간이 더 많지 않겠습
니까. 하얀이도, 덕구도 그리고 다른 길드원들 모두 말이에요.
어쩌면 이전보다 더 즐거운 일이 많이 생길지도 모르죠. 웃을
일이 더 많을 겁니다. 지금 보이는 풍경처럼 말입니다."

'무슨 뜻인지 이해 안 될 거야.'

"언제가 될지는 모르겠지만 언젠가 이 풍경을 잊을 날이 올
겁니다. 하지만, 하지만…… 언제든지 같은 풍경을 눈에 담을
수 있을 거예요. 이 풍경은 절대로 사라지지 않으니 말입니다."

'아직도 이해 안 되겠지. 내가 무슨 말을 하는 건지. 도대체
무슨 개소리를 하는 건지.'

"저는 이해할 수 없습니다. 이해할 수 없어요."

'기다려, 현성아. 곧 이해할 수 있게 될 거니까.'

슬슬 타이밍이라고 생각했지만, 아직도 변함없는 하늘이 괜
스레 원망스럽다.

아무 말 없이 하늘을 바라보며 오랜 시간 대기하는 게 괜스
레 민망해질 때 즈음 드넓은 하늘에서 변화가 생기기 시작했다.

준비하고 있던 마지막 이벤트는 당연히 이기영과 함께 감상
하는 노을 쇼. 나를 바라보던 김현성이 고개를 돌린 것도 바로
그때였다.

사실 나와 함께 감상하는 노을 쇼에 김현성이 얼마나 반응

할까 싶기도 했지만, 예상한 것보다 더 반응이 좋은 것 같다. 실시간으로 눈이 흔들리고 있었다.

정확히 내가 무슨 말을 하는지, 뭘 말하고 싶은 건지 알 수는 없었겠지만 아마 이해하고 있을 거라고 생각했다.

"멋진 풍경이네요."

대외적으로 나는 노을에 대해 기억하고 있지 못하고, 사실 실제로 일어난 일도 아니었지만, 느끼고 있는 바는 같다. 이전에 있었던 일을 잊는다고 하더라도 그 자리를 새로운 추억이 메울 수 있다.

말로 이것저것 설명하지는 않았지만, 김현성은 충분히 느끼고 있는 것처럼 보였다.

어깨가 부르르 떨리고 있는 모습. 표정을 읽을 수가 없다. 솔직히 여기서부터는 녀석이 무슨 생각을 하는지 모르겠다. 다만 부정적으로 보이지는 않는다. 아마 이전에 있었던 일을 떠올리고 있지 않을까.

"만약에."

"……."

"만약에 제가 지금 보는 광경을 잊는다면……."

"네."

"다시 함께 보러 와주세요."

"흐, 으윽…… 네."

"그거면 됩니다. 이걸 다시 볼 수 있다는 거."

"……."

"그거 하나만으로도 충분해요."

"흐으윽…… 흐윽…… 네…… 네."

눈물샘이 터진 김현성의 얼굴을 보자 절로 고개가 끄덕여
진다.

'잘 돌렸어.'

잘 받아넘겼다.

아마 모르긴 몰라도 현성이는 이런 생각을 하고 있지 않을
까. '추억을 지키고 싶다'라거나, '이 장소를 지키고 싶다'와 같은
생각 말이다.

김현성이 저 먼 곳을 바라봤다. 한 단락이 종결됐고, 회귀
자는 다시 일어서야 하는, 대륙을 위해 싸워야만 하는 이유를,
다시 한번 가슴속에 새기게 됐다.

그리고 그 날 오후.

북부의 저편에서 거대한 빛이 쏟아져 내리기 시작했다.

지금까지 인류가 보지 못했던, 이질적인 빛이었다.

191장
이질적인 빛

　-김성경 기자.

　-네, 린넬 방송의 김성경 기자입니다. 북부의 끝에서 이질적인 빛이 떨어져 내리기 시작한 지 7시간 47분가량이 지난 시점, 교황청과 대륙 보호 관리 위원회에서는 여전히 공식적인 발표를 하고 있지 않아 많은 이의 불안과 걱정이 늘어나고 있습니다. 제이나 교황청 대변인이 다방면으로 조사 중이라는 말을 전해왔지만 아직까지 교황청에서도 제대로 된 판단을 내리지 못한 상태이며, 외부의 전문가들 역시 교황청의 조사단이 성과를 가져오기를 기다리고 있는 상황입니다.

　-현재 이기영 위원장님께서 외부와의 모든 연락을 차단했다는 소식이 들어오고 있는데요.

　-네, 현재 이기영 위원장님은 외부와의 연락을 차단한 상태

입니다. 건강상의 문제가 있다는 소문이 나도는 가운데, 혹시나 외부의 빛이 위원장님에게 어떤 악영향을 끼친 것이 아닌지에 대한…….

삑.

-이질적인 빛이 터져 나온 지역 전체가 현재 대륙 보호 관리 위원회에 의해 엄격히 통제되고 있는 상황입니다. 교황청과 대륙 보호 관리 위원회의 합동 조사단이 근처에 임시 캠프를 세워 빠른 조사에 임하고 있지만, 새로운 소식이 들려오지 않고 있습니다. 명예추기경님께서는 현재 안정을 취하고 있는 것으로 전해지고 있으며…….

삑.

-새로운 소식입니다. 신성 교국에서 현 상황에 대해 간단한 브리핑을…….

삑.

-천사의 탈을 쓴 악마들에게 대비하기 위해 지어진 전진 기지를 향해 합동 훈련소의 병력이 속속히 이동하는 가운데…….

삑.

[제목: 방금 뉴스 봄? 이거 어떻게 된 거임?]

[작성자: 엮은이김경식]

[분위기가 전시 상태일 것 같은데…… 진짜로 악마들 들어오는 거 맞음?]

[린델마을주민: 나도 자세한 건 모름. 근데 분위기가 뒤숭숭하다는 건 확실한 듯. 린델에 있는 길드들도 지금 무작정 북부로 이동 중, 사실 배치를 거의 다 끝냈다는 표현이 맞으려나. 전체적으로 쉬쉬하는 것 같기는 한데 발표만 나지 않았을 뿐이지. 아마 천연사러버 님이 대충 알지 않을까 싶은데. 보통 이런 일 터지면 파란 길드에서 가장 먼저 반응이 오니까. 사실 지금 이거 볼 시간이 있는 지나 모르겠다. 파란 길드도 지금 비상인 것처럼 보여서…….]

[천연사러버: 조금만 기다리면 아마 공식 발표 날 거임.]

[린델마을주민: 말 좀 해줘.]

[천연사러버: 나도 뭘 알면 말해주고 싶은데. 지금은 언론에서 떠드는 것 외에는 들려오는 게 없음. 병력 이동하는 거야 혹시 모르는 상황 때문에 이동하는 거고, 아직 조사가 끝나지 않았다는 게 맞지. 아무거나 대충 발표할 수 있는 상황은 아니니까.]

[아미디미정: 이게 나라냐? 일 터진 지 7시간이나 지났는데, 아직도 공식 발표가 안 나오는 게 실화? 평소에 이런 말 잘 안 하는 데 진짜 뭐 하고 있는지 모르겠다. 이기영 위원장은 또 뭐 쓰러진 거? 뭐라고 발표는 해야지 어떻게 할지 노선을 정하지. 윗대가리들 대피할 준비하느라

공식 발표 늦는다는 게 팩트. ㅇㅈ? '여러분 대륙은 안전합니다! 모두 제자리를 지키고 일상을 즐겨주시길 바랍니다!'라고 발표 나오면 내 말이 맞는 거임. 우리 버리고 도망치는 엔딩 그리고 있을 듯.]

[흙수저: 아이디미정이 뭘 걱정하는지는 알겠는데, 다른 사람은 몰라도 이기영 명예추기경님은 그러실 분이 아님. 소외 계층을 위해 자기 한 몸 희생하시는 거로 유명하신 분인데…… 나도 여러 가지로 도움 많이 받았고…….]

[천연사러버: 저 새끼 아이디미정 아니에요. 흙수저 님 아미디미정이에요. 말투도 다르고 어그로도 하급 어그로. 곧 기무대한테 끌려가겠네. 각도기 잘 잡으셨어야죠.]

[아이디미정: 예리하네.]

[트레샤: 그…… 그치만…….]

[린델마을주민: 아, 그만 좀 하셈, 진짜. 안 그래도 심란해 죽겠는데…….]

[흙수저: 근데 왠지 두 분 잘 어울리심. 티격태격하시면서.]

[린델마을주민: 그건 인정.]

[천연사러버: 닥쳐.]

[역천사홍보위원장: 두 분 행복하세요.]

삑.

[제목: 좋아하는 사람을 실망시켰습니다. (댓글: 128)]

[작성자: ㅠr랑색이 좋아]

[제목: 대륙 멸망 실황. 이대로 위원장님 못 일어나시고 대륙 멸망 시 나리오 가나요? (댓글: 123)]

[작성자: 아미디미정]

[제목: 만약에 전쟁 일어나도 손이랑 눈은 무사했으면 좋겠음. 그래 야 천연사 볼 수 있잖아……. (댓글: 1221)]

[작성자: 천연사는빨간불에서도멈추지않아]

'시바, 다행이다. 별일 없었구나, 시바.'

안도의 한숨을 내뱉을 수밖에 없었다. 한숨 때리고 일어난 뒤의 풍경이 익숙한 방 안이라는 것에 1차로 안심, 아직까지 세상이 개판 나지 않았다는 것에 2차로 안심할 수 있었다.

모든 게 끝났다고 생각한 이후, 난데없이 빛기둥이 떨어졌을 때 얼마나 놀랐던가. 망원경의 리바운드를 견디지 못하고 기절 했을 때까지만 해도 일어난 뒤에 세상이 망해 있을 줄 알았다. 내 입장에서 이런 생각을 하게 되는 것도 무리가 아니리라.

옆에서 목소리가 들려온 것은 혼자 거울을 바라보며 웃고 있었던 바로 그때.

"일어나자마자 뭘 그렇게 웃어요? 웃을 상황도 아닌데."

고개를 돌리자 재미있는 구경한다는 듯 나를 바라보고 있 는 이지혜의 모습이 시야에 비쳤다.

"그냥 뭐 이것저것. 내가 딱 빛기둥 떨어지는 것까지만 보고 기절했다니까. 혹시 눈 뜨고 일어나면 아포칼립스 세계관 되는 거 아닌가 걱정했었는데. 생각보다…… 별일 없는 것 같아서. 기분 좋잖아, 누나."

"진짜 놀랐겠네요."

"뭐 다 망하는 줄 알았는데…… 다행히 그런 건 아닌 것 같네. 아니, 그건 그렇고. 누나, 우리 한날한시에 함께 매수하고 매도하자는……."

"저도 웬만하면 지키는 데 진짜 어쩔 수 없었다고요. 안 그래도 그 말 할 줄 알았는데, 진짜 할 줄은 몰랐네요. 뭐 그렇게 마음속에 담아둬요? 일 잘 풀렸으면 됐지. 아니, 그리고 파란 길드 마스터는 무슨 여기에 전세라도 냈대요?"

"……."

"무슨."

"……."

"아무튼 간에 진짜…… 아니, 됐다. 이걸 따져서 뭐 하겠어요. 그나저나 이번에는 일찍 일어났네요."

"그러게. 한번 누웠다 하면 기본 삼 일이었는데……."

뭐 좋은 거라도 처먹은 건 아닌지, 혹시나 모든 게 연기는 아니었는지 의심하는 듯한 눈빛이 쏟아져 내리기 시작했다.

솔직히 합리적 의심이라는 데 힘을 보탤 수밖에 없었다. 나 역시 조금은 놀라울 수밖에 없었으니까. 망원경 사용으로 리바운드를 겪은 이후 이렇게 빨리 일어날 거라고 누가 알았겠는가.

'좋은 거 먹기는 먹었지.'

온몸에 넘쳐 흐르는 게 신성인데 그깟 리바운드가 문제겠는가. 너무 건강해서 팔 굽혀 펴기를 100회 이상 할 것 같은 기분이었으니 다른 말이 필요 없으리라.

'여기로 온 걸 보니까 현성이도 정신 차리기는 한 것 같았고.'

혹시나 눈을 뜨면 루시퍼의 품이 아닐까 싶었지만, 다행히 내가 생각한 게 어느 정도 들어맞은 것처럼 보였다.

아직 영향을 받고 있기는 하지만 최소한 김현성은 이쪽을 보쌈할 생각이 없다. 잃었던 길을 다시 찾은 게 분명하겠지 뭐.

심지어 계속해서 이쪽의 곁을 지키고 있었단다. 무슨 말이 더 필요하겠는가. 대륙이 망하기 직전까지 오면 데리고 튀어준다는 거지.

여러 가지로 정리하자면 터진 일을 잘 수습했다는 것에는 그나마 좋은 점수를 주고 싶었다. 곧바로 악마 새끼들이 쏟아져 나오지 않았다는 것 역시 좋은 점수를 주고 싶었고…….

사실 문제가 되는 것은 왜 갑작스레 북부에서 이질적인 빛이 쏟아져 내려왔냐는 것.

"그런데…… 이거 원인이 뭐예요?"

'시바, 원인이야 뻔하지 뭐.'

단순한 추측일 뿐이었지만 굉장히 신뢰할 수 있는 한 가지 가설이 머릿속을 맴돈다.

'대륙의 균열.'

물론 아직 확정 지을 사안은 아니다. 남 탓하기 좋아하는 내 성격상 한 번쯤은 해볼 만한 생각이었으나 위쪽 분들이 그렇게까지 멍청하지 않다고 믿고 싶었기 때문이다.

'말도 안 되지. 그렇지? 그건 아닐 거야.'

생각하는 가설은 계속되는 간섭에 대륙의 보안 시스템에 이상이 생겼다는 것. 안 그래도 가까스로 틀어막고 있었던 대륙의 균열이, 루시퍼와 윗분들로 인해 더욱더 벌어졌다는 가설이었다.

대충 세운 가설이었지만, 왠지 모르게 그럴듯하다.

애초 신들이 하계에 관여하는 것을 꺼리는 이유 중 하나가 균열이 아니었던가. 루시퍼는 물론이거니와 우리 훌륭하신 위쪽 분들 역시 신성을 억지로 때려 넣다 보니 결국에는 틈이 벌어졌고, 그 사이를 바깥 놈이 찢고 들어오는 중이라는 킹리적 갓심. 저도 모르게 고개를 끄덕이게 된다.

'멍청한 새끼들 진짜.'

급하게 수도꼭지를 테이프로 감싸고 있는 형국이겠지만 줄줄 새어 나오는 물줄기를 어떻게 막을 수 있을까. 현재 쏟아지는 이질적인 빛무리는 새어 나오는 물줄기라고 판단해도 상관없지 않을까. 아마 김현성 역시 곧바로 외신이 도착하는 게 아니라는 걸 깨닫고 내 옆에 죽치고 앉아 있었을 것이다.

시간이 얼마나 걸릴지는 모르겠지만……

'최소한 여유는 있는 거야.'

불행 중 다행이라고 할 수 있는 소식이었다.

"조금 더 확실하게 확인해 본 이후에 이야기해 줄게. 나도 아직 확신할 수는 없는 단계라."

"그럼, 얼마나 남은 거예요?"

"그것도 몰라. 한번 알아봐야지. 대충 한 달? 그 정도도 안 남았을 것 같기는 한데, 운이 좋으면 그 정도 남았겠지. 근데 현성이는 어디 갔어?"

"대책 회의하러 갔죠, 뭐. 아마 그게 아니었으면 계속 여기에 있었을 걸요."

"누나는 안 갔네?"

"오빠가 없는 회의가 의미가 있나요. 어차피 탁상공론만 하다가 끝날 것 같고 시간만 버리는 일이라 참가할 생각도 안 했어요. 별로 영양가 없는 인간들만 모여 있기도 하고……."

"조혜진은? 일어났고? 라파엘은?"

"라파엘 파티는 지금 쥐죽은 듯이 누워서 회복 중이고 혜진 씨도……."

"현성이랑 같이 갔겠네."

"아니요. 제 방이 있어요."

"아직도?"

"현성 씨가 혼자 가겠다고 했거든요. 아, 안 그래도 물어보려고 했었는데 둘이 뭐 싸웠었어요? 세상 참 그렇게 차가운 눈빛은 살다 살다 처음 봤다니까. 내가 웬만하면 이런 말 안 하는데 파란 길드 마스터가 우리 혜진 씨 보는 표정이 무슨 인간 쓰레기라도 보는 표정이었다니까요."

'언제부터 니네 혜진 씨야.'

"그 자리에서 칼부림 나는 줄 알았잖아요. 제법 예쁘게 꾸며놨었는데…… 뭐라고 했더라? 혜진 씨는 혜진 씨 할 일이나 똑바로 하라고 했던가. 더 이상 자기한테 이것저것 보고할 필요 없다고, 쓸데없는 말은 하지 말라고 했던가. 심지어 마지막에 가서는 손절이라도 하는 것처럼 눈길도 안 주는 거 있죠? 아! 하면서 조혜진이 저도 모르게 손도 뻗었는데, 그 손을 확 쳐버리지 뭐예요. 사람이 진짜 화나면 왜, 성내지도 않는다고 하잖아요. 단순히 싫어한다는 것 정도가 아니야. 완전히 혐오하는 것 같았어. 아으, 내가 다 소름이 끼쳤다니까요."

'아…….'

"사람이 달라진 것 같은데. 안쪽에서 뭐 문제 있었던 거 맞죠."

'문제가 있기야 했지.'

하지만 조혜진에게 그런 소리를 했을 줄은 상상도 하지 못했다. 물론 이유야 예상이 가기는 하지만…….

'와, 진짜 배신감 느꼈나 보다.'

조혜진이 자신을 배신했다고 생각하는 게 확실하지 않을까. 김현성의 입장에서는 조혜진이 계속해서 거짓 보고를 올린 셈이니 확실히 화를 낼 만도 했다.

손을 쳐 내거나 다소 거친 말을 쏟아낸 것은 당연히 둠현성의 영향. 아직까지 완전히 칠흑의 날개에서 벗어날 수 없는 만큼 본래 표현하려는 것보다 더 과장해서 표현한 것 같았다.

조혜진이 김현성에게 거짓 보고를 올린 것은 사실이니 어쩔 수 없지만 일말의 책임감이 가슴 속을 흔들게 되는 것도 무리가 아니리라. 물론 나는 제3자의 입장이었지만, 친구의 위기에 어떻게 일반적인 반응을 보낼 수 있을까.

나 역시 도움을 많이 받았던 만큼…….

'이건 조금 도와주기는 해야겠네.'

그렇게 생각할 수밖에 없었다.

일단 회의 중이라고 하니 가보는 것도 나쁘지 않은 듯한 느낌, 아니, 무조건 가봐야만 했다. 어차피 전체적인 상황에 대한 브리핑을 들어야 했으니까.

"우리도 움직일 준비 하자, 누나. 혜진 씨도 준비하라고 해. 나도 대책 회의 들어갈 거니까."

"지금 가게요?"

"응, 지금 갈 거야."

정말로 괜찮겠냐는 듯이 나를 바라보는 이지혜의 모습이 시야에 비쳤다.

"일어나자마자 움직인다는 걸 알면 또 난리 날 것 같기는 한데…… 뭐 막을 수 있나요. 오빠가 그렇게 하고 싶다면 그렇게 하는 거지. 그럼 저는 혜진 씨나 불러올게요."

"근데 왜 혜진이가…….'

'누나 방에 있어?'

"조금 위로해 주느라 그렇게 됐네요. 여기서 혜진 씨가 오빠네 길드 마스터 좋아하는 거 모르는 사람 있어요? 그 꼴 보고 어떻게 그냥 보내요. 술이라도 좀 먹여야지. 걔 은근 잘 취하더라. 아, 오빠는 정하얀한테 도착했다고 메시지라도 보내요.

이쪽으로 온다는 걸 말리느라 여기서도 진땀 뺐으니까. 잘 있다고 안심은 시켜줘야 하잖아요? 언론에서 여러 가지로 떠들어대고 있다 보니 점점 불안해하는 것 같았는데……."

"아, 그래야겠네. 누나가 잘 수습했나 봐."

"당연히 수습해야죠. 사실 정말로 고생한 건 다른 쪽인 것 같지만…… 파란 길드에는 언론 플레이의 일환이라고 걱정할 필요 없다고 못 박아뒀어요. 오빠는 처리할 일 때문에 바쁘다고 하니까 수긍하더라고요. 혜진 씨나 김현성, 그리고 박리안 씨를 포함해서…… 딱 몇몇 정도가 이번 사건을 아는 전부일 걸요."

"아, 덕구는? 덕구는 뭐 해?"

"당연히 한발 빠르게 북부로 향했죠. 엘레나, 선희영, 황정연, 파란 길드는 죄다 북부에 자리 잡고 있고…… 붉은 용병, 그러니까 차희라 그 여자랑 우리 연주 언니. 일단은 기존 매뉴얼에 적힌 대로 병력 배치 완료시켰어요. 근데 이건 수정할 거죠?"

"물론, 그건 전부 준비가 됐다는 가정하에 만든 거고, 지금은 또 다르지."

"그럴 줄 알고 대충 제가 손봤네요. 아직 준비되지 않은 상태라는 걸 가정해서 만들어봤어요. 아직 기본적인 가이드라인만 잡아놓은 상태니까 확인해 보세요. 위험 부담 높은 지역에 우리 정적들 밸런스 좋게 밀어 넣었는데…… 어느 정도로 넣어야 적당히 버티면서 같이 뒈져줄 수 있을지 나는 모르겠더라. 그런 건 오빠 전문이잖아, 그치?"

'진짜…… 누나 너무 유능하다. 진짜 왜 이렇게 멋있어.'

뭐라고 말이 필요 없다. 그사이에 그건 또 언제 해놨을까.

이지혜가 바쁜 시간을 보내고 있었다는 건 당연히 예상한 부분이었으니까, 언론을 진정시키고 여론을 잠재우는 과정에서도 이런 가이드라인을 잡아줬다는 건…….

"누나……."

"왜요?"

"진짜 사랑해."

"저도 사랑해요. 특히나 지금처럼 야비하게 웃을 때 더. 항상 보는 표정이지만 너무 섹시한 거 같더라니까."

"……."

"큼, 아무튼, 린델 내에 남아 있는 길드가 얼마 없다니까요. 그러고 보니 카스가노 유노가 오빠한테 꼭 말할 게 있다고 했으니까, 이번 회의 끝나면 곧바로 연락해 보시고…… 아까 말씀드렸다시피 정하얀한테는 지금 메시지 보내고."

"응."

"갈아입을 옷이랑 가방은 준비해 놨으니까. 알아서 입고 나오시면 될 것 같고. 저는 혜진 씨 데리고 그리폰 이륙장에 가 있을 테니…… 아니면 준비하는 것 좀 도와줄까요?"

"뭐 어린애도 아닌데. 먼저 가 있어, 누나. 누나 말대로 하얀이한테 먼저 연락해야 할 것 같아. 천천히 준비해."

"네, 아! 그리고 한소라, 그 여자 연봉 좀 올려줘야겠더라."

그렇게 말하며 손을 흔들고 문밖으로 나가는 이지혜의 얼굴이 시야에 들어왔다.

'그래, 걔는 솔직히 연봉 좀 올려줄 만해.'

정하얀이 그동안 버틸 수 있는 이유가 한소라 억제기 때문이라는 걸 깨달은 순간이었다.

'이지혜가 대충 말했다고 들을 리가 없지.'

아마 한소라의 피나는 노력이 정하얀을 진정시키지 않았을까.

슬그머니 고개를 숙이자 계속해서 진동하는 손거울을 시야에 담을 수 있었다. 당연하지만 몇천 개가 넘는 메시지가 쌓여 있지 않을까.

[아직도 바쁘신가 봐요? 보고 싶어요. 진짜 보고 싶다.]

[일은 언제 끝나요? 그래도 잠깐은 연락 주셨으면 좋겠는데.]

[보고 싶어요.]

[보고 싶다.]

[지금 혹시 다른 사람 만나고 있는 건 아니죠?]

[오빠가 그럴 리가 없으니까. 정말로 보고 싶어요. 답장 좀 보내주세요. 지금 뭐 하고 있어요?]

[왜 계속 한 자리에 누워서 안 움직여요?]

[누구랑 같이 있는 거 아니죠? 일하고 계신 거죠?]

[지금 뭐 하고 있어요? 연락 좀 해주세요.]

아니나 다를까 무척이나 많이 쌓인 메시지들이 눈에 띈다. 약 2,500개 정도……

'생각보다 안 되네.'

예상한 것보다는 적다. 확실히 한소라가 필사적으로 막았다는 걸 실감한 순간이기도 했다.

조만간 들를 거라는 말을 최대한 성의 있게 작성한 후, 전송 버튼을 누르자 곧바로 튀어나온 정하얀의 답장이 메시지를 위로 밀어버렸다.

[미안해, 하얀아. 갑자기 일 여러 개가 터져서 정신이 너무 없네. 최대한 빨리 정리하고 곧바로 갈 테니까. 조금만 기다려.]

[네, 네.]

[빨리 오세요.]

[너무 보고 싶었어요, 진짜.]

[진짜 너무 보고 싶어요, 진짜. 잠깐 통화 괜찮죠? 얼굴 좀 보고 싶은데.]

[바쁘신가요?]

'얘, 온종일 이거 쳐다보고 있었나 보네.'

시킨 일은 제대로 하고 있었는지 의심할 수밖에 없었다. 한소라야 최대한 작업실에 붙어 있었겠지만 정하얀은 하염없이 손거울이나 창문만 바라보고 있지 않았을까.

망원경을 시험할 겸, 정하얀이 잘 지내고 있었나 하는 마음 때문에 작업실 쪽을 바라봤다.

아니나 다를까 침대에 누워 손거울을 빤히 바라보고 있는 정하얀의 모습이 눈에 비쳤다. 작은 문제가 있다면 그녀가 위치한 곳이 그녀의 방이 아닌 내 방이었다는 것.

'뭐야⋯⋯.'

여기저기 널브러져 있는 물건들이 어떤 용도로 사용되었을지 감도 잡히지 않는다.

내가 오지 않을 동안 저 방에서 계속 지낸 흔적들이 자꾸만 눈에 띈다. 적절한 표현은 아니지만, 강아지가 주인을 기다리기에 지쳐 방을 개판으로 만들어 버린 것처럼 보이는 장내.

'칫솔은 왜 저기에 있어?'

차이점이 있다면 내가 방에 도착하기 전에 원상복귀가 되어 있다는 것이겠지만 오히려 그 부분이 더 무섭다.

약속의 1년 때문인지, 기다림에 익숙해졌기 때문인지는 모르겠지만 나름대로 잘 참고 있는 것 같은 분위기는 조금 놀랍다. 물론 여기저기 찢긴 마법 서적들이나 다른 물건들은 이 건으로 인해 스트레스가 쌓였다는 걸 보여주고 있었지만, 본래였다면 폭발한 직후 곧바로 이곳에 달려올 만한 상황이 아니었던가.

'소라야, 고맙다, 진짜.'

생각하기가 무섭게 한소라가 방문을 열고 들어왔다.

-정하얀 님, 식사 드실 시간이에요.

-아!

침대 위에서 벌떡 일어나는 정하얀. 한소라는 함박웃음을 짓고 있었지만 등은 이미 땀으로 축축하게 젖어 있다. 연락이 안 되는 시간 동안 생사를 오가는 모험을 하고 있었다는 증거가 아닐까.

한소라가 조금 안쓰럽기는 했지만 축축하게 젖은 그녀의 등보다 더 눈에 띄는 것은 그녀가 가져온 식사.

'뭐야, 저거 뭔데, 저거 뭐야.'

내 얼굴을 베이스로 만든 것만 같은 캐릭터가 한소라가 가지고 온 접시에 자리해 있었다.

차마 숟가락으로 뜨기 아까울 정도의 작품, 천사를 조립하다 새로운 재능에 눈을 뜬 것은 아닌지 의심될 정도였으니 무슨 말이 더 필요할까.

정하얀 역시 입을 벌리고 그 결과물을 바라보는 중이다. 그러다 손거울을 바라보며 자랑하듯이 입을 열기 시작했다.

-오빠한테 방금 연락 왔었는데.

-그, 그렇구나. 다행이다, 정말로 다행이네요, 정말로 다행이다. 하, 하하, 흐하, 정말로 다행이네요. 그러게 제가 뭐라고 했어요. 곧 연락을 주실 거라고 말씀드렸잖아요. 이, 이것 보세요. 아직도 외부와의 연락을 전부 차단하고 있는 상태라고 하시는데…… 이렇게 정하얀 님한테 먼저 연락을 주셨잖아요? 두 분 진짜 참사랑이다. 하, 하하. 너무 참사랑이에요.

-사, 사랑. 그렇지?

-네, 사랑이요, 사랑. 아직 조금 처리해야 할 일이 많으실 테

니 여기까지 오시기 전까지는 시간이 조금 걸릴 수도 있겠네요. 사안이 사안이니만큼 바쁠 수밖에 없으니까. 이 와중에도 정하얀 님을 잊지 않았다는 거겠죠? 진짜 참사랑이다. 진짜 참사랑이야. 으응, 이게 참사랑이지.

-헤헤, 그런가?

-물론이죠. 이제 슬슬 방도 정리해야 하지 않을까요? 물론 금방 오시지는 않으실 테니까. 며칠 뒤에 제가 원 상태로 싹 정리해 드릴게요. 아 이럴 게 아니라 답장 보내셔야죠. 그리고 오늘은 주무시기 전에 제가 준비한 영상 보시면서…… 아! 그전에 어제 만든 스크랩북부터 보여 드려야 하는 구나? 베니고어넷에서 떠도는 자료들이 있어요. 전부 긁어서 스크랩해 왔거든요. 오늘은 이것 보시면서 기분 전환 좀 하시는 게 어떨까요?

-보, 보, 보고 싶어.

-식사하고 계세요. 지금 가져오는 게 좋겠네요.

-그것도 같이.

-아! 저번에 보여 드렸던 웨딩 잡지 말씀하시는 거구나. 덕구 님이 모아놓은 거 말씀하시는 거 맞죠? 그것도 같이 가져올게요. 그럼 식사하고 계세요.

그 말과 다급히 방을 나가는 한소라의 모습은 솔직히 존경스러울 정도였다. 기립박수라도 보내고 싶을 심정.

그러고 보니 방 안 곳곳에서 정체불명의 굿즈가 눈에 띈다. 이 방 안에서 부족함 없이 행복하게 지내고 있었던 것 같아 마음이 놓이기는 했지만…….

'예정된 훈련 스케줄은 따라가고 있는 건가?'

마법 서적이 몇 권 보이기는 했지만, 적당히 읽다가 던져 버린 것 같지 않은가.

솔직히 저럴 때가 아니라고 말해주고 싶다. 약속의 1년이 지난 이후 엄청난 성장을 이룩하기는 했지만…….

'아직 조금 모자라는 거 아닌가.'

예정보다 일정이 빨라지면서 안 그래도 부족한 시간이 더 부족해졌다.

전체적인 흐름에 정하얀 완전체가 꼭 필요한 만큼 그녀가 현재 어디까지 치고 올라왔는지 궁금해질 수밖에 없었다.

[훈련은 열심히 하고 있었지?]

손거울을 꾹꾹 누르자 벌떡 일어나서 찢어진 책을 집어 드는 모양새는 가관.

[네, 하고 있었어요!]

답장은 더욱더 가관이다. 어처구니가 없어 기가 찬다. 아마 본인은 거짓말은 아니라고 생각하지 않을까. 메시지를 보낼 때 책을 읽고 있었다는 건 사실이라 생각하고 있을 테니까.

혹시나 했지만 스텟의 변화도 빈약하기 그지없다.

'정하얀, 이대로 괜찮은가.'

그런 타이틀이 머리를 꽉 채운다.

저 빛무리에서 언제, 어느 타이밍에 천사의 탈을 쓴 악마 놈들이 튀어나올지, 누가 알겠는가.

아무래도 훈련을 부추기기에는 한소라 역시 역부족이었던 모양이다. 아마 본인의 생존을 최우선 순위로 둬 최대한 정하얀의 심기를 거스르지 않는 것이 한계가 아니었을까.

현상 유지도 괜찮을 거라는 생각이 들기는 했지만, 괜스레 입안이 쓰다. 새어 나오는 빛의 물줄기가 계속해서 눈을 거슬리게 했기 때문이다.

사실 현재 유일하게 나를 만족시켜 주는 것은 김현성뿐이다. 내키지는 않지만, 루시퍼에게 힘을 받아 격이 올라간 만큼 1회차 김현성 이상의 힘을 손에 넣지 않았을까. 당연하지만 김현성 외에 다른 이들은 1회차 최종 스펙에 미치지 못한다.

엄청나게 오랜 시간 동안 지속된 대전쟁이 아니었던가. 아무리 대류 보호 관리 위원회에서 모든 지원을 때려 박고 개난리를 친다고 해도 진짜 사선을 넘어서 만들어진 전사들에 비할 수 있을 리 만무하다.

심지어 1회차의 전사들은 가면 쓰레기에 의해 이미 담금질이 되어 있던 상태였다.

대류의 전체적인 수준이 더 높아지기를 기대하며 여러 가지 이벤트를 꽂아 넣어줬지만, 그럼에도 불구하고 진짜 위기를 경험했다고 하기에는 무리가 있다.

당연하지만 정하얀 역시 그 카테고리 안에 포함되어 있다. 2회차의 정하얀은 아직 1회차의 정하얀에 미치지 못한다. 김현성 오피셜이었으니 의심할 것도 없이 확실했다.

사실 본래 계획대로였다면 크게 문제가 없었겠지만, 현재 시국에서는 충분히…….

'문제지.'

아직 준비가 미흡하고 또 미흡한 상황, 쏟아져 내리고 있는 빛줄기가 1년 후에 뻥 하고 터져주면 고맙겠지만 그렇게 될 리가 없다. 어쩌면 카스가노 유노의 미래가 이 상황을 예견한 것이 아닐까 싶기도 했다.

허벅지를 손가락으로 툭툭 두드리다가 저도 모르게 손가락을 움직일 수밖에 없었다.

'그동안 오래 쉬었지.'

슬슬 조일 타이밍, 조금 미안하기는 했지만…… 선택지가 그리 많지 않다. 지금은 한시가 급한 상황이었으니까.

[미진아, 훈련 열심히 하고 있지? 내가 이번 일에서 널 가장 중요하게 생각하고 있다는 거 알아줬으면 좋겠다. 너에게도 많이 의지하고 있고, 특히나 네 마법에 무척 기대하고 있어. 네가 계획의 중심이야. 이번 일이 끝난 뒤에 우리…….]

[……..]

[네?]

[오빠?]

[미진이는 누구예요?]

[아, 아무것도 아니야, 하얀아. 신경 쓰지 마. 메시지를 잘못 보낸 거 같네.]

[……]

[해킹당했나 보다.]

정하얀도 정하얀이지만…… 특히 한소라에게 미안해질 것 같았다.

[해킹이야.]

192장
대륙을 구하고 있는 영웅

사실 뭐 엄청난 메시지를 보냈다고는 생각하지 않았다. 의문의 여인, 미진이라는 마법사가 있고, 이기영이 그녀를 무척이나 신뢰한다는 뉘앙스의 메시지를 보낸 것뿐이었으니까.

하지만 효과는 굉장할 거라고 단언할 수 있다.

여신의 손거울을 빤히 바라보는 정하얀의 얼굴에 호기심이 들어선 것은 당연한 일이다.

잠시 멍한 표정을 유지한 채 한 참이나 눈을 비비며 여신의 손거울을 바라보는 모습은 가관, 아직 어떤 상황인지 파악 못한 것 같았다. 지금 자신이 어떤 메시지를 본 것인지 제대로 이해하지 못하고 있는 것이 틀림없으리라.

김현성을 움직이게 하는 힘이 노을과 우정이라면 정하얀을 움직이게 하는 힘은 질투와 분노.

물론 굳이 그게 아니더라도 착실히 성장하고는 있었지만 지금 이 순간 필요한 게 착실한 성장이 아니라는 것 정도는 너도 알고, 나도 알고, 우리 모두가 아는 사실이 아니었던가. 나태한 정하얀을 바로잡기 위해서는 어느 정도의 스팀팩을 투여해야만 했다.

그 스팀팩이 정체불명의 천재 마법사 미진이.

'이건 먹힐 거야.'

먹힐 수밖에 없다.

물론 정하얀이 너무 갑작스럽게 터지지 않을까 하는 불안감이 있기는 했지만, 이번에야말로 충분히 컨트롤할 수 있다고 생각했다. 무려 1년을 버티지 않았던가. 그녀의 곁에 한소라가 있다면, 이전처럼 순수를 증명하는 상황까지는 가지 않을 확률이 크다.

일단 질러놓기는 했지만 마른침이 넘어간 것은 당연지사.

정하연의 얼굴이 창백해진 것은 바로 그때였다.

-어?

짧은 목소리와 함께 천천히 표정이 굳어간다.

-어? 어?

해킹이라는 어처구니없는 변명이 거짓말이라는 걸 깨닫기

까지 얼마 남지 않았다고 확신할 수 있다. 내가 생각해도 황당한 발언이었으니까.

-누, 누, 누구야? 미진이가 누구지? 미진이가 누구야? 누군데…… 누구냐고.

의문을 표하는 것이 첫 번째. 이윽고 손톱을 뜯는 모습이 시야에 비친다. 아마도 저게 두 번째 단계일 것이다.

참기 힘들었는지 다급하게 여신의 손거울을 두드리며 내게 연락을 취하고 있었지만, 이쪽의 손거울은 이미 통화 중이 걸린 지 오래.

현재 고객님께서 통화 중이오니 어쩌고 하는 목소리를 들은 정하얀이 뿌드득 뿌드득 하는 이상한 소리를 내는 것이 망원경에 비쳤다. 이런 모습이 무척 오랜만이라는 생각이 든다.

내 기대에 부응하듯 정하얀은 천천히 이전의 모습을 찾아가기 시작했다. 그동안 평화로웠던 얼굴이 거짓말이었던 것처럼 변화하는 분위기는 이미 걷잡을 수 없을 정도까지 와 버린 것 같았다.

-누군데…… 누구야? 누구냐고. 누구, 누구지? 미진이가 뭐야? 뭐지? 미진이? 미, 미, 미진이?

너무 당연한 소리겠지만 정하얀에게 프라이드가 없는 것은 아니다. 내게 자신을 대체할 수 있는 수단이 없다는 걸 그 누구보다도 가장 잘 이해하고 있다.

당장 마탑에 살았던 1년 동안만 해도 마탑 할배들의 사랑과 존경을 받으며 본인의 위대함을 그 누구보다도 잘 깨닫지 않았던가. 대륙 제1의 마법사는 정하얀이고, 오직 자신만이 텔레포트 마법을, 그 무엇과 바꿀 수 없는 화력을 보유하고 있다는 것을 알고 있다.

어쩌면 차희라와 본인의 경계선을 정확히 나누었을지도 모른다. 차희라가 강하기는 하지만…… . 전위로서 차희라보다 강한 김현성이 있으니까.

어쩌면 김현성과 내가 붙어 있을수록 정하얀은 미소 지었을지도 모르겠다. 동물의 세계 같은 시선으로 바로 본다면 김현성이 차희라의 포지션을 갉아먹고 있는 것처럼 보였을 수도 있을 테니까.

본인의 포지션은 굉장히 공고하다고 생각하고 있을 게 뻔하다. 마법사는 오직 정하얀뿐. 나는 이미 내 영역을 구축해 놨어. 반지도 받았고, 거칠 게 없지. 1년이 조금 힘들기는 했지만 이제는 고생 끝, 행복 시작이야. 요즘은 오빠가 바쁘니까 다른 애들이랑도 어울리지 않네. 이제는 정하얀 세상이야.

그렇게 생각했을지도 모른다. 난다 긴다 하는 마법사들의 수준이라고 해도 어차피 본인이 보기에는 원시적인 마법을 사용하는 원시인들로 보일 테고, 마법에 관련된 부분에서는 이기영이 자신을 의지하고 있으니 절대로 버려지는 일은 없다고 안심하고 있었겠지. 오빠는 유능한 사람을 좋아하니까.

물론 이 모든 게 일반적인 인간관계에서 나눌 수 있는 감정들을 전부 배제한 이후에 나온 판단이겠지만. 나름대로 영악한 정하얀은 이런 것까지 가정하고 있었을 거라고 확신할 수 있다.

그런 의미에서 방금 받은 메시지는 그녀의 프라이드에 상처를 남기게 한 발언이 아닐까.

머리를 벅벅 긁은 이후에는 어디론가 곧바로 연락하는 것이 눈에 보인다.

-아이고, 이거 우리 정하얀 님 아니십니까. 오늘은 또 무슨 일로 연락을…… 영광입니다, 하하하.

-미진이가 누, 누, 누, 누구야…… 미진이, 거기 있어요?

-네? 그게…… 무슨…….

-미진이가 누구냐고요. 미진이가…… 누, 누구냐고요!

-지금 무슨 말씀을 하시는 건지…… 일, 일단 진정하시고…….

-거기 있어요? 거, 거, 거기 있는 거야? 마탑에 있는 거냐고, 마탑이냐구!!

-아, 네. 일단 저, 그…… 미진이라는 이름을 가지고 있는 마법사가 마탑 커뮤니티에 등록되어 있는지 한번 확인을…….

-미진이, 미, 미진이 데려와. 미진이 당장 데려와!!!

씨익, 씨익.

마탑 직원에게 화내는 모습을 보면 이미 중노 상태에 들어간 것 같았다. 심지어 대노로 들어가기 일보 직전이라고 판단할 수 있지 않을까.

린델 내에서 미진이라는 이름을 가진 마법사가 차례대로 사라질지도 모른다는 생각을 했을 때, 그녀의 대노를 막은 것은 생명 수당이 포함된 연봉을 받고 있는 우리 한소라.

-무슨 일이세요? 정하얀 님? 무슨······.
-끄으윽, 미진이가 누군데에······ 미, 미, 미진이가······.

당연하지만 정하얀보다 더 창백해진 얼굴이 눈에 띈다.

두 눈에는 필사적으로 살아야 한다는 초식 동물의 생존 본능이 깃든다. 아까까지만 해도 환하게 미소 짓고 있던 정하얀이 갑작스레 울상을 짓고 있으니, 어찌 일반적인 반응을 보일 수 있을까. 자신이 모르는 사건이 터졌고 지금 그 일이 터지기 직전이라는 걸 이해하는 데는 얼마 걸리지 않을 거라고 단언할 수 있다.

공포에 물든 눈동자에서 재빠르게 회전하는 머리가 눈에 보인다.

꾹꾹 손거울을 누르자 허겁지겁 뒤로 돌아 메시지를 확인하는 한소라가 시야에 비쳤다.

[미진이 같은 사람 없음, 하얀이가 훈련이 필요한 듯해서 등장시킨 가상의 라이벌.]

-이, 이, 개새끼. 이 쓰레기 같은 새끼.

작게 소곤거리는 소리가 들린다.
'나 전부 듣고 있어, 소라야.'
아마 듣고 있어도 반응이 다르지 않았을 거라고 확신할 수 있다.

-이, 이, 흐윽, 이 개새끼가…… 진짜, 흐으윽, 이 새끼 진짜…… 이 나쁜 새끼, 흐으윽…….

아마 본인에게 뭘 기대하고 있는지 곧바로 깨닫지 않았을까. 한소라야말로 영특함과 학습의 아이콘이 아니었던가.

-더 이상 뭘 어쩌라고…… 더 이상…… 나보고 뭘 어쩌라고…… 왜 자꾸 나한테…… 이런 짐을…….

왠지 김현성의 입으로 들었던 것만 같은 대사가 들려온다.
이상하게도 위쪽 사람이 된 듯한 기분이었지만 신세계의 빛 이기영은 아무런 보상 없이 이런 위험한 임무를 덜컥 맡기지 않는다.

[이번 일 좋게 끝나면 정말로 100% 전출.]

한소라가 입을 꽉 깨문 것은 바로 그때였다.

[상황 보고 이적도 가능. 사실 이적은 힘들 것 같은데, 전출
은 진짜 확정하는 거로 하자. 그동안 고생 많았고, 소라 씨도
이제 빛 볼 때 됐잖아. 딱 이번 일만 하는 거로. 이번까지만 하
고 깨끗하게 손 털자.]

식은땀이 흘러내리는 게 시야에 비친다. 침을 꿀꺽 삼키는
얼굴에는 오만 가지 감정이 전부 들어가 있는 것 같았다. 아마
속으로는 엄청난 내적 갈등을 하고 있지 않을까.

-무…… 슨 일이신데요?

끄윽 끄윽 거리며 손을 내미는 정하얀의 메시지를 본 이후
에는 더욱더 그런 생각을 하지 않았을까. 가장 쉽게 이 사태를
해결할 방안이 눈앞에 있다고 생각했을 테니까.

조금 억지스럽기는 하지만 정말로 해킹당한 것 같다고 잡아
떼는 것이 분노한 정하얀을 가장 쉽게 다스릴 방법이다.

'아, 이거 정말로 해킹당하신 거 같은데요?'

개소리를 필사적으로 설득력 있게 전달한다면 당장에는 정

하얀의 분노를 가라앉힐 수 있다. 의구심이 가기는 하지만 한소라가 어떻게 입을 터느냐에 따라 정하얀도 수긍할 수 있고. 아마 이런 패턴이 지금까지 한소라가 살아남을 수 있었던 비결이 아니었을까.

하지만 한소라의 눈은 이미 마음의 결정을 내린 듯했다.

눈앞에 있는 달콤한 과실을 보고 참을 수 있는 사람이 몇이나 있을까. 계속해서 이렇게 살 수는 없다고, 벼랑 끝에서 있을 수는 없다고 생각하는 게 눈에 보인다.

나 역시 조금은 긴장한 모습으로 그녀를 바라볼 수밖에 없는 시점.

-미, 미, 미진이가…… 미진이가 누군지 알아?

수차례 침을 삼킨 한소라가 입을 연 것은 바로 그때였다.

-아, 그…… 그러니까…… 저…….
-끄으윽, 누군지 알아?

눈 한 번 깜빡이지 않고 한소라를 조용히 바라보는 정하얀의 모습에는 솔직히 오금이 저린다. 한 발자국 떨어진 입장에서도 이 정도일진대 현재 한소라가 받고 있을 압박감이 어느 정도일지 상상하기 힘들다.

힘겹게 힘겹게 입을 떼는 모습에 응원의 목소리를 보내주고 싶다.

'할 수 있다, 소라야. 네가 세상을 구하는 거야.'

-그러니까…….

'할 수 있어. 공포심을 극복해야 해. 너 이제 하얀이랑 친하
잖아. 그렇지?'

-네, 들어본 것 같아요. 그…… 박미진이라고.
-정, 정, 정말?
-네, 아, 그…… 정확히 지역이 어디 있는지는 모르겠는데,
최근에…… 네, 폭발적인 성장을 하면서 여기저기에서 유명해
진 마법사가…… 네, 있다고 들었거든요. 아마 그 사람이 아닐
까 싶은데…… 어느 순간부터 소식이 들려오지 않고…… 관련
자료도 모두 삭제되는 바람에…… 어디서 뭐 하고 있나 하는
마음이 있었는데…… 이건 아마도…… 네, 그거겠네요.
-…….
-대륙 보호 관리 위원회에서 따로 관리하는 인재풀이 있다
고 들었거든요. 기밀로 관리하고 있었던 것 같다고……. 아마
그거 비슷한 것 같아요. 부길드 마스터를 비롯해서 몇 명밖에
알지 못하는…… 네, 비밀리에 키워지고 있는 무력 집단이요.

물론 그런 건 없지만 한소라가 기가 막히게 입을 열어주는

걸 보니 괜스레 뿌듯해진다.

생각해 보면 쟤도 나나 지혜과가 아니었던가. 중간에 좀 호된 꼴을 당해서 많이 무너지기는 했지만, 여전히 살아 있는 혓바닥을 보니 입꼬리가 올라가는 것도 무리가 아니다.

-끄윽, 끄으으윽…….

-안…… 심하셔도 돼요. 그러니까 옛날에 한번 본 적 있는 것 같았는데…… 부길드 마스터가 좋아할 스타일은 아니니까. 이, 이것 보세요. 문자 내용도 그냥 응원하는 것뿐이잖아요. 정하얀 님한테 보낸 따뜻한 메시지와는 차이가 있죠. 그냥 마법사로서…… 인간적으로 기대고 있다는 표현을 하신 것 같네요. 혹시나 정하얀 님께서 상처받으실까 무서워서 그냥 둘러대신 것 같고…… 별거 아니니까, 크게 신경 쓰실 정도는 아니에요.

-끄으윽…….

-그렇지만 이, 이렇게 신뢰하실 정도면 확실히 대단하기는 하네요. 소문이 사라지기 전에도 엄청 수준 높은 마법을 구사하는 사람이라고 들었는데…… 정하얀…… 정하얀…… 정하…….

'할 수 있어, 소라야. 지지 마. 공포와 싸워야 돼.'

-정하얀…… 님…….

'할 수 있어! 시바!'

-그러니까…….

'힘내라, 소라야!'

-정하얀 님이랑 비교하는 말이 세간에서…… 자주 들려올…… 정도로요. 아마 그래서 이기영 님께서도…… 그렇게 박미진이라는 사람을 신뢰하시는 거겠죠? 하…… 하하…….

순간적이기는 했지만 마치 시간이 멈춘 것 같은 느낌.
'시바, 진짜 말했어. 진짜 말했다고.'
저도 모르게 시선을 돌릴 수밖에 없었다.
그만큼 장내의 분위기가 심상치 않다. 한소라가 최대한 별 것 아니라고, 빌드업을 하며 입을 털어냈지만 신경을 안 쓸 수가 있겠는가.
만약 내가 정하얀과 같은 입장에 있다고 하더라도 충분히 불편할 만한 상황이었다.
이를테면 김현성이 비밀리에 군사나 행정원들, 혹은 연금술사를 키우고 있었다고 가정해 보자. 심지어 그 연금술사가 이기영에 비견될 정도로 천재라고 불리고 있단다.
어느 날부터 김현성이 나를 피하고 있다는 느낌이 드는 시점에 갑작스럽게 도착한 문자 하나가 같은 내용이었다면 어땠을까?

[진청 씨, 이번 연구…… 무척 기대하고 있습니다. 진청 씨가 대륙 연금술 발전의 유일한 희망이라는 거 알아주셨으면 합니다.]

[네?]

[아, 죄송합니다, 기영 씨. 손거울이 해킹당한 것 같…… 담아두지 마세요. 정말로 해킹당한 것 같습니다.]

[뭐야? 시바, 뭐예요? 너, 지금 나랑 장난쳐?]

단언컨대 나였다면 무슨 수를 써서라도 그 새끼를 악마 소환사로 만들어 버리지 않았을까.

나에게 목매는 정하얀이라면 더하면 더했지 덜하지는 않을 것이다. 박미진이라는 가상의 마법사에게 분노를 보내는 것은 기본이고, 제거하지 않고서는 성이 안 풀릴 거라고 확신할 수 있다. 어쩌면 대륙 내에 있는 모든 미진이들이 목숨이 위협받게 될지도 모른다.

물론 이쪽이 관리하고 있는 인재풀을 그녀가 제거한다는 것은 불가능한 이야기다.

나였다면 그것 외에는 다른 방법이 없을 거라고 생각하겠지만, 아직 성장판이 닫히지 않은 정하얀에게는 한 가지 선택지가 더 있다.

'실력.'

실력으로 찍어 누르고 누가 위인지 직접 증명하면 아무런 문제가 없다.

만약 본인의 실력에 자신이 없다면 전자의 선택지로 기울만도 하지만, 정하얀은 나와는 다르다. 조금 나태해지기는 했지만, 그녀의 본질은 천재 마법사였고 대륙 세계관에서 다섯 손가락 안에 들어갈 정도의 성장 가능성을 가지고 있다.

'경우에 따라서는 압도적으로 1순위지.'

이를테면 대규모 범위 마법이라든가…….

김현성으로서는 불가능한 부분을 정하얀은 맡아줄 수 있다. 마무리는 김현성의 역할이지만 성장한 정하얀이 없다면 그곳까지 닿을 수 없다는 게 학계의 정설. 아마 한소라도 내가 지금 생각한 것들을 이해하고 있지 않을까 싶다.

기왕이면 정확한 미션을 전해주고 싶지만, 현재 그녀가 메시지를 볼 상황이 아니라는 것이 문제.

입술을 꽉 깨물며 정하얀이 어떤 반응을 보여줄지 기다리고 있었다.

-물…… 론 헛소리일 거예요. 정하얀 님에게 비교할 수 있을 리가…….

-…….

-없지만요…….

-끄으윽, 싫어. 진짜 싫어…… 박미진, 진짜, 진짜 짜증 나. 그, 그, 그렇지? 박미진, 짜증 나지?

-네, 저도…… 네, 짜증 나죠…….

'조금 더 자세히 말해줬으면 좋겠는데……'
일단은 저질렀지만 이 사태를 어떻게 수습해야 할지 모르겠
다는 얼굴의 한소라를 보고 떠오른 것은…….
'아, 나 이제 가능할지도 모르네.'
내게도 베니고어가 했던 것과 비슷한 일이 가능할지도 모른
다는 것.
'나 이제 날개 달렸잖아. 신성도 얻었고.'
사념을 전달하거나 퀘스트를 내리는 게 가능해지지 않았을까.
안에 있는 신성을 조금 떼어낸다는 느낌으로 천천히 운용
하며 한소라에게 보내자 확실히 뭔가 전달되는 느낌이 든다.
조금 더 구체적으로 하고 싶은 말을 담자 꽤나 그럴듯해진
듯한 느낌이다.

[일반 등급의 강제 퀘스트를 생성합니다.]
[북서쪽을 박미진이 담당하게 됐다고 이야기해 주기.(0/1)]
[한소라에게 일반 등급의 퀘스트를 전달합니다. 퀘스트 클리
어 보상을 등록하지 않았습니다. 플레이어 한소라는 보상을 받으
실 수 없습니다.]

'뭐야, 진짜 되잖아.'
정말로 이게 가능할 거라고는 생각하지 않았다. 물론 어느

정도 가능성이 있을 거라고 생각하기는 했지만…….

'진짜 됐어, 시바.'

신화급의 격을 받은 거나 다름없으니 반신이라고 칭해도 괜찮지 않을까.

망원경으로 보이는 한소라 역시 무척 깜짝 놀라는 모양새, 하지만 내가 무슨 수를 썼다는 걸 깨달았는지 공포를 딛고 다시금 입을 열었다.

-그, 아, 아마도 박미진 그…… 사람이 북서쪽 지역을 담당하게 될 것 같아요. 그…….

-원래는…….

-네, 그…… 정하얀 님이 모두…… 그러니까 담당하시기로 했지만…… 여러모로 신경 쓸 사안이 많으니까요. 아마 부길드 마스터가 정하얀 님의 건강을 신경 쓰고 계신 거 아닐까요? 마력의 소모가 많을지도 모른다고 생각한 걸지도 모르죠. 아무래도 혼자 모든 곳을 케어하기에는 체력적으로 힘들 수 있으니까요.

'잘하고 있어. 엄청 잘하고 있다고.'

폭발할 듯싶을 때 곧바로 약을 처방하는 현묘한 솜씨는 내가 보기에도 놀랍다. 정하얀이라는 폭주 기관차를 능수능란하게 운용하고 있는 걸 보고 있는 것 같은 느낌.

심지어 무대가 절벽이라는 걸 생각해 보면 감히 신들린 드리블이라고 표현해도 어색하지 않으리라. 일종의 존에 들어간 것만 같은 무아지경의 경지. 저건 생각하고 말하는 것이 아니다. 그녀의 생존 회로가 저절로 내뱉고 있는 대사들이었다.

-그런…… 가?
-네, 그렇지만…….
-으응, 끄윽…….
-조금은 주의하실 필요가 있을 것 같아요. 물론…… 부길드 마스터에게 다른 의미는 없겠지만…… 미진이라는 분이 부길드 마스터를 어떻게 생각하고 계실지 모르니까요. 평범한 호의를 호의로 받아들이지 못할 수도 있고…… 그리고 천재라는 수식어가 붙을 정도니까, 아무래도 부길드 마스터도 신경이 많이 쓰이진 않을까 싶기도 해요. 부길드 마스터는 인재들을 많이 아끼잖아요? 그 박미진이라는 마법사가 우연히 눈에 띈 걸지도 모르죠.

-죽, 죽, 죽, 죽이는 게 좋을까? 찾아내서…… 찾아내서 죽이면, 아, 아직 나보다는 약할 거야. 그렇지? 충분히 제거할 수 있어.

'안 돼, 죽이면 안 돼.'
있지도 않은 사람을 죽일 수는 없다.

[일반 등급의 강제 퀘스트를 생성합니다.]
[저건 말려야 돼.(0/1)]

[한소라에게 일반 등급의 퀘스트를 전달합니다. 퀘스트 클리어 보상을 등록하지 않았습니다. 플레이어 한소라는 보상을 받으실 수 없습니다.]

-죽, 죽이자. 그래, 죽이는 거야. 그럼 깔끔하겠지? 그런 거지?

-죽…… 이면 안 돼요. 죽이면…… 그…… 부길드 마스터가 분명히 알아채실 테니까…… 그러니까, 네, 제발 죽이면 안 돼요. 죽이면…… 제발, 그런 생각은 하시면 안 돼요.

'힘내, 소라야. 굳세어라, 한소라.'

-그냥…… 그냥 알려주면 되는 거예요, 부길드 마스터에게. 네, 알려주면 되겠죠. 직접 증명하는 거예요.

-예, 예전에 순수를 증명했던 것처럼?

-아니요! 순수 증명 말고요! 순수 증명은 안 돼요! 순수 증명 아니라…… 제가 말을 잘못했네요. 다른 마법사는 필요 없다는 걸 증명하는 거죠. 더 이상의 인재는 필요 없다고 확실하게 목을…… 아니, 못을 박아두는 거예요.

-아…….

-박미진도 필요 없고 다른 이들의 도움이 필요 없을 정도로, 정하얀 님이 강해졌다는 걸 증명한다면 아마 다시 돌아와 주지 않으실까요? 물론 지금 상태로는 조금 힘들 수도 있겠지만…… 네, 정하얀 님이라면 여기서 더 강해지실 수 있으시잖

아요. 그렇죠? 그렇겠죠?

-으…… 응.

-자존감을 조금 더 높이셔도 돼요. 정하얀 님은 충분히 귀엽고 아름다우시고 능력 있으시니까. 부길드 마스터도 푹 빠져 계시잖아요. 이렇게 따로 메시지를 여러 개 보내주실 정도니까. 으응, 그렇죠. 바쁜 와중에도 항상 정하얀 님을 생각해 주고 계시니까.

-그, 그래도 미진이도…… 강해지면 어떻게 하지?

-지, 지가 강해져 봤자…… 뭐 얼마나 더 강해질 수 있겠어요? 아무리 노력해도 따라잡을 수 없을 걸요. 정하얀 님은 천재니까. 특별하니까요.

-그, 그, 그런가?

-네, 네, 그래요. 그런 거예요.

크게 숨을 몰아쉬는 한소라의 얼굴은 창백하게 굳어 있었다. 몇 번이나 정통으로 살기를 맞았으니 저런 표정을 지을 만도 했다.

나 역시 손에 땀을 쥐게 할 정도의 승부, 폭발하려는 자와 도화선을 끊으려는 자의 대결은 저절로 입을 벌리게 했다.

일단은 한소라의 판정승이 선언된 것 같았지만 이대로 방심할 수 없다는 건 그녀가 잘 알고 있지 않을까. 겨우 첫 번째 위기를 넘긴 것뿐이다. 이후 공부하며 폭발할 정하얀을 말리는 것이 진짜 게임이라고 생각하고 있을 터.

나 역시 불안하기는 했지만 저렇게 단호한 얼굴을 보니, 그녀를 믿어도 될 것처럼 느껴졌다.

숨쉬기 힘들어하는 와중에도 정하얀을 챙기는 모습은 그야말로 진정한 영웅의 모습. 한소라가 대륙을 구하는 중이라고 감히 말할 수 있을 정도였다.

정말로 모든 일이 다 끝나고 나면 그녀에게 공로상을 챙겨주는 게 좋지 않을까 싶다. 그 정도로 지금 보이는 모습은 마치 자기희생적인 영웅이 보여줄 수 있는 모든 것.

'네가 영웅이야. 조금만 더 힘내. 네가 영웅이라고.'

-오늘부터…… 공부 시작하는 게 좋겠네요. 제가 도와드릴 수 있는 만큼 잘 도와드리고…… 부길드 마스터에게도 여러 가지로…… 네, 좋은 말씀 많이 전해 드릴 수 있도록 노력할게요.

-끄윽, 고마워. 고마워, 소라야.

-고맙긴요. 저야말로 항상 감사하죠…….

남과 신체 접촉을 잘 하지 않는 정하얀이 한소라를 살짝 껴안는 것으로 마무리된 훈훈한 장내.

물론 깜짝 놀란 한소라는 뱀에게 묶인 개구리 꼴이 되기는 했지만, 무척 기뻐 보이는 얼굴이었다. 마치 누군가에게 감사의 인사라도 드리고 있는 듯한 모양새, 본인이 무사하다는 것에 기도를 드리고 있지 않을까.

나 역시 박수가 절로 나올 수밖에 없는 광경이었다.

아직 조금 불안한 면이 있기는 했지만 일단 정하얀이 성장할 수 있는 계기를 얻었다는 게 중요하지 않은가. 무척이나 안정적으로.

일어난 이후 산더미처럼 쌓여 있는 일 중 하나를 대충이나마 정리한 것 같은 기분에 괜스레 입꼬리가 올라가기 시작했다.

'할 게 많으니까. 최대한 빨리, 효율적으로 해결해야지.'

내부도 정리해야 하고, 외부도 정리해야 한다.

'수신제가 치국평천하라고 했으니, 파란 길드를 케어하면서 대륙의 전반적인 상황에 대해 알아보는 게 맞겠지, 뭐. 이대로 계속 하얀이를 예의 주시하면서 정확히 며칠이 남았는지 알아보는 게 먼저.'

대충이나마 정리를 마친 이후에 방문을 열었던 순간이었다.

[희귀 등급의 강제 퀘스트가 발동됩니다.]
[이, 이기영 신도! 아니, 이기영 후배님! 일어났구나!(0/1)]

'……'

[갑자기 퀘스트가 생성돼서 깜짝 놀랐네. 역시 우리 이기영 후배님은 적응이 빠르다니까. 아, 그러니까…… 내가 우리 이기영 신도 사랑하는 거 알지?(0/1)]

'……'

[이기영 후배가 적응이 너무 빨라서 진짜 놀랍더라고⋯⋯ 곧바로 이렇게 퀘스트를 생성해서 자기 신성을 사용할 줄은 누가 알았겠어. 아마 이기영 신도의 바람에 시스템이 응답한 것 같네. 이렇게 곧바로 시스템과 파장을 맞추기가 쉽지는 않은데⋯⋯ 이기영 신도가 대륙을 위하는 마음 때문에 현재의 시스템도 이기영 신도를 환영하는 게 아닐까 싶어⋯⋯ 지금 당장은 퀘스트를 내리는 것 정도가 전부지만 아마 여기 오면 더 많은 걸 할 수 있을걸.(0/1)]

'⋯⋯.'

[속마음을 읽을 수도 있고⋯⋯ 그것 외에도 여러 가지. 윗분들이 이번 결과에 대해 아주 만족하고 있어⋯⋯. 우리 계속 가는 거 맞지? 이기영 신도? 함께 가는 거지? 같은 주식 탄 거 맞지? 한날한시에⋯⋯ 함께 매도하고 매수하는 거⋯⋯ 그거⋯⋯ 나도 하고 싶, 싶은데.(0/1)]

'각설하고⋯⋯ 지금이 어떤 상황인지만 말해. 시바, 이거 진짜로 너네 때문 맞아?'

[⋯⋯.(0/1)]

'진짜로 너네 때문 아니지?'

[……(0/1)]

'진짜로 너네 때문 아닌지 묻고 있잖아요, 베니고어 님.'

[그러니까, 완전히…… 그때의 사건이 영향이 없지는 않은데…… 일, 일단은…… 그 균열이 열려서, 잠깐만…… 아직 이쪽에서도 조사 중이라…… 그러니까 위쪽에서도 최선을 다하고 있는 상황이니까. 나도 최대한 여기저기서 도움을 받을 수 있으면 해서 여러 가지로 뛰어다니고 있거든. 아, 아무튼 위가 원인은 아니야. 어쨌든 일어나야 하는 일이었고…… 그, 아무리 우리라고 하더라도 이미 정해진 일에는 저항할 수 없는 법이잖아…… 그러니까 너무 원망하지 말고……(0/1)]

'며칠 남았어, 이거?'

[36일……(0/1)]

'시바……'

[이기영 신도…… 할 수 있지? 힘도 받았으니까. 할 수 있는 거지? 나 버리는 거 아니지? 버리는 거 아니잖아.(0/1)]

[전설 등급의 퀘스트가 발동됩니다.]

[36일 후에 베니고어와 함께 대륙을 지켜주세요. 제발…… 함께 지켜주세요.(0/1)]

[보상-여신의 사랑.]

'자꾸 신성 소비하지 마, 시바…… 전설 등급 퀘스트 같은 거 뿌리지 말라고.'

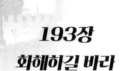

193장
화해하길 바라

[희귀 등급의 퀘스트가 발동됩니다.]

[36일 뒤에 대륙을 지키고, 베니고어의 사과 받아주기.(0/1)]

[보상-여신이 만든 사랑의 디너.]

'안 먹어, 시바.'

애가 어째서 파산했는지 알 수 있을 것 같다.

군이 일반 등급으로 전해도 되는 퀘스트를 어째서 희귀 등급으로 보내는지 이해가 되지 않을 지경. 얼마가 들어왔으면 얼마를 써야 하는 개념이 잡히지 않은 것은 아닐까.

베니고어의 씀씀이에 대해 잠시 고민해 봤지만, 그녀의 낭비벽보다는 그녀의 말이 더욱더 신경 쓰일 수밖에 없었다.

'36일…… 36일……'

짧다면 짧고…… 길다면 길다. 아니, 절대로 긴 시간이 아니다. 단언하건대 촉박하다고밖에 설명할 수가 없다.

정하얀 각성 프로젝트를 무사히 떠넘기기는 했지만 한소라가 너무 몸을 사리면서 해결한 것은 아닌지 하는 생각까지 하게 된다.

겨우 36일, 겨우 36일 동안 2회차 정하얀이 1회차 정하얀을 앞지를 수 있을까? 조금 더 빡세게…… 차라리 한소라까지 떼어내는 것이 좋지 않을까.

'아니야. 미친 생각이야.'

그거야말로 정하얀을 폭발시키는 방법이라 단언할 수 있다.

지금까지 상상할 수 없을 정도의 미친 짓을 벌여온 만큼 억제기까지 사라진 정하얀이 어떻게 반응할지 예상하기가 너무 어렵다.

'한소라는 무조건 있어야 돼.'

정하얀 억제기는 무조건 현재의 포지션을 유지하고 있어야 했다.

빠르게 머리를 굴려봤지만 역시나 5일에서 10일 정도는 지켜보는 것도 나쁘지 않을 것 같다.

만약 터뜨릴 거라면 하루나 이틀 전에 터뜨리는 게 효과적이다. 그래야 그 울분을 비둘기들에게 풀 수 있을 테니까. 섣부르게 터뜨렸다간 비둘기들보다 정하얀을 먼저 상대하게 될 수도 있다.

[이기영 신도…… 나 버리지 않을 거지? 그렇지?(0/1)]

'시바, 말 좀 그만 걸어주세요, 베니고어 님. 머리 굴리고 있잖아요.'

그것 말고도 문제가 되는 것이 바로 병력의 배치 문제.

이지혜가 가이드라인을 짜주기는 했지만 민감한 주제일 수밖에 없는 만큼, 여러 집단과 언성을 높일 수밖에 없는 사안이다.

이기영은 독재자처럼 보이지만 독재자는 아니다. 각 무력 집단의 이해관계를 생각하며 밸런스를 맞추는 편이었고, 간혹 강압적일 때가 있기는 했지만 그나마 여러 가지 의견을 들어주는 편이었다. '이렇게 해. 저렇게 해'라고 말하는 독재자의 말로는 죽음뿐이지 않은가.

'하나하나 의견 조율해 주고 씨름하는 것만 해도 일주일은 넘게 걸릴 텐데……'

라파엘이 36일 안에 일어나 주면 좋겠지만, 이 새끼가 제대로 싸워줄 수는 있을지 모르겠다. 아무리 회복력이 빠른 편이라고는 하지만, 반병신이 되어서 깨어나는 게 기적이었으니까.

만약 정말로 정체불명의 천재 마법사 박미진이 있다면 그녀를 데려와 북서 지역을 틀어막고 싶은 심정, 천사는 지금 몇 기나 만들어졌는지 모르겠다.

네임드기 위주로 신성을 부여해 줄 수 있다는 건 기쁜 소식이기는 했지만, 물량이 부족하기는 마찬가지. 퀄리티가 떨어지더라도 개수를 채우는 게 나은지 아니면 집중적으로 퀄리티를 뽑아야 할지, 둘 중 하나를 선택해야만 하는 상황이었다.

'정 안 되면…… 진짜 손절해야겠는데.'

한 달 정도는 더 시간이 있지 않을까 싶기도 했지만, 정말로 한 달 정도 남았다는 확언을 들으니 똥줄이 탈 수밖에 없다.

심지어 조혜진과 김현성의 문제는 또 어떻게 해결해 줘야 할지 알 수가 없었다.

별것 아닌 갈등처럼 비칠 수 있지만, 조혜진은 김현성을 보좌할 수 있는 얼마 안 되는 전위 중 한 명이 아니었던가. 아주 약간의 변수조차 용납하기 싫은 내 입장에서는 김현성이 조씨를 밀어내려고 하는 게 그다지 좋아 보이지 않았다.

물론 우선 순위로 분류하자면 하위권에 분류할 수 있으니…….

'이건 나중에 시간 날 때 자리 한번 만들어보는 거로 퉁 치는 게 좋지 않을까? 일 다 끝내고…… 응, 그렇게 하는 게 좋을 것 같은데?'

제3자가 자꾸만 남의 연애사나 관계에 끼는 것도 그다지 좋아 보이지 않고, 무엇보다 지금은 한시가 급한 상황이 아닌가. 조혜진에게는 조금 고통스러운 시간이 될 수도 있겠지만 일단 김현성 조혜진 프로젝트는 후일담으로 미루는 게 현명하게 느껴졌다.

문제가 있다면 저 멀리서부터 그녀의 얼굴이 시야에 비치기 시작했다는 것. 아까보다 더 빨라진 발걸음으로 몸을 옮기자, 아니나 다를까 측은한 표정을 하고 있는 조혜진과 그런 그녀를 위로하고 있는 이지혜의 모습이 시야에 비쳤다.

"빨리도 오셨네요."

'누나, 너무 타박하지 마. 일하고 온 거야. 나도 나름대로 힘들다고.'

"부길드 마스터."

"아! 혜진 씨."

"깨어나서서 다행입니다."

"혜진 씨는…… 몸은 좀 괜찮으십니까?"

"네, 괜찮습니다. 하하, 괜찮아요."

당연하지만 들려오는 목소리는 전혀 괜찮은 것 같지 않다. 머리가 깨질 것 같은 나보다도 더 머리 아파 보이는 표정, 마치 세상 근심을 모두 가진 것만 같은 외관이라 할 만했다.

왠지 모르게 양심이 쿡쿡 찔려오는 기분. 나답지 않게 조혜진의 얼굴을 똑바로 보기 미안해진다.

아마 몸에 가득 들어차 있는 신성이 남아 있는 한 줌의 동정심을 자극하고 있는 것이 아닐까. 솔직히 내 잘못이 아니기는 했지만 그래도 불쌍해 보이기는 했으니까. 인간이라면 누구나 전부 가지고 있는 기본적인 감정이 아닌가.

최대한 괜찮은 척하고 있는 것 같았지만 흘러나오는 분위기 자체가 너무 어두워 보인다.

'미안해, 혜진아. 내가 진짜 수습해 주려고 했는데…… 시간이 너무 부족한 것 같아서…… 이해해 줄 수 있지? 우리 친구잖아. 36일밖에 안 남았다고 하는데…… 다른 일부터 해결하

는 게 먼저잖아…… 오늘 회의도 제법 시간이 걸릴 것 같고…… 여러 가지로 할 일이 많아.'

"저는 걱정하지 않으셔도 됩니다, 부길드 마스터. 튼튼한 몸 정도밖에 자랑할 게 없으니까요. 그 정도가 끝이죠, 하하……."

"무슨 말을 그렇게 하고 그래요, 혜진 씨. 키도 크시고, 피부도 이렇게 좋으신데. 행정 일은 처리하는 건 또 얼마나 잘해요? 파란 길드가 혜진 씨 없으면 어디 돌아가나요? 체스도 잘 두고…… 어제 저도 엄청 고생했잖아요."

'뭐야, 누나 어제 얘랑 체스 뒀어? 혜진아 니가 어떻게 날 두고…… 누나랑 체스를 둬.'

"하, 하하…… 칭찬 감사합니다."

"빈말이 아니라니까요. 그렇게 생각하지 않아요?"

'나한테 물어보지 마, 누나. 지금 조혜진 얼굴 쳐다보기가 조금 그래. 근데 얘 피부 좋은 건 맞아. 인정해.'

이지혜의 질문에 중얼거리며 고개를 돌리자 눈에 보이는 조혜진의 동공이 신경 쓰인다.

'죽어 있어……'

사실 조혜진의 입장에서만 생각해 보면 극한 상황이라는 말이 부족하지 않다. 친구가 기억상실에 걸리는 것으로 모자라 납치극에 휘말리며 죽어가고 있었고, 친구의 비밀을 지켜주기 위해 최선을 다했건만 결과적으로는 그 비밀이 드러나 버렸다. 설상가상으로 그 비밀을 지켜주는 대가로 좋아하는 이의 적대심을 얻었으니 멘탈이 남아날 리 있겠는가.

이렇게 풀어 정리해도 복잡하게 보이는 상황에서 그녀가 얼마나 복잡한 감정을 느끼고 있을지 제대로 파악하기가 힘들다. 아마 김현성이 둠현성으로 변한 줄 모르는 그녀였으니 더 충격을 받지 않았을까.

'걔, 지금 좀 사춘기 같은 거야. 네가 이해해 줘야 돼'

그렇게 말을 내뱉고 싶은 심정.

하지만 먼저 입을 연 것은 조혜진이었다.

"죄송합니다, 부길드 마스터."

'……'

"결과적으로…… 그…… 비밀을 지키지 못하게 돼서…… 죄송합니다."

'아니, 혜진아. 너 진짜…… 왜 그래. 죄송할 게 뭐가 있어. 자꾸 미안해지게 그러지 마. 네가 말한 것도 아니잖아. 근데 왜 네가 책임을 지려고 그래?'

"아니요, 혜진 씨 잘못이 아닌데……."

"아니요, 제 잘못이 맞습니다. 애초에 라파엘에게 말한 것도…… 저였고, 이 모든 일을 만든 것도 저였습니다."

"아니, 뭐 친구끼리 그렇게 사과하고 그래요. 엄밀히 말하면 현성 씨를 포함해서 몇몇밖에 알고 있는 사람이 없으니 이전과 별 차이 없습니다. 그렇게 자책하지 않으셔도 돼요. 그리고 당시에 혜진 씨가 따로 할 수 있는 일이 없다는 것도 이해할 수 있습니다."

"그래도……."

'아니, 너 진짜 왜 그래. 사람 미안해지게…… 제발 내 양심을 건드리지 마. 어차피 움직이지 않으니까.'

"몸은 조금 괜찮으십니까?"

'괜찮기는 한데…… 네가 나를 걱정해 주면 내가 지금 좀 그래.'

"다른 부작용이 없으신 것 같아 다행입니다."

'네가 너무 내 양심을 찔러.'

이렇게까지 양심이 찔려오는 것은 확실히 오랜만이라고 할 수 있으리라. 조금은 원망하거나 틱틱거리는 소리를 내뱉어도 상관없으련만, 진심을 다해 이쪽을 걱정하고 있는 모습은 괜스레 심장을 울린다.

'아, 이거 하루 정도만 빼볼까?'

어차피 하루 정도는 시간이 있을 것 같기도 했으니까. 개인 시간을 조금 모으고 모은다면 조혜진의 일을 수습할 시간을 벌 수 있지 않을까 하는 생각이 든다. 중간중간 휴식 시간을 취하면 되고, 앞서 말한 것처럼 애가 계속 이런 상태면 곤란한 건 이쪽이지 않은가.

'아, 자꾸 합리화하면 안 되는데…… 정말 시간 없는데.'

"정말, 얼마나 놀랐는지. 그래도 이렇게 건강하게 계신 모습을 보니 확실히 안심됩니다. 정말로 당시에는 너무 놀라서…… 다른 생각은 할 여유도 없었는데…… 생각해 보니 또 사과드릴 일이 있네요. 제대로 임무를 수행하지 못한 점, 진심으로 사과드리고 싶습니다. 죄송합니다."

'고개 숙이지 마, 야…….'

"아니, 무슨 고개까지 숙이고 그래요. 뭐 다 좋게좋게 해결됐으니까. 이제 전부 다 잊고 깨끗이 새로운 마음으로 시작하면 되지. 그렇게 걱정해 주신다고 하니 제가 다 민망합니다. 하하하……"

"그래도 꼭 사과드리고 싶어서…… 여러 가지 사과드릴 일이 참 많은 것 같아서……"

"울어요?"

"아닙니다."

'혜진아, 울지 마, 진짜.'

'얘는 진짜'라고 생각할 수밖에 없었다. 어째서 1회차 가면 쓰레기가 그녀를 싫어하지 않았는지 알 것 같은 느낌.

이런 걸 떠올리면 안 된다는 걸 알고 있지만, 괜스레 던전 안에서의 조혜진의 모습이 떠오르기 시작했다. 무기를 버린 채 인질은 자신이 될 테니 부길드 마스터를 풀어달라는 모습은 압권이라는 말이 부족할 정도로 이기영의 감성을 한차례 휘저어 버렸다. 박덕구의 모습이 떠오를 정도였으니 무슨 표현이 더 필요하겠는가.

지금 조혜진의 눈에 고인 눈물은 악어의 눈물이 아니라, 정말로 내게 미안함을 표현하는 눈물이다. 업진살이나 뜯으며 편하게 지냈던 걸 알고 있는지는 모르겠지만, 내가 온갖 고초를 겪은 줄 아는 것 같았다.

'시바, 더 미안해지게.'

결국에는 천천히 고개를 끄덕일 수밖에 없었다.

'하루만 빼자.'

어차피 언젠가는 처리해야 할 사안이기도 했으니까.

"저 혜진 씨…… 그보다 현성 씨에게 이번에 조금 안 좋은 소리를 들었다고……."

"아니요, 부길드 마스터가 신경 쓰실 정도는 아닙니다. 길드 마스터의 입장도 충분히 이해할 수 있어서……."

"그 부분에 관련해서 말씀드리는 데 조금 혜진 씨가 오해하시는 게 있으신 것 같아서…… 사실 현성 씨가 조금 날이 서 있는 상태인 것 같더라고요. 여러 가지 일로 성격이 살짝 변했다는 느낌이라…… 정확히 무슨 소리를 들으셨는지는 모르겠지만 아마 진심으로 그렇게 생각해서 말한 건 아닐 겁니다."

'걔, 지금 좀 흑화된 상태거든.'

"제가 단언하건대, 혜진 씨에게 했던 말들이 진심이 아닐 거예요."

사실 이기영 오피셜이라는 게 그리 신뢰가 가는 말은 아니긴 했지만 그럼에도 불구하고, 은근슬쩍 밝아질 조짐을 보이는 조혜진의 얼굴이 눈에 띄었다.

이를테면 어두운 방 안에서 촛불 하나가 딱 켜진 정도, 당연하지만 조혜진이 그 촛불을 붙잡고 있을 거라고 장담할 수 있다.

"자세한 건 이후에 말씀드리겠습니다. 두 분이 화해할 수 있도록 제가 도와드리겠습니다."

"아니요, 바쁘신데 그렇게까지는…… 지금은 시국도 시국이니만큼 괜히 쓸데없는 일에 힘쓰실 필요 없어요, 부길드 마스터. 저는 괜찮습니다."

말은 저렇게 내뱉고 있었지만 왠지 모르게 기대하는 표정이었다. 혹시나 하는 표정을 숨기지 못하는 모습.

'혜진아, 너는 내가 김현성 엔딩 보게 해줄게, 진짜.'

정확히 언제가 될지는 모르겠지만, 얘만큼은 진지하게 밀어봐야겠다고 생각했다.

194장
회의

　물론 시국이 시국이니만큼 곧바로 일을 시행할 수는 없겠지만, 빌드업 정도는 쌓을 만하다는 생각이 든다. 마음 같아서는 곧바로 조혜진 아바타를 출동시키고 싶은 심정.

　하지만 시간이 얼마 남지 않은 지금, 그런 프로젝트를 시행시킬 수는 없다. 당장은 자리를 만들고 이야기를 해보는 것 정도가 최선이지 않을까.

　"그렇게 계속 사양하지 않으셔도 됩니다. 자리를 만드는 정도는 쉬우니까요. 계속해서 서로 어색해하는 것보다는 한 번 풀고 가는 게 좋을 것 같습니다. 아마 현성 씨도 속으로는 많이 미안해하고 있을 겁니다. 분명히 그럴 거예요. 제가 이런 자리를 만드는 걸 속으로 환영하고 있을 겁니다."

　"하지만 제 잘못이 크다는 건……."

"혜진 씨 잘못이 아닙니다. 그 누구의 잘못도 아니죠. 그냥 오해와 실수가 쌓이고 쌓여서…… 그게 터진 거라고만 생각합시다. 마음의 짐을 더셔도 돼요. 미안해하는 것은 이해하지만…… 계속 이러시면 제가 더 불편해진다니까요. 제가 뭐 험한 일을 당한 것도 아니지 않습니까. 이렇게 멀쩡히 돌아왔잖아요? 상처 하나 없는데…… 뭘 사람이 그렇게 딱딱하게……."

"……."

'조금 아팠으면 원망했을지도 모르겠는데 그런 건 아니었잖아? 결과적으로 대성공이었다고, 혜진아. 나 날개도 달았어. 시바, 날개도 달았다고. 시바, 날개도 달았다니까! 너도 보면 놀라서 자빠질 텐데……'

"전부 다 잘 풀렸어요."

'날개도 달았고요.'

말을 내뱉으며 살짝 미소를 보내자. 힘들지 않았다는 걸 보여줘야 했으니까.

노린 것은 아니었지만, 조혜진이 나를 바라보는 표정이 달라진 것 같다. 이기영이라는 인간에게 진심으로 감동한 것만 같은 얼굴은 괜스레 나를 뿌듯하게 만들었다.

물론 옆에서 나를 쓰레기 보듯 바라보는 이지혜의 눈빛이 신경 쓰이기는 했지만 사실…….

'고마워해야 맞지. 아암, 그렇고말고.'

조혜진의 잘못도 일부 있었다는 건 부정할 수 없었으니까.

'지혜 누나 자꾸 사람 그렇게 보지 마.'

"큼, 그나저나 출발 안 할 거예요?"

"아, 그럼 출발하는 게 좋을 것 같네요."

"회의장 쪽에는 미리 연락 넣어놨어요. 마차로 갈 수 있을 정도로 가까운 거리에서 열리니까 회의 내용과 관련된 브리핑은 마차 안에서 드릴게요."

"감사합니다."

"뭐, 감사할 게 있나요. 당연히 해야 할 일인데."

"정말로 괜찮으시겠습니까? 부길드 마스터?"

"물론 괜찮습니다. 앉아서 대화 몇 마디 주고받는 것 정도는 일도 아니고, 최대한 빠르게 공식 입장을 발표해야 하는 상황에서, 저 편하자고 시기를 늦출 수는 없으니…… 아마 도착할 때 즈음이면 교황청에서도 발표할 거리가 있을 겁니다."

대충 내뱉기는 했지만, 사실 딱히 괜찮은 상황은 아니다.

'너무 갑작스러웠어.'

앞서 한 번 언급했던 것처럼 어디로 튈지 모르는 회의 내용이 문제.

물론 대부분의 인사가 사적으로는 깊은 관계에 얽혀 있지만, 이런 이들이 공적으로도 무조건적인 호의를 보내는 것이 아니다. 아예 안면이 없는 것보다는 내 말에 잘 따라주겠지만, 정치적 입장이라는 게 언제 어디서 어떻게 변할지 누가 알겠는가.

이를테면 사망률이 높을지도 모르는 7전선에 다완의 주요 길드들을 배치한다고 생각해 보라. 안개 소환사, 궁수와는 그리 나쁘지 않은 관계를 유지하고 있지만 녀석들이 곧장 7전선으로 향하겠다고 고개를 끄덕여 줄 리 없다.

최소한의 강제성을 부여하기 위해 대륙 보호 관리 위원회를 만들어 작전권을 가지고 왔지만, 대륙은 하나의 통일된 국가가 아니라 여러 무력 집단이 모인 곳이다. 중립국 라이오스와 신성교국 그리고 교황청, 엘프들 정도가 무한한 지지를 보내고 있을 뿐이다.

왕국 연합 중에서는 아직도 신성교국과 이기영을 견제하는 놈들도 있었고, 연방의 생존자들 역시 마찬가지였다. 오랫동안 교국과 으르렁거렸던 공화국도 완전히 신뢰를 주고받고 있는 상태가 아니지 않은가.

물론 각 집단에 이름난 권력자들이야 최대한 포섭하기는 했지만…….

'이건 어려울 수밖에 없지.'

심지어 그전에 있던 매뉴얼을 완전히 뒤집어야 하는 회의였으니까. 기존 계획을 자리 잡게 하는데도 조금 스트레스가 느껴질 정도였으니 오죽할까. 심지어…….

'너무 급하게 열려서 로비도 제대로 못 했고…….'

적폐 친구들과의 우정을 돈독히 하는 시간도 부족했다. 이지혜가 기존에 준비한 것들이 없었더라면 내가 생각하고 있는 시간의 배 이상을 잡아먹지 않았을까.

'이 누나 쉴 시간은 있는 건가.'

이런 생각을 해볼 정도의 퀄리티. 항상 그랬지만 마차 안에서 이루어진 브리핑은 만족스럽다.

'뭐, 쉴 시간은 있었겠지. 혜진이랑 체스도 두면서 좋은 시간 보내셨는데.'

소리를 막기 위해 만들어진 차단벽의 뒤로 보이는 조혜진 역시 이지혜에게 호의적인 표정을 짓는 것을 보니 제법 유대감을 쌓은 모양이다.

"왕국 연합 쪽 귀족들 일부는 포섭해 놨어요. 공화국하고도 이야기하고 있고요. 다만 전쟁 이후에 챙겨줘야 할 게 조금 많네요. 희생한 만큼 챙겨달라 이거죠."

"……."

"몇몇 대형 길드는 보상으로 튜토리얼 던전을 관리할 수 있게 해달라는 걸 요구하더라고요. 이 건은 일단 보류하기로 했죠. 전쟁 이후를 생각하는 집단들이 대부분이에요. 피해가 나는 건 어쩔 수 없으니 끝난 이후에 받아갈 수 있는 걸 받아가고 싶다 이거겠죠. 문제가 있다면 모든 이들이 같은 생각을 하고 있다는 거고…… 오빠가 한번 만나서 이야기해 봐야 할 거예요. 물론 저도 접선할 거고요. 회의 중간중간, 쉬는 시간에 인사들이랑 만나는 스케줄 잡아놨으니까. 확인해 보세요."

"쉬는 시간도 쉬는 게 아니네. 빼곡하기도 하고. 한 사람당 10분이면 너무 시간이 촉박한데……."

"오빠 사람 기분 맞춰주고 샤바샤바 하는 거 잘하잖아요. 사람 하나 구워삶아서 바보 만드는 게 주특기니까. 잘해주실 거라고 믿어요. 이번 회의를 어떤 분위기로 끝내느냐는 오빠한테 달려 있다고요."

"……."

"아! 아까 말씀 못 드렸는데 보급로도 바꿀 수밖에 없었어요. 기존에 계획했던 게 전부 무위로 돌아간 상황이니 어쩔 수 없지만…… 그래도 아쉽네요. 시간만 조금 더 있었으면 터널을 만들든지, 아니면 다른 수송로를 찾아보든지 해볼 텐데……."

"여기 공사 들어간 거 아니었어?"

"이미 철수시켰죠. 어차피 완성도 못 할 텐데…… 정하얀이 움직인다면 도움이 될 것 같은데…… 보급품 옮기는 거야 쉽잖아요."

"지금은 못 움직여."

"그럴 거라고 생각했어요. 텔레포트 마법이 있으면 뭐 하나…… 이런 쪽으로는 도움이 안 되는데."

"탑들에는 이상 없는지 확인해 봤지?"

"시범 운행까지 마쳤고 문제없어요. 곧바로 사용해도 될 정도로 관리하고 있으니까, 그 부분은 안심하셔도 돼요."

'누나, 진짜 왜 이렇게 능력 있어.'

확실히 검은 백조에서도 목을 맬 만하다는 생각이 든다.

대륙 보호 관리 위원회에서 일하는 중에도 길드 내에 그녀를 따르는 이들은 여전히 많다. 1티어에 가까운 무력을 갖춘 하연수, 심지어 검은 백조의 길드 마스터인 박연주마저 그녀에게 계속해서 러브 콜을 보내오고 있다. 일이 끝난 후에는 꼭 이지혜를 돌려달라는 요청이 있었을 정도였으니 오죽할까.

나 역시 그녀를 계속해서 내 옆에 두고 싶다. 기본적으로 유능함이 탑재되어 있기도 했고, 그녀는 자기 자신을 가꾸는 데 끊임없이 노력하는 스타일이었으니까.

외관을 가꾸는 데 집착하는 것 이상으로 능력을 가꾼다. 그게 그녀가 빌런들과 함께 대륙 하나를 말아먹을 수 있었던 원동력이 아니었을까.

'이번 회차에서는 동료라서 다행이야.'

"그나저나…… 이번에는 조금은 세게 나가서야 할 것 같네요."

"나도 그렇게 생각하고 있어. 반발이 예상되기는 하지만……."

"어쩔 수가 없어요. 평소처럼 여러 가지 사정 봐줄 수 있는 상황이 아니니까. 힘으로 찍어 누를 수 있는 애들은 힘으로 찍어 누르는 게 가장 합리적이에요. 부작용은 이후에 수습할 수밖에 없어요."

"차라리 독재할 걸 그랬나."

"사실 따지고 들어가 보면 비슷한 것 같기는 한데…… 역사가 주는 교훈을 잊지 말자고요. 우리 아직 그 정도로 타락하지는 않았잖아."

"……."

"그나저나 우리 얼마나 남은 거예요? 오빠 표정도 생각보다 안 좋은 것 같은데."

"36일."

"네?"

"36일 남았어."

곧바로 얼굴이 일그러지는 것은 강연하다. 역시나 예상했던 그대로의 반응을 보인다. 시간이 빠듯하다는 건 알았지만, 이 정도일 줄은 몰랐다는 표정이었다.

"될 것 같아요? 겨우 36일? 너무…… 너무 빠른데?"

'나도 인정해, 누나.'

"아직 병력 배치도 전부 안 끝났어요. 이 넓은 땅덩어리에 병력 전부 자리 잡게 하는 것만 해도 30일은 걸릴 걸요? 정하안도 못 쓴다면서 다른 방법도 없잖아요? 보급은 또 어떻게 할 거야? 병사들 피로도는 어떻게 하고? 텔레포트 사용 가능한 마법사 또 어디 없데요?"

'나도 있으면 쓰고 싶지, 누나. 없는데 어떻게 해.'

"되게 해야지. 다른 방법이 없어."

"……오빠."

"응?"

"이거 손절 매뉴얼 있죠? 탈출 루트도 만들어놔야 하는 거 아니에요?"

"물론 만들어놨지."

"……와, 진짜…… 진짜……."

"……."

"상상하는 것보다 더 대단하고 더 쓰레기 같다니까. 일 터진 다는 이야기 듣고 제일 먼저 만들어놓은 게 그거죠?"

"……안 그래도 누나한테 슬슬 전해주려고 했어. 미리 말해주는 건데 노아의 방주에 탈 수 있는 사람은 몇 명 안 돼. 태울 인원 10명 정도만 적어놔. 탈출할 때 되면 재빠르게 챙겨서 다른 곳으로 튈 거니까."

"기쁘기는 하지만, 10명은 너무 적은데……."

"많이 챙기면 챙길수록 복잡해지니까 어쩔 수가 없네. 망할 것 같다 싶으면 곧바로 손절하고 나를 거니까, 신호 잘 봐."

"어련하겠어요?"

"튈 때는 속도가 생명이니까. 회의 끝난 후에는 미리 가방 좀 챙겨놓는 게 좋겠네."

"막상 튀려고 하면 정말 아쉽겠네요. 여기서 이뤄놓은 게 제법 많은데…… 먹음직스럽게 키운 과실을 다른 사람이 따 먹는 것 같은 기분이겠어요."

"그러니까 우리 거 안 뺏기게 잘하자는 거잖아. 어쨌든 내릴 준비 하자. 슬슬 도착한 것 같은데."

"첫 단추, 잘 끼워야겠네요."

"응."

이 첫 단추가 중요하다는 것에는 그녀도 백번 공감하는 모양이다. 중요한 회의나 PT에 들어갈 때 간혹 보여주는 특유의 표정이 눈에 보인다. 그녀에게도 이번 회의가 무척 중요하게 다가오지 않을까. 지금까지 키운 과실을 먹느냐 뺏기느냐의 기로에 서 있는 회의였으니까.

제법 급하게 발걸음을 옮기자 여기저기서 고개를 숙여왔다.

사령 본부라고 불릴 정도로 권력자들이 많이 있는 곳이다 보니, 전 대륙의 권력자들과 함께 회의실을 찾은 모험가들, 전설 등급의 재능을 가지고 있는 이들이 흔하게 보인다.

심지어 내가 그동안 보지 못한 유형의 인재도 많다. 그만큼 이 안에 자리한 이들이 중요한 인물들이라는 증거가 아닐까.

말을 많이 하게 될 것 같아 입을 풀고 옷차림을 정리했다.

'현성이도 안에 있겠네?'

아무 말도 하지 못하고 병풍처럼 앉아 있었던 것은 아닌지 모르겠다. 보통 회의에 들어갈 때의 김현성의 모습이 딱 그랬으니까.

이쪽의 호위 포지션으로 참가한 조혜진은 조금 긴장한 것 같은 눈치, 괜스레 다시 한번 자세를 잡고 한 발자국을 더 내디뎠을 때였다.

'뭐야, 이거…… 분위기 왜 이래.'

고성방가와도 같은 소음이 들려올 거라고 생각했다.

하지만 눈앞에 펼쳐진 광경은 그렇지 않다. 쥐 죽은 듯이 조용한 장내, 피부가 따끔거릴 정도의 살기가 장내를 뒤덮었다는 것만 알겠다.

'나, 이거 어디서 본 적 있는 것 같아.'

어딘가 북쪽에 있는 나라 위원장님께서 국정을 주관하실 때의 분위기가 이랬던 것 같았다. 내가 다 눈치가 보일 정도.

숨 쉬는 소리조차 제대로 들리지 않는 장내. 흘러내리는 땀도 닦지 못하고 있는 놈들이 대다수. '이 장소가 이렇게 더운 곳이었나'라는 생각이 들어와 꽂힌다. 분명히 온도 조절 마법도 유지되고 있다.

하나같이 한 사람의 눈치를 살피는 모습은 가관, 저도 모르게 김현성이 있는 방향을 바라볼 수밖에 없었다.

"이기영 위원장님 입장하셨습니다."

직후 우레와 같은 박수 소리가 터져 나오기 시작. 심지어 이쪽의 등장을 고하는 이의 목소리도 덜덜 떨려오고 있었다.

'뭐야, 아니야…… 나 그런 위원장 아니야.'

짝짝짝짝!

박수가 끊이지 않을 정도로 손바닥이 터져라 박수 치는 이들이 시야에 비친다. 필사적으로 양 손바닥을 두들기는 모습은 경쟁이라도 하는 듯한 모양새, 심지어 기립까지 하고 있으니 무슨 반응을 보여야 할지 모르겠다.

모두가 대륙의 주요 권력자들이라는 것을 생각해 보라. 너무나도 비현실적인 광경이 아닌가. 하나같이 공포에 질린 얼굴들이 눈에 띈다.

물론 모두가 공포에 질린 것은 아니다. 교국 지도자 자리에 앉아 있는 오스칼이나 교황청의 인사들, 캐슬락 의원, 카트린 의원, 엘리제 의원과도 같은 이들은 무척이나 만족스러운 얼굴이다. 우리 이기영 명예추기경님은 이전부터 응당 저런 대접을 받았어야 했다는 표정들을 하고 있었다.

짝짝짝짝짝!

자리에 앉기 전까지는 박수 소리가 끝나지 않을 것 같은 느낌.

'멈춰, 이 새끼들아. 멈추라고.'

이지혜 역시 당황스러운 얼굴을 하고 있기는 했지만…….

'얘는 기분 좋은가 보네.'

오히려 현재의 상황을 즐기고 있는 것처럼 느껴졌다.

소름이라도 돋는지 옆에서 흠칫흠칫 몸을 떨고 있다. 이지혜가 머릿속으로 그리던 광경이 이런 게 아니었을까. 본인의 선택이 틀리지 않았다고 생각하고 있을 게 뻔했다.

어째서 이런 분위기가 형성됐는지는 궁금하지 않은 모양, 아니, 원인을 찾을 생각조차 없어 보였다. 지금은 쏟아지는 박수 세례를 즐기는 게 먼저라고 생각하고 있겠지, 뭐. 아니면 이미 원인이 뭔지 알고 있던가.

나 역시 알 수 있을 것 같다. 현재 이 상황을 만든 게 누군지 정확히 보인다.

'시바, 무슨 짓을 했길래 이래.'

이쪽과 정치적으로 조금이라도 대립한 적이 있던 인원 모두 김현성의 눈치를 보고 있었으니까.

"귀빈분들께서는 자리에…… 네, 착석해 주시기 바랍니다."

커다란 박수 소리가 그친 것은 바로 그때, 회의실이 다시 한 번 침묵에 휩싸였다.

그 누구도 입을 열지 않는 상황에 당황스러웠지만, 어째서 모두가 입을 다물고 있는지 알 것 같다. 아마 내가 먼저 입을 열기를 기다리고 있는 것이 아닐까.

"회의에 늦어서……."

"콜록, 콜록."

"……."

"콜록, 죄송…… 죄송합니다. 죄송, 콜록, 스읍."

왠지 어디에선가 본 것 같은 장면이 눈앞에서 펼쳐지는 느낌이다.

'누가 감히 기침 소리를 내었는가. 내가 마음의 눈으로 보니 네 머릿속에 마구니가 들었구나. 어서 빨리 전술 김현성을 들라 하라!' 이렇게 말하고 싶었지만, 지금은 그런 말을 내뱉을 분위기가 아니다.

사레라도 들렸는지 몸을 움찔거리는 녀석이 애처롭다. 기침을 멈출 수 없는지 두 손으로 자신의 입을 막는 모습은 가관.

도대체 뭐라고 말했길래 이런 분위기가 형성됐는지 모르겠다. 심지어 쟤, 나름대로 권위 있는 모험가였는데…… 밑바닥에서부터 올라와서 나름대로 프라이드도 가지고 있었고…… 얼굴이 붉어진 게 불쌍해 보이잖아.

아니나 다를까 김현성이 녀석을 바라본다.

아무리 그래도 이건 아닌 것 같아 괜스레 헛기침하자 조금 멀리 떨어져 앉아 있던 김현성이 이쪽으로 시선을 돌렸다. 여전히 흑화한 것은 아닌지 걱정했지만, 당연히 나를 바라보는 눈에 적개심이나 나쁜 같은 감정은 없다. 반가워하는 것 같기도 했고 걱정하는 것 같기도 했다.

저런 반응을 보이는 게 당연하겠지. 김현성이 볼 때는, 내가 침대에서 몸을 일으키자마자 지친 몸을 이끌고 이곳에 온 것처럼 보일 테니까. 다시 한번 대륙을 위해 노력하고 있구나…… 하는 생각을 하고 있지 않을까. 얼굴에 얼핏 묻어나오는 쓸쓸한 감정이 뭘 의미하는지 알 것 같은 기분이 든다.

괜찮다는 듯, 별일 없었다는 듯 고개를 숙이자 그제야 안심하는 듯한 모습.

녀석 역시 고개를 끄덕여 왔다. 자기가 전부 알아서 해주겠다는 듯한 얼굴이었지만, 마음에 걸리는 게 아예 없지는 않다.

사실 나도 이 상황이 마음에 든다. 편하게 회의를 이끌어 나갈 수 있다는 점에서는 스트레스가 덜했으니까.

하지만 너무 단단한 것은……

'부러지게 마련인데…….'

조금 강하게 나가는 것과 아예 강압적으로 쥐어짜는 것에는 차이가 있을 수밖에 없다. 김현성의 이미지 추락도 추락일 뿐더러, 이 새끼들이 반발심에 바깥 놈의 편을 들거나 제3의 선택지에 주사위를 던질지 누가 알겠는가.

물론 이런 분위기에서 그런 미친 짓을 할 놈이 있을지는 모르겠지만, 본래 어느 집단이든 또라이 한 명쯤은 있게 마련이다.

'현성아, 마음은 고마워. 고마운데…….'

그 정도가 너무 심했다.

'얘들 쥐어 패기라도 한 거야? 아니면 숨도 못 쉬게 살기라도 뿌렸어?'

내가 도착한다는 소식을 들었을 테니 아마 그 직후 분위기가 바뀌지 않았을까. 아니면 처음부터 이런 분위기였을 수도 있고…….

이 어색하고 무거운 분위기를 어떻게 풀어야 할지 감도 잡히지 않는다. 그나마 합리적인 선택은 배드캅과 굿캅을 나누는 것. 녀석이 회초리를 들면 이쪽은 위로를 해주는 포지션으로 가는 게 가장 좋지 않을까.

슬그머니 회의 진행자를 바라보며 손바닥을 내보이자 녀석이 천천히 입을 여는 게 시야에 비쳤다.

"대…… 대륙 보호 관리 위원회의 이기영 위원장님께서……네, 그……."

'쟤는 왜 또 말을 못 해?'

답답한 마음에 곧바로 단상 위로 튀어 나가자.

"그…… 발표를, 아니, 설명회, 아니, 의제를…… 발표……시작…… 하겠……."

어정쩡한 목소리가 들려왔다. 박수를 한 번 짝 치며 미소를 띠자 조금은 분위기가 환기된 것 같은 기분이 든다.

"대륙 보호 관리 위원회의 이기영입니다. 제때 회의에 참석하지 못한 점 진심으로 사과드립니다. 오랜 시간 여러분들을 기다리게 한 점 역시 진심으로 사과드리고 싶습니다. 많은 분이 궁금해하시는 현 상황에 관한 브리핑과 이후에 일어날 여러 가지 일 및 작전에 관해 말씀드리려고 했습니다만……."

"……."

"평소답지 않게 분위기가 조금 딱딱하군요. 물론 시국이 시국이니만큼 여러분이 뭘 걱정하시는지 예상이 갑니다만…… 아주 조금은 긴장을 푸셔도 괜찮을 것 같습니다. 이렇게 딱딱한 분위기에서는 머리도 잘 돌아가지 않는 법이니…… 아직 일이 터진 것은 아니지 않습니까."

"……."

"네, 아직 대륙이 완전히 그들의 손아귀에 넘어간 것은 아니니까요."

이쪽이 분위기를 환기하려 한다는 걸 아는지 몇몇이 안심했다는 듯이 가슴을 쓸어내렸지만, 아직도 그 압박감에서 제대로 벗어나지 못한 것 같다.

물론 이 정도의 분위기도 괜찮다. 적어도 아까 같은 분위기보다는 낫지 않은가. 입을 털기에 딱 적당한 분위기, 중간에 태클을 걸거나 질문 세례를 하는 이도 없을 거라 장담할 수 있다. 아직도 김현성이 시퍼렇게 눈을 뜨고 있는데, 그 누가 그런 태도를 보일 수 있을까.

"하지만 상황이 좋지 않다는 것은 사실입니다."

"……."

"36일."

"……."

"대륙 보호 관리 위원회에서는 예언의 시기가 오기 전까지, 정확히 36일이 남았다고 판단하고 있습니다."

처음으로 침묵이 깨진 것 같다. 여기저기서 들려오는 웅성거리는 소리는 인사들이 얼마나 당황했는지 알려줬다. 그래봤자 탄성이나 탄식이 들려오는 정도였지만, 쥐죽은 듯이 조용하던 장내를 일깨우는 데는 충분한 발언이었다.

'겨우 36일.'

겨우 36일이다. 평정심을 유지할 수 있는 사람이 누가 있을까.

이질적인 빛이 베니고어의 예언과 관련이 있을 수도 있다고 예상하거나, 확실하다고 결론을 내린 사람도 있었겠지만, 이렇게 시간이 촉박할 거라고 예상한 사람은 없을 거라 장담할 수 있다.

"갑작스럽지만 대륙 보호 관리법에 따라 지금 이 시점부터 전 대륙을 전시 상태로 선포하도록 하려고 합니다. 이에 전 대륙의 모든 무력 집단과 국가는 관리 위원회에 임시 편입되며, 제1 작전권 역시 보호 관리 위원회가 주관하게 될 것입니다. 조직 체계 역시 전시 체제로 개편되며 이전에 브리핑을 드렸던 그대로, 전쟁이 끝나고 대륙이 안정을 찾게 될 때까지 위와 같은 형태를 유지하려고 합니다."

'여기가 문제인데.'

반발을 예상할 수밖에 없었다.

아마…… '너무 갑작스럽지 않으냐. 겨우 36일 남은 이 시점에서 메인 작전권을 대륙 보호 관리 위원회가 가져가는 것은 무리수라고 생각한다. 충분한 훈련과 협의가 있어야 한다. 준비하는 기간이 너무 부족했고, 아직 준비되지 않았다고 판단되는 만큼 넙죽 작전권을 넘기기에는 무리가 있다. 작전 본부를 단일화할 필요성은 이해하지만, 본부를 지역별로 잘라 여러 개의 작전 사령부를 두는 게 더 합리적이다. 급하게 새로운 방법을 갑작스럽게 도입하는 것은 병사들의 혼란만 초래할 뿐이다' 이런 식으로 시비를 걸어오지 않을까.

물론 받아칠 말도 준비되어 있다.

대륙 보호 관리 위원회가 출범할 당시에도 많이 부딪쳤던 왕국 연합의 인사 한 명, 보수의 중심이라고 말할 수 있는 '그 녀석' 바스티안.

사실 나쁜 녀석은 아니다. 간혹 부딪치기는 했지만 그나마 생각이 트인 녀석이었고, 실제로 마지막에 와서는 이쪽에게 힘을 보탠 녀석이기도 했으니까. 무엇보다 문무를 겸비하고 있어 상당히 쓸 만하다고 생각한 녀석 중 하나였다. 물론 제거 대상에 포함되지 않은 녀석이기도 했다.

바스티안의 존재는 대륙 보호 관리 위원회가 완전한 독재를 지향하지 않는다는 증거였고, 폭주하는 이쪽의 브레이크를 걸어줄 억제기이기도 했으니까.

나 역시 녀석 때문에 깨달은 게 많다. 적당한 타협점을 이끌어내는 과정에서 더 좋은 결론을 만들어가기도 했고…….

이를테면 필요 억제기로 분류한 녀석 중 하나였다는 거다. 이지혜가 반박 자료를 준비한 것 역시 녀석 때문이라고 생각하면 이해하기 쉽지 않을까.

당연히 녀석이 뭔가 말을 내뱉을 거라 생각해 이지혜를 바라보자 이지혜 역시 고개를 끄덕이며 자료 화면을 띄울 준비를 시작했다.

하지만 아무런 목소리도 들려오지 않는 것이 문제.

'뭐야.'

이윽고 쏟아질 목소리들을 기다려 봤지만, 그 누구도 의문을 표하는 이가 없다. 왕국의 정통성이니, 뭐 자주권을 넘길 수는 없다느니 하던 녀석들 역시 마찬가지. 약속이라도 한 것처럼 입을 다물고 있는 모습은 거짓말 같다.

뭐라도 말해보라는 듯 녀석들을 바라보자······.

'뭐야, 너. 그러면 안 되지. 뭐라도 말해줘야지.'

슬그머니 내 시선을 피하는 게 눈에 보인다.

'자주권이고 뭐고 하더니, 왜 그렇게 시선을 피하고 그래. 우리 자주 부딪치기는 했지만······ 내가 당신을 그렇게 싫어하는 건 아니었는데······. 이런 거에 반발했다고 안 건드린다니까. 원래 당신 같은 사람을 필요로 하기도 하고······ 당신이 반발해 줘야 이쪽에서 준비한 자료들을 보여주지. 물론 너무 시비 거는 건 좀 거슬리기는 하는데······ 우리 좋았잖아, 그렇지 않아?'

하지만 여전히 이쪽의 시선을 피한다. 할 말이 없다는 듯 눈을 감고 마른침을 삼키고 있는 꼴은 가관. 모두가 예스 할 때 아니라고 말할 수 있었던 바스티안 역시 긴장한 표정을 하고 있었다.

"다른 질문 없으십니까?"

침묵에 빠진 장내는 당황스러울 정도, 조금 의아해하는 내 얼굴을 확인했는지 사회자가 급하게 말을 이었다.

"다른 의견이 없으시다면 본 의제를 곧바로 투표하도록······."

투표 어쩌고 하는 소리가 들려왔지만, 생각보다 더 황당한 상황에 사회자의 목소리가 들리지 않는다.

각자 고개를 처박은 채로 손거울을 누르고만 있다. 커다란 여신의 거울이 비친 결과는 무려 만장일치.

'뭐야, 시바. 뭔데······.'

"만장일치로 첫 번째 의제가 가결되었음을 선언하겠습니다. 이에 현시점부터 대륙의 모든 무력 집단과 국가를 대륙 보호 관리 위원회에 편입, 전시 상태에 진입하는 것으로 결정되었습니다……."

짝짝짝짝짝짝!

박수 소리에 내 귀가 다 아프다.

'아니, 시바…….'

혹시나 역사가 이기영을 독재자로 기억하지는 않을지…….

쓸데없는 걱정이 드는 것이 당연하리라.

편안한 분위기에서 무난하게 회의가 진행됐으면 하는 마음은 있었지만, 이 정도로까지 무난하게 진행될 줄은 몰랐다.

아니, 무난하다는 표현조차 부족하다. '앞으로 전 대륙민들은 화장실을 갈 때마다 대륙 보호 관리 위원회에 보고하고 가야 한다' 이런 의제를 내밀어도 만장일치로 가결되지 않을까. 조금 과장된 표현이기는 했지만, 그 정도로 모두가 하나가 되어 있었다.

모두가 한마음 한뜻으로 달려간다는 것은 무척 만족스러운 일이지만…….

'시바…….'

"만장일치로 가결되었음을 선언합니다."

'이건 너무한 것 같은데.'

"만장일치로 가결되었음을 선언합니다."

'누구 하나라도 반대해야 되는 거 아니야?'

"아, 이번 의제는…… 기권이 한 표……."

'그래, 그거야. 기권도 하고 그러라고.'

"제가, 제가, 잘못 눌렀습니다. 죄송…… 합니다. 찬성! 찬성입니다! 무조건 찬성합니다."

'아니, 그걸 굳이 왜 말하고 그래.'

"아, 네, 그렇다면…… 네, 다시 만장일치로 가결되었음을 선언하겠습니다."

'시비라도 좀 걸어봐. 진짜로 뭐라고 안 할 거라구.'

"네, 이번 의제 역시…… 만장일치로 가결되었음을 선언합니다."

분위기가 점점 더 기묘해졌다. 초반에 박수 세례를 즐겼던 이지혜 역시 당황한 반응이었다.

다소 강압적으로 나가야 한다고 주장한 그녀였지만, 이렇게까지 순조롭게 풀릴지는 예상하지 못한 것 같았다. 마냥 기뻐할 상황이 아니라는 것 정도는 이해하고 있지 않을까. 안 그래도 여러 가지 부작용을 걱정하는 상황에, 지금 이 문제가 어떤 부작용을 야기할지 걱정될 게 뻔했으니까.

사실 몸이 편하다는 것은 부정할 수 없다. 이런 식으로 찍어 누르는 게 편하다는 사실을 왜 모르겠는가. 힘으로 눌러 버리고 찍소리도 하지 못하게 만드는데 다른 걱정거리가 필요할 리가 없다.

하지만 그동안 배우고 봐온 것이 자꾸만 브레이크를 걸고 있다. 뭐가 어찌 됐든 간에 이런 방식은 끝이 안 좋을 수밖에 없다는 것에는 그 누구도 이견을 제시할 수 없으리라.

'내가 너무 쓸데없는 걱정을 하는 건가?'

이미 세계관 최강자라고 부를 수 있는 모든 이가 이쪽과 연줄이 있다는 걸 생각해 보면 배드 엔딩은 피할 수 있다고 느껴졌지만, 녀석과 나만 살아가는 세상이 아니지 않은가. 필연적으로 따라오게 되는 대중의 시선도 아예 무시할 수는 없다. 인간은 사회적인 동물이고, 나 역시 인간이었으니까. 괜히 독재자 이기영이라는 그림을 경계하는 것이 아니다.

이기영 국방위원장은 빛에 휩싸인 이기영 명예추기경과는 어울리지 않은 단어였고, 무엇보다 다른 변수가 생길 수 있다는 점이 신경 쓰였다. 당장 공포에 짓눌려 할 말을 하지 않고 있었지만, 속으로는 이건 아니라고 생각할지도 모른다.

자꾸만 최악을 생각하는 것 같지만 어떻게 불안하지 않을 수가 있겠는가. 안 그래도 36일밖에 안 남은 시점에서 각 집단의 지도자들이 속으로 삼키는 것이 있다면……

'무너지는 게 한순간일지도 모르는데……'

천사들의 편에 붙어버리는 인간 놈들이 나올지도 모른다.

물론 내가 가진 상식선에서는 인류를 버린다는 건 이해하기 힘든 일이었지만, 그 어떤 상황이 닥쳐도 자기 이익을 챙기는 쓰레기 같은 놈들이 있게 마련이다. 실제로 1회차에서도 녀석들의 편에 붙은 세력이 있다는 걸 떠올려 보라. 절대로 내 견해가 틀렸다고는 말할 수 없으리라.

'둠현성, 시바.'

무슨 방법을 썼는지는 모르겠지만 이 상황을 김현성이 만들었다는 사실 자체가 당황스럽다.

'이 새끼, 왜 이렇게 막 나가는 거야.'

어째서 조혜진에게 그런 말을 했는지 알 수 있을 것 같다. 심지어 나를 때리려고 손도 들어 올리지 않았던가. 결국 손을 대지는 않았지만, 당시 녀석의 눈빛은 정말로 나를 때리려 마음을 굳게 먹은 듯한 표정이었다. 아직도 조금 차갑던 그 표정이 잊히지 않는다.

이왕 흑화했으니 이제 자기 멋대로 살기로 결정한 건지, 아니면 세간의 시선이나 정치적인 것들을 신경 쓰지 않기로 한 건지는 모르겠지만, 김현성이 고삐가 풀렸다는 것은 부정할 수 없다.

'그래, 시바, 그럴 만해. 이제 마음대로 살고 싶을 때도 됐지.'

몇십 년이 넘는 긴 시간, 정치적인 문제 때문에 이리저리 휩쓸려 다니기만 했다는 걸 떠올려 보면 더욱더 그렇다. 가면 쓰레기만큼이나 녀석을 괴롭게 만들었던 게 이런 정치적인 문제였을 테니까. 이제 좀 내 마음대로 하고 싶고, 막 살고 싶고, 굳이 싫어하는 사람들이랑 마주치면서 쓸데없는 이야기도 들어줄 필요 없다고 생각했을 테고, 적폐 친구들 비위 맞춰주며 웃는 것도 짜증 났겠지, 뭐.

이제 슬슬 이렇게 사는 게 멍청한 짓이라는 걸 깨닫고, 기왕 이세계로 온 김에 깽판을 치고 싶은 고등학생의 심정이 됐을지도 모른다. 때마침 흑화의 기운 마저 넘실거리는 상황, 자신의 오른팔에 봉인돼 있던 흑염룡을 마음껏 개방시켜도 문제가 없다고 판단한 것이다.

물론 아무리 그렇다고는 하더라도……

'정도가 너무 심해.'

그 정도가 과했다는 건 부정할 수 없다. 굳이 이런 식으로 의제들을 가결시킬 필요가 없다. 3표 차이로 가결되더라도 가결은 가결이었으니까.

원래 평소에 얌전하고 공부 열심히 하던 놈들이 한번 맞이 가면, 끝없는 탈선의 길로 빠지는 것과 같은 이치라는 생각이 들어와 꽂혔다.

적절한 예는 아니지만 마치 사기 결혼을 당한 것 같은 느낌, 성실하고 순진한 모습에 끌려 인생을 베팅하기로 마음먹었건만 술에 취하니 나쁜 성향을 드러내고 있다. 녀석의 경우에는 어둠의 힘에 취한 것이라고 봐도 되겠지.

혹시나 하는 마음에 모두가 '예스'라고 할 때 '아니오'라고 할 수 있는 이들을 살펴봤지만 그런 놈이 튀어나올 리 없다.

[일반 등급의 강제 퀘스트를 생성합니다.]

[여신에게 선택받은 인간에게 자기 생각을 당당히 밝히세요. 그는 현재 당신의 조언을 필요로 하고 있습니다.(0/1)]

[바스티안에게 일반 등급의 퀘스트를 전달합니다. 퀘스트 클리어 보상을 등록하지 않았습니다. 바스티안은 보상을 받을 수 없습니다.]

'뭐 해, 이 새끼야. 빨리 뭐라고 말이라도 좀 해봐.'

하지만 아직도 시선을 돌리고 있다. 퀘스트까지 무시하는 얼굴을 보니 기가 차서 말도 제대로 나오지 않는다.

[일반 등급의 강제 퀘스트를 생성합니다.]

[베니고어와 함께하는 인간이 도움을 필요로 하고 있습니다. 그에게는 현명하고 신앙심 깊은 조언자가 필요합니다. 지금 당장 그를 올바른 길로 인도해 주세요.(0/1)]

[베드리아로에게 일반 등급의 퀘스트를 전달합니다. 퀘스트 클리어 보상을 등록하지 않았습니다. 베드리아로는 보상을 받을 수 없습니다.]

녀석이 이미 포기했다면 이번에는 사제를 목표로. 본인들이 모시는 신으로부터 직접 목소리가 내려온다고 생각할 수도 있으니, 아마 뭐라고 말이라도 해오지 않을까.

로렌 신의 독실한 신자이자 성자급의 신성력을 보유한 베드리아로. 살짝 기대하는 눈빛으로 녀석을 응시했지만, 녀석 역시 최대한 눈을 마주치지 않으려 할 뿐이었다. 신에게 자신을 바친다며 말버릇처럼 말하던 것치고는 패기가 없다.

이놈도 마찬가지고, 저놈도 마찬가지. 혹시나 하는 마음에 몇몇에게 퀘스트를 뿌려봤지만, 입 뻥끗하는 녀석들을 찾아볼 수가 없다.

혹시나 자신에게 불똥이 튀지 않을까 걱정하는 녀석이 전부, 27군단 사태 때에도 용맹하게 검을 들었던 양반들이 왜 저런 반응을 보이는지 모르겠다. 바닥에 보이는 붉은색 얼룩도 왠지 모르게 신경 쓰인다.

'아니야. 그 정도로 막장일 리는 없지. 그냥 뭐 얼룩이겠지, 얼룩일 거야.'

"이번 의제 역시 만장일치로 가결되었음을 선언합니다."

짝짝짝짝짝짝.

김현성이 없는 곳에서는 조금 더 건설적인 이야기를 해오지 않을까.

마침 딱 쉬는 시간이 다가오고 있는 타이밍. 잠시 휴식하겠다고 공지한 후 재빠르게 접선 장소로 향했다. 처음과 목적이 조금 달라진 상황에 괜스레 헛웃음이 튀어나왔다.

본래는 회의가 잘 풀리지 않을 상황을 예상해 만든 비밀 접선이 이런 식으로 사용될 줄 누가 알았을까.

발걸음을 옮기자 곧바로 이쪽의 옆으로 따라붙는 이지혜의 모습을 확인할 수 있었다. 그녀 역시 만나기로 한 인사들이 있는 모양이다.

"진짜로 당황스럽네요."

"내 말이."

"별별 상황을 다 예상하고 들어왔는데…… 솔직히 이렇게 될 줄은 예상 못 했어요."

"나도 그래, 누나. 이거 괜찮을지 모르겠네."

"뭐, 일단은 우리가 원하는 대로 돌아가고는 있으니까 나쁜 상황은 아니죠. 그렇게 좋은 상황도 아니지만…… 굳이 어느 쪽으로 기울었는지 묻는다면 좋은 쪽이라고 봐요. 제1 작전권 가져왔잖아요? 여러 가지로 머리 아픈 문제들도 싹 해결됐고. 뒈질 놈들 제대로 뒈질 곳에 집어넣었고, 주요 지역 관리도 전담하게 됐으니 불행 끝, 행복 시작이라고요."

"나도 같은 생각이기는 한데…… 일이 너무 어이없이 풀리니까 마음이 편치가 않네, 시바."

"오빠는 걱정이 너무 많다니까. 항상 최악을 먼저 생각하는 건 좋지만…… 이번에는 별문제 없을 거예요. 자기가 예상한 상황에서 조금이라도 벗어나면 꼭 이러더라. 오빠, 진짜 컨트롤 프릭인 거 알죠? 오빠네 길드 마스터도 마음 독하게 먹은 것 같으니까. 일단 상처 난 부위를 대충 꿰맨 거라고 생각해요. 제대로 못 꿰맨 부분이 많기는 하지만 터진 부위는 다시 메우면 되죠."

"그러다 썩는다니까."

"그래서 지금 소독약 치러 가고 있는 거잖아요."

"……그건 누나 말이 맞네. 조금 이따 봐, 누나."

"오빠도요."

옆길로 새는 걸 보니 공화국 쪽 인사들을 만나러 가는 모양인 듯했다. 이쪽도 괜스레 겉옷을 정리하게 된다.

허벅지를 손가락으로 툭툭 건드리며 발걸음을 옮기자 작은 테라스가 시야에 들어왔다.

'아직 도착 안 했네.'

먼저 기다리고 있을 줄 알았는데 그건 아닌 모양이다.

하지만 이내 조용히 안으로 들어오는 녀석이 시야에 비쳤다. 진한 눈썹에 뺨부터 턱까지 이어지는 얇은 수염을 기른 모습, 얼굴과 어울리는 열정적인 눈빛이 기억에 남아 있었던 녀석이었지.

"오랜만이로군요, 다니엘 님."

"네, 오랜만…… 입니다. 이기영 위원장님."

"그동안 잘 지내셨습니까? 자주 연락드리지 못해서 죄송합니다. 진작에 연락드렸어야 했는데…… 이런 일로밖에 만나지 않는 것 같아 죄송하군요."

"아니요, 저야말로…… 사과드리고 싶습니다. 안부 인사를 드렸어야…… 했는데, 제가 그러지 못해서…… 정말로 죄송합니다."

"피차 바쁜 상황이었으니까요. 이렇게 서로 미안하다는 말만 주고받을 게 아니라…… 조금 더 건설적인 이야기로 넘어가는 게 좋을 것 같군요. 주어진 시간이 얼마 없으니…… 갑작스럽지만, 본론부터 말씀드리고 싶습니다. 오늘 회의 말입니다만……."

"……."

"혹시 제가 너무……."

"아닙니다. 아무 일도 모르고, 저는 모르는 일입니다."

"네?"

"저는 위원장님의 말씀…… 말씀이 맞다고 생각해서……

네, 찬성표를 던졌을 뿐입니다. 다른 의도는 절대로 없으니 안심하셔도 됩니다. 대륙의 위기가 아닙니까? 모두가 함께 모여 힘을 모아야 하는 이런 시기에 쓸데없는 분란을 일으키는 것은 최대한 지양해야 합니다. 모두가 뜻을 하나로 모은 겁니다. 지금까지 응당 그래야 했죠. 네, 그렇습니다."

"……"

"제가…… 그러니까 제가 지금까지 위원장님의 의견에 반하는 주장을 내세웠던 것은 어디까지나 위원장님께서…… 그럴 일은 없겠지만…… 절대로 그럴 일은 없겠지만, 혹시나 잘못된 길로 새지는 않으실까 하는 마음에서 비롯된 것뿐이라는 걸 꼭 알아주셨으면 좋겠습니다. 절대로…… 절대로 위원장님과 반목하려고 한 것이 아니었습니다."

'이 양반 왜 이래, 진짜.'

"……조금 흥분하신 것 같은데…… 안색이 좋지 않고……."

"아닙니다, 그럴 리가요. 멀쩡합니다, 위원장님. 하하, 하하하하. 저는 멀쩡해요. 존경하는 위원장님과 마주한다고 생각하니 조금 긴장했나 봅니다."

"……"

"파란 길드 마스터에게 제가 이러한 뜻을 가지고 있다는 걸 꼭 전해주셨으면 좋겠습니다. 네, 꼭이요."

"……"

"자, 그럼 어서 회의하러 가시죠. 제 동지들 모두 저와 뜻을 함께하고 있으니, 남은 의제의 문제 역시 걱정하지 않으셔도 됩니다. 하하하, 대륙을…… 대륙을 지켜야지요."

더 이상 다른 말이 필요 없다. 3일 이상이 걸릴 거라고 생각한 회의가 반나절도 안 돼서 끝나기 직전에 있다. 심지어 반나절도 걸리지 않은 상황은 나를 더욱더 당황스럽게 만들었다.

단상에 서서 허겁지겁 회의실을 빠져나가려는 이들의 뒷모습을 바라보니 괜스레 헛웃음이 나온다. 마치 화생방을 빠져나가려고 발버둥 치는 훈련병들의 모습 같지 않은가.

어느새 옆으로 다가온 김현성이 입을 열어온 것은 바로 그때였다.

"건강해 보이셔서 다행입니다, 기영 씨. 식사는 하셨습니까?"

"……."

"회의가 잘 끝나서 다행입니다."

'얘, 이거 시바, 그냥 잡아떼려고 그러는 거구나.'

여기서 무슨 일이 있었는지 말하고 싶지 않은 것처럼 보였다. 은근슬쩍 넘어가려는 듯한 느낌이다.

물어보고 싶기는 했지만…….

'무리해서 물을 필요는 없을 것 같은데…….'

그런 생각도 든다. 이지혜의 말처럼 좋은 쪽이냐, 나쁜 쪽이냐를 묻는다면 좋은 쪽으로 분류할 수 있는 상황이었으니까.

어차피 회의에 3일 정도 쏟을 생각이었으니, 이 3일을 권력자들을 달래는 시간으로 사용하면 된다. 제대로 꿰매지지 않은 부분을 다시 한번 봉합하고 소독약까지 뿌리면 대충은 수습한 것 같은 모양이 될 것 같았다.

'맞아······.'

날치기든 뭐든 일단은 의제를 통과시킨 것이 아닌가. 조금 불안정한 토지기는 했지만, 일단은 뼈대를 세웠다. 이제 단단히 고정하고 시멘트도 뿌려주고 벽돌도 쌓고 해야지, 뭐.

"식사······."

"네!"

"아, 네, 안 그래도 식사하려고 했었습니다. 혜진 씨와 지혜 씨도 함께 왔으니 같이 가는 게 좋을 것 같네요. 잠시 교국 진 영 분들에게 잠시 인사하고 와도 되겠습니까?"

"혜진 씨도 말입니까."

"네, 제 호위로 함께 와주셨습니다."

"······그렇군요."

'현성아, 표정 안 좋아. 표정 좀 풀어.'

"아, 그리고 제가 들은 게 있어서 그러는데······."

"네?"

"혜진 씨에게는 따로 사과하시는 게 좋을 것 같습니다."

'형 말 들어야 돼.'

녀석은 조금 당황한 것 같은 얼굴이었다. 내가 이걸 알 거라고는 생각지 못한 모양, 아니, 그것보다는 이렇게 갑작스럽게 훅 들어올지 예상하지 못했다는 표정이었다.

혹시나 조혜진이 무슨 일이 있었는지 내게 말한 것이 아닐까 생각하는 것처럼 보인다.

나 역시 돌려 말하는 게 좋지 않을까 싶기도 했지만 잘못한 것은 곧바로 잘못했다고 말해주는 것이 맞다.

'혜진이랑 너랑 어디 보통 사이야? 사소한 실수 하나 했다고 밀어내고 그러면 안 되는 거야.'

"혜진 씨도 나름대로 사정이 있기도 했고, 말하지 말라고 부탁드린 것도 저예요. 제가 라파엘에게 붙잡혔을 때는……."

"……."

"저 대신 자신을 인질로 삼아달라고 말하기도 했고요."

'뭐 기억나는 거 없어? 뭐 기억나는 거 있잖아.'

당연히 기억나는 게 있을 것이라 믿는다. 1회차의 조혜진이 자신을 대신해 죽었다는 사실을 잊지는 않았을 테니…….

아니, 어쩌면 잠깐은 잊고 있었는지도 모르겠다. 지금 보이다시피 둠헌성의 영향이 있기도 했고, 1회차를 별로 기억하고 싶지 않은 것처럼 보이기도 했다.

어쩌면 괴로웠던 기억을 굳이 하나하나 떠올리기 싫었던 것은 아닐까. 그 와중에 감정이 크게 흔들렸고 자신도 모르게 굳이 하지 않아도 될 소리를 내뱉었을지도 모르겠다.

아니나 다를까 슬그머니 고개를 끄덕이는 모습.

괜스레…….

'와, 이거 혹시 내가 둠헌성 억제기인가?'

그런 생각을 하게 될 정도였다. 그 정도로 방금의 말을 무겁게 받아들이는 느낌. 단순한 가설일 뿐이지만 왠지 내가 있을 때만 이성적으로 생각할 여유를 가지는 것 같았다.

멍멍이에 비교하는 게 조금 미안하기는 했지만, 현재의 김현성을 맹견과 비교해도 위화감이 느껴지지 않는다. 집 안을 개판으로 만들고 밖으로 뛰쳐나가는 것은 물론 동네 주민들을 위협하고 물기까지 하는 맹견. 오직 주인 앞에서만 마음의 안정과 심적 여유를 찾는 댕댕이.

이성적이지 못한 행동들을 하고 다녔던 것과는 다르게 현재 김현성의 눈빛은 그 누구보다도 이성적이다. 솔직히 둠현성이 되기 전과도 별반 다르지 않은 것처럼 느껴질 정도였다. 굳이 비유하자면 리트리버 종류로 분류할 수 있었던 녀석이 어쩌다 이렇게 포악해졌는지는 모르겠지만, 적어도 지금 보여주는 모습이 연기로 보이지는 않았다.

'확실해.'

김현성은 연기 못 하니까. 장담하건대 이성적으로 판단하는 게 확실했다.

"누구나 실수하게 마련이지 않습니까. 누구나 완벽하지 않잖아요. 적어도 제 기준에서는 혜진 씨는 자신이 맡은 일을 완수하려고 최선을 다한 것으로 보여요. 몸이 지쳐 쓰러질 때까지 뛰어서 린델로 향한 것만 봐도 그렇습니다."

"네……."

"현성 씨 마음은 충분히 이해하지만, 혜진 씨도 많이 힘들었을 겁니다. 절대로 비난받아야 할 사람은 아니에요."

"네……."

'이거 생각보다 쉬울 것 같은데…….'

얘네 둘 화해시키려고 또 말도 안 되는 개수작을 부려야 하는 것은 아닌지 걱정했지만, 확실히 반성하고 있는 모습이 눈에 띈다. 딱 봐도 '내가 실수했구나, 내가 경솔했어' 따위의 생각을 하고 있는 표정이 아닌가.

누구나 살면서 한 번쯤은 실수할 수 있다는 표정으로 김현성을 쳐다보자 작게 고개를 끄덕였다.

"제가…… 실수한 것 같군요."

'그래, 실수한 거 맞아.'

"사과해야겠습니다."

'그럼, 그럼. 착하네, 착해, 우리 현성이. 오이구, 착해라.'

"그럼 잠시만 기다려 주세요, 현성 씨. 오스칼 님에게 인사드리고 곧바로 합류하겠습니다."

"네."

마음이 조금은 가벼워졌다는 생각이 든다.

괜스레 훈훈한 미소를 지으며 잠깐 자리를 옮기자, 오랜만에 보는 오스칼과 교국 의원들이 눈에 띄었다. 이 외에도 인사를 기다리는 이들이 많았지만 아무래도 메인은 이쪽.

나를 발견하고는 환한 웃음을 띠며 다가오는 얼굴들을 보니 괜히 기분이 좋아진다.

"위원장님."

"오스칼 님, 오랜만입니다."

"정말 오랜만에 뵙네요, 이기영 님."

"하하하, 네, 이게 몇 개월 만인지 모르겠습니다. 자주 연락드리지 못해서 죄송합니다, 카트린 의원님."

"저희야말로 연락드리지 못해 죄송해요. 아무래도 위원장님이 너무 바쁘실까 메시지를 보내기가 죄송스러워서……."

"엘리제 의원의 메시지라면 언제든지 괜찮습니다. 아직도 마를린 영애와는 간혹 메시지를 주고받고 있으니, 부담스럽게 생각하지 마시고 연락 주셔도 됩니다. 아! 그리고 보니 마를린 영애가 최근에 의원직에 출마한다는 이야기가 있던데……."

'걔도 메시지를 너무 많이 보내서 문제야.'

"아쉽지만, 아마 다음이 될 것 같습니다. 아무래도 이런 뒤숭숭한 분위기에서는 총선을 진행하기에 무리가 있어서……."

"그렇겠군요. 고생이 많으시겠습니다."

"위원장님만큼은 아닙니다. 불철주야 대륙을 위해 노력하시니…… 자기 건강까지 제대로 챙기지 못하실 정도로…… 후우……."

"언제나 그렇죠, 이기영 님은……. 다른 분들도 이기영 님께서 이렇게 대륙을 위해 희생하는 걸 알고 있어야 할 텐데…… 오늘 보니까 꼭 그렇지도 않더라고요."

"네?"

"쓰러진 게 확실한 거냐는 말부터 시작해서 어째서 이기영 님께서 회의실에 나타나지 않는지, 제대로 할 생각은 있는 건지, 대륙 보호 관리 위원장이라는 사람이 사태가 터진 지 7시간이 지난 시점에 뭘 하고 있는 건지, 본격적으로 회의를 시작하기 전에 많은 말이 나왔었거든요."

"엘리제 의원!"

오스칼의 목소리에 깜짝 놀란 것 같은 엘리제가 눈에 띈다. 대충 봐도 실수했다고 생각하는 것 같은 얼굴, 대충 여기에서 무슨 일이 있었는지 예상이 간다.

"너무 상처받지 마세요, 위원장님."

"걱정해 주지 않으셔도 됩니다, 오스칼 님. 충분히 할 수 있는 생각이니까요. 이 모든 게 제가 부족한 탓 아니겠습니까."

"아니요, 그렇지 않습니다. 개인이 가진 생각의 옳고 그름을 판단하는 것이 잘못된 일이라는 건 알고 있지만, 이번만큼은 확실하게 말씀드릴 수 있습니다. 그들은 다른 게 아니라 틀렸어요. 네, 몇몇 이들이 가진 생각은 확실하게 틀렸습니다."

"조금 마찰이 있었던 모양이로군요."

"마찰이라고 할 것도 없었습니다. 물론 처음에는 그런 목소리가 조금 나오기는 했지만 다들 납득해 주셔서…… 아, 벌써 시간이 이렇게 됐군요. 조금 더 오래 대화를 나누고 싶었는데…… 아쉽네요."

"아……."

"저희는 이만 들어가 보겠습니다, 위원장님. 그리고……."

"네."

"머지않은 시일 내에 꼭 차 한잔 대접해 드리고 싶은데……."

"사양하지 않겠습니다, 오스칼 님."

잠깐이지만 아리스 시녀의 얼굴로 활짝 웃는 모습이 눈에 띄었다. '조금 더 대화를 나누면 좋을 텐데'라고 생각하는 것만 같다. 엘리제 의원의 수다 때문에 급하게 자리를 피하게 됐으니 아마 속으로는 살짝 그녀를 원망하고 있지 않을까.

당연하지만 이쪽은 그녀에게 감사하고 싶은 심정이다. 덕분에 내가 오기 전에 무슨 일이 있었는지 확실하게 유추할 수 있었기 때문이다. 아마 대륙 보호 관리 위원회의 이기영을 아니꼽게 보는 이들이 여러 차례 시비를 걸었을 것이 분명했다. 일이 터지고 7시간이 넘는 시간 동안 모습을 드러내지 않았으니, 좋은 먹잇감이 등장했다고 생각했겠지. 딱 엘리제 의원이 말한 그대로였을 것이다.

'대륙 보호 관리 위원장이라는 자가…… 허…… 참! 일이 터지고도 아직 코빼기도 보이지 않고 있다니…… 정말로 이기영 위원장 그자가 그 자리에 앉을 자격이나 있는지 모르겠습니다!' 라거나, '정말로 건강이 안 좋은 건지 의심이 되기도 하거니와 만약 건강에 이상이 있다면, 그런 위원장이 이런 큰일을 해낼 수 있을지…… 걱정이 됩니다. 걱정돼요!' 요 정도로.

어쩌면 조금 더 심한 말을 내뱉었을지도 모른다.

'대륙 보호 관리 위원회를 신설한 것부터가 실수였어요. 픽하면 쓰러지는 사람이 무슨…… 차라리 기도라도 드리게 하는 게 어떻겠습니까?'

아니, 어쩌면 이것보다 더 심하게.

'악마에게 한번 영혼을 판 전적이 있는 사람입니다. 어쩌면…… 저 이질적인 빛에 뭔가에 쓰여서 다시 한번 예전 모습으로 변할 수도 있지 않겠습니까? 아직도 그 모습을 종종 사용한다고 들었습니다만, 물론 이기영 위원장이 잘못했다는 건 아니지만…… 그래도 조심할 건 조심해야지요!' 같은 말들.

당연하지만 교국 측에서도 가만히 있었을 리가 없다.

'말 다 했습니까! 지금 그게 대륙을 구원한 영웅에게 하신 말씀이 맞아요? 당신 제정신이야?'

'대륙을 위협한 악마이기도 하지요!'

작정하고 이기영 위원장을 깎아내릴 생각으로 회의장에 왔 었다면 정말로 저런 말들이 오갔을 가능성이 있다.

분위기는 금방 개판이 되었을 테고 결국에는 서로를 깎아내 리기에 여념이 없는 분위기가 형성되지 않았을까.

아마 상대측에서는 가장 원하던 상황이었을 거다. 논점을 흐리고 회의 시간을 길게 가져갈 수 있다고 생각했을 게 뻔했 고, 실제로도 효과적이었을 게 분명했다. 계속해서 물타기를 하고 결국에는 지지부진하게 마무리.

아마 놈들이 예상하지 못했던 것은 김현성의 존재였겠지. 안 그래도 막 나가자고 마음먹은 김현성이 이런 개소리를 듣 고 가만히 있을 리 만무, 아마 천천히 몸을 일으켜 걸어갔을 테고……. 적폐 세력을 지키는 몇몇이 녀석의 앞을 가로막았 을 것이다.

뭐, 전설 등급에 이른 놈들이었겠지만 살기 때문에 제대로 움직이지도 못하고……. 결국에 가장 열심히 입을 털고 있던 녀석의 앞에 선 이후 싸늘한 표정으로 놈을 바라보며 손을 올 리고…….

콰직.

'시바, 깜짝이야.'

바로 옆에서 들리는 소리에 깜짝 놀라 고개를 돌리자 눈에 들어온 것은 누군가가 떨어뜨리고 간 물건을 발로 밟고 있는 김현성.

'시바, 진짜 심장 떨어지는 줄 알았네.'

자신이 나를 놀라게 했다는 걸 깨달았는지, 본인 역시 민망해 모습이었다.

"제가 놀라게 했군요. 죄송합니다, 기영 씨."

"아니…… 괜찮습니다."

"그렇다면 다행이지만…… 아! 기영 씨 말대로 혜진 씨에게는 정식으로 사과를 드렸습니다. 제가 잘못하기도 했고…… 네, 당시에는 감정적으로 조금 격해져 있는 상황이어서…… 실수한 것 같더군요. 이렇게 따로 지적해 주시고, 좋은 조언해 주셔서 정말로, 진심으로 감사합니다."

"아니요…… 감사할 필요까지는……."

녀석은 순둥순둥한 얼굴로 사과했다고 말했다.

'좌직은 아니겠지?'

"그럼, 어서 밖으로 나가시죠."

'에이, 아무리 그래도 좌직까지는 아닐 거야.'

"아마 마음에 드실 겁니다."

좌직 사건을 벌인 것치고는 무척 밝은 얼굴이었으니까.

195장
승리할 확률

얼룩진 바닥을 보니, 둠현성화가 생각보다 심각한 건가 하는 생각이 들었다.

'콰직이면 좀 그래……'

물론 쓸데없는 선동과 날조로 대륙의 빛을 깎아내린 천인공노할 녀석들을 혼내줬다는 사실은 기뻤지만, 최소한 안 보이는 곳에서 처리하거나 남들 모르게 제거하는 게 더 나은 행동이다. 만약 정말로 주변의 상황조차 제대로 인지하지 못할 정도로 흑화한 상태라면…… 다른 것 다 제쳐놓고 김현성부터 원래대로 되돌려야 하는 건 아닌지 고민해 볼 만했다.

물론 내 입장에서 그런 무리수를 던질 수 있을 리 없다. 김현성을 원래대로 되돌리는 게 가능할지도 문제였고, 만약 가능하더라도, 절대로 단기간 내에 성공시킬 수 있는 과업이 아니라는 것 또한 문제였다.

박덕구 각성 사태나 둠기영 뺨치는 연출과 스토리가 필요했고, 아쉽게도 현재 나는 그 정도의 시간과 노력을 쏟을 여력이 없었다. 심지어 대륙 전체가 여러 가지로 하향 평준화된 상황이라는 걸 생각해 보면…… 선택지가 많지 않다.

시대는 김현성이 아닌 둠현성을 원하고 있었다. 김현성 자신이 가진 힘이 아니라는 게 신경 쓰이기는 했지만, 무력 자체가 훨씬 상승했다. 양날의 검이기는 하지만 군침이 도는 카드라는 사실 자체를 부정할 생각은 없다.

'안고 가야 돼.'

정하얀 마저 너프를 맞은 이 시점에 기대를 걸어볼 만한 인재는 버프된 둠현성뿐이다.

조금 기분이 찝찝해지기는 했지만, 웃는 얼굴로 녀석을 맞을 수밖에 없었다. 일단은 현 상태를 유지하는 게 가장 좋은 선택이었으니까.

"기대되네요. 그러고 보니 혜진 씨랑 지혜 씨는……."

"아마 곧 이쪽으로 올 겁니다. 아. 저기 오고 있군요."

둠현성이 제대로 사과한 건 맞는지 궁금해진 것이 당연했다.

'그것까지 안 했으면 얘 진짜 심각해진 건데……'

슬쩍 시선을 돌리니 천천히 걸어오는 이지혜와 조혜진이 시야에 보였다.

멀리서 봐도 웃음기가 보이는 조혜진의 표정이 가장 먼저 눈에 들어온다.

'했구나…… 아직 그 정도로 막장은 아니구나.'

자꾸만 올라가려고 하는 입꼬리를 최대한 막아서는 표정, 그럼에도 불구하고 쉽사리 참을 수가 없는지 피식피식 웃음소리가 새어 나올 것만 같은 얼굴이었다.

한바탕 가슴을 쓸어내리기는 했지만, 그것과는 별개로 조금은 황당해지기도 했다.

'쟤도 진짜, 쟤다.'

"……."

'조혜진, 너 진짜 한심하다, 진짜 한심해.'

"그렇네요, 오고 있군요."

'진짜…….'

"혜진 씨가 기분이 많이 풀어진 것 같아 정말로 다행입니다."

"아, 네. 다행이네요."

"혹시나 제 사과가 부족하지는 않을까 걱정했었는데……."

'아니, 혜진아. 현성이한테 마음의 짐을 남겨놓을 수 있는 절호의 기회 아니었어?'

"용서해 주신 것 같아서……."

'뚱한 표정 한 번이라도 지었으면 현성이가 나중에 자리 한 번 만들었겠지. 무조건 만들었을 거라고.'

이런 생각을 할 상황은 아니었지만, 그 절호의 기회를 두 발로 뻥 차버리는 모습에 내가 다 안타까운 마음이 일어날 정도였다.

'좀 찜찜하다 싶을 정도로 반응해야지. 그래야, 시바, 김현성이 아…… 내가 진짜 잘못했구나 싶어서 더 관심 가져주고 더 잘해주고 그러는 건데…… 나였으면 10년은 더 우려먹었겠다.'

김현성의 입에서 사과의 목소리가 흘러나오자마자 고개를 사정없이 끄덕였을 거라고 장담할 수 있다.

모르긴 몰라도 내가 앞에 해준 말을 떠올리고 있을 것이다. 김현성도 실수했다는 걸 깨닫고 있을 거라고, 분명히 미안한 감정을 느끼고 있을 거라고, 금방 사과할 거라는 말이 거짓말이 아니었다는 걸 직접 확인한 직후일 테니…… 마음의 짐도 조금 덜었을 테고…….

쟤 성격이라면 저런 표정을 지을 만했지만 지켜보는 입장에서는 답답할 수밖에 없었다. 정확히 김현성이 어떻게 사과했는지는 모르겠지만 한 가지 확실한 것은 그녀가 지금 죽어도 여한이 없을 것 같다는 표정을 선보이고 있었다는 것 하나.

'얘는 왜 이런 거로…….'

누가 보면 사과받은 것이 아니라 고백이라도 받은 줄 오해할 것 같은 표정이었다.

'내가 진짜…….'

언제 한번 이기연을 재등판시켜 김현성 공략 과외라도 해주고 싶은 심정이었으니 무슨 말이 더 필요할까.

"두 분 식사하시는 데 끼어드는 것 같아 괜히 죄송하네요."

"아니요, 괜찮습니다. 지혜 씨도 여러 가지로 수고해 주시고 계시니까요. 이번 일도 그렇고, 도움을 많이 받는 것 같아서…… 언제 한번 식사를 대접해 드리고 싶었는데. 그게 오늘인 것 같습니다."

"영광이네요. 현성 씨 식사에 초대된 사람은 그렇게 많지 않은 것으로 알고 있는데."

"진작 초대 드리지 못해 죄송합니다."

"괜찮아요. 튜토리얼 던전에서 나온 이후로는 사실 접점이랄 것도 없었으니까. 그리고 저는 제 할 일을 한 것뿐이잖아요? 기영 오빠를 옆에서 돕는 게 제 일이니 굳이 이러실 필요는 없어요. 저도 지금 제 일에 만족하고 있고…… 하지만 굳이 초대해 주시니 감사하게 얻어먹을 수밖에 없겠네요."

"……."

"잘 먹을게요, 현성 씨."

'누나, 넉살 좋네.'

"그나저나 오늘 회의 좀 이상했죠?"

"……."

"이렇게까지 쉽게 풀릴 거라고는 생각지 못했는데……."

'누나, 그 말 괜히 꺼내지 마. 얘, 숨기기로 마음먹은 것 같아.'

나도 그냥 생각 안 하기로 마음먹었어.

살짝 눈빛을 보내자 이지혜가 입 다물겠다는 듯이 고개를 끄덕였다. 더 이상 캐지 말라는 신호를 보냈으니, 아마 다른 말을 해오지는 않을 것 같았다.

"뭐, 원인이 상관이 있나요. 좋은 게 좋은 거지. 여기서 이렇게 아니라 이동하는 게 좋겠네요. 예약했다지만 너무 늦게 가는 것도 예의가 아니니까."

"네, 지혜 씨 말대로 바로 출발하는 게 좋을 것 같습니다. 걸어서도 갈 수 있는 가까운 거리니 천천히 이동하시죠. 혜진 씨도 마찬가지입니다."

"네, 길드 마스터."

어쩌다 보니 둘씩 짝지어서 앉게 됐다. 생각해 보니 조금 요상한 조합이 된 것 같은 느낌이었다. 조혜진과 김현성, 나와 이지혜가 함께 무언가를 한 적이 이번이 처음이 아니었던가. 그럼에도 불구하고 훈훈한 분위기를 유지하고 있는 게 신기하게 느껴졌다.

물론 이 훈훈한 분위기를 이끌고 있는 것은 이지혜. 내가 생각하는 것보다 김현성이 이지혜에게 호의적인 모습을 보였기 때문이다.

'내부 평가가 올라갔나 보네.'

이번 납치 사건에서 중요한 정보를 전해준 것에 대한 감사의 표현처럼 보이기도 했지만, 그것보다는 내 부관으로 함께 일해 주는 것에 고마움을 느끼는 것 같았다.

나 역시 누나에게 고마움을 느끼기는 마찬가지, 막말로 이지혜가 함께 있어주지 않았다면 아마 지금쯤 정말로 골병이 들어 침대 위에 누워 있지 않았을까 싶다.

그 와중에 안타까웠던 것은 조혜진이 아까의 따뜻함에 취해 있었다는 것. 솔직히 얘랑 김현성을 어떻게 이어줄지 답이 나올 것 같지가 않아서 머리가 아프다.

그렇게 쓸데없는 이야기를 나누고 나름대로 즐거운 시간을 보냈다. 영양가 없는 대화가 대부분이었지만 이전에 있던 사건들 때문에 복잡했던 머릿속을 날려 버리는 시간이기도 했다.

물론 현 상황에서 소소한 일상을 계속해서 이어갈 수 있을리 없다.

식사가 거의 다 끝나갈 때 즈음에 새로운 화두를 던지는 이지혜가 눈에 보였다. 기왕이면 이대로 쓸데없이 시간을 보내고 싶었지만, 나 역시 이지혜가 던진 질문에는 귀를 기울일 수밖에 없었다.

"그나저나 큰일이네요, 시간이 이렇게밖에 남지 않았다는 건. 현성 씨는 어떻게 생각하시나요?"

김현성에게는 민감할 수밖에 없는 질문. 하지만 대답이 들려오기까지는 그리 오랜 시간이 걸리지 않았다.

"글쎄요. 일단은 할 수 있는 일을 하는 게 맞을 것 같습니다. 우선 내부 정리부터 하고 충분한 준비를 해야겠죠. 조금 놀라기는 했지만…… 왠지 모르게 그 정도 시간밖에 남지 않았을 거라는 생각이 들기는 했습니다."

"흠, 그건 조금…… 놀랍네요."

"저 안에 있는 게 무엇인지…… 느껴지기도 하고요."

"그것 역시 놀랍고요. 그래서 뭐가 있나요."

"적."

"……얼마나 강한가요?"

"강합니다."

"상대할 수는 있는 건가요?"

"완벽하게 준비가 됐다고 하기에는 힘들지만…… 이미 벌어진 일이니까요. 물러설 수 있는 일이 아닙니다."

"뭔가 비책이라도 가지고 계세요? 미리 알고 있었다는 것치고는 무척 담담해 보이시는 것 같은데……."

"저는 할 수 있는 일을 할 뿐입니다. 결코 짧지 않은 시간 동안 노력해 왔으니까요."

"가능성은 얼마나 잡고 있는지 물어도 될까요."

"글쎄요, 개인적인 소견으로는……."

"……."

"10% 정도로 보고 있습니다."

"……네?"

"운이 좋으면 15% 정도…… 라고 생각하시면 될 겁니다."

김현성이 덤덤하게 이야기했다.

별것 아니라는 듯이 툭 던진 말이었지만 이지혜는 조금은 충격받은 듯한 얼굴이었다. 아마 김현성이 쓸데없는 소리를 하는 사람이 아니라는 걸 알고 있을 테니, 저 말을 확정적으로 받아들이지 않았을까.

현재의 전력으로 비둘기와 바깥 놈을 상대할 수 있을까에 대해 이야기해 보지 않은 나도 당황스럽기는 마찬가지.

'정말로?'

"최대한 희망적으로 말씀드린 겁니다."

'아니야. 아무리 그래도 그 정도는 아닐 거야. 열심히 노력해 왔잖아.'

스리슬쩍 이지혜를 바라봤지만, 그녀는 이미 생각에 빠진 지 오래다. 이미 마음은 노아의 방주에 타고 있는 상태가 아닐까.

'오빠, 우리 그냥 손절하자.'

그렇게 말해오는 게 느껴질 정도였다.

'조금 충격인데……'

적어도 30%는 될 줄 알았으니까. 눈에 띄게 차가워진 표정으로 냅킨으로 입술을 닦으며 자리에서 일어나는 이지혜의 모습이 보였다.

"잠깐 화장실 좀 다녀올게요."

"……"

"같이 가죠, 혜진 씨."

"네?"

"같이 가요."

"저는 괜찮…… 습니다."

"같이 가요."

"굳이……"

"같이 가요."

"아, 네."

이상할 정도의 기세에 밀린 조혜진이 당황스러운지 어버버거리며 자리에서 일어났다.

당연하지만 굳이 조혜진과 함께 화장실을 가고 싶어서 자리에서 일어난 것은 아닐 것이다. 지금 당장 저 말이 사실인지 확인해 보라는 뜻이지 않을까. 구태여 지금 당장 듣고 싶어 하는 걸 보니 정말로 가능성이 저것밖에 안 되는지 궁금했던 것 같았다.

이지혜와 조혜진이 잠깐 자리를 뜬 이후에는 곧바로 마력의 장벽을 쳤다. 살짝 입을 여니, 김현성이 곧바로 대답해 왔다.

"정말입니까?"

"네, 현재 대륙의 전력으로 그들을 상대하는 것은 불가능합니다."

"아무리 그래도 확률이 너무 낮은……."

"있는 그대로를 말씀드린 것뿐입니다."

'아, 이거 진짜, 시바, 노아의 방주 타야 하나?'

진지하게 생각해 보는 게 당연했다. 지금이라도 전부 다 던져 버리고 방주 계획이나 조금 더 가다듬는 게 좋지 않을까. 대륙이고 베니고어고 집어던져 버리고 박덕구가 만들어놓은 배를 타고 하늘로 날아가는 게 최선일지도 모른다.

벙찐 얼굴로 우리를 바라볼 대륙민들을 향해 '안녕히 계세요, 여러분. 저는 이 세상의 모든 굴레와 속박을 벗어던지고 제 행복을 찾아 떠납니다'라고 한 번 외쳐주는 것도 좋겠지. 역사 속의 개새끼로 이름을 남기는 게 죽는 것보다는 좋은 인생이지 않은가.

아니, 생각해 보니까 이름을 남기지는 못하겠네.

'대륙 자체가 사라질 수도 있는 데, 역사는 무슨 개뿔의 역사야.'

너무 왔다 갔다 하는 건 아닌가 싶기도 했지만, 자꾸만 '안녕히 계세요, 여러분' 엔딩으로 마음이 기울기 시작했다. 아무리 그래도 10%는 너무하다.

저도 모르게 표정 관리를 하지 못했는지 김현성이 나를 걱정스럽게 바라봤다.

"……걱정하지 마세요. 기영 씨의 바람대로 대륙을 지킬 수 있도록 최선을 다할 테니까요."

'잠깐, 그 노력, 며칠만 주머니 속에 넣어둬. 넣어둬야 할 것 같아.'

녀석의 눈빛이 그 어느 때보다도 진지해 보였다.

'이거 시바, 안 좋은데……'

김현성에게 그럴 마음이 들었다는 건 주먹을 쥘 만한 상황이었지만 타이밍이 좋지 않았다. 괜스레 허벅지를 손가락으로 두드리게 된다.

정말로 다른 해결책은 없는지 머릿속에 계속 생각이 맴돌았지만, 그런다고 김현성이 자체 판단한 확률이 올라가는 것은 아니었다.

항상 말했다시피 이쪽은 도박을 좋아하는 성격이 아니다. 확률이 7할 이상일 때만 주사위를 던지는 타입이었고, 그마저도 모든 준비를 마친 이후에야 베팅하는 것을 선호했다. 그런 의미에서 김현성의 10% 발언은 대륙을 지켜야겠다는 내 판단을 뒤흔들기에 충분했다.

물론 어디까지가 사실일지를 먼저 확인해 봐야겠지만……

'아니야. 처음부터 꼬리 내릴 필요는 없어. 어차피 탈출 매뉴얼은 마련되어 있고, 언제든지 손절할 수 있으니까.'

36일 안에 확률을 얼마나 올릴 수 있을지는 모르겠지만……
전투가 하루 만에 끝나는 것도 아니고, 전쟁 중에도 확률을
올릴 수단이 나올지도 모른다.

'아, 이지혜 얘는 벌써 될 생각 하는 것 같은데……'

이지혜 또한 주사위를 던지는 걸 싫어하는 타입이라는 걸
생각해 보면 벌써 진지하게 10명 명단을 채우고 있을 가능성
이 크지 않을까. 화장실 안에서 명단을 작성하고 있다는 것에
내 모든 걸 걸 수 있다.

"1회차와 비교했을 때는 어떻습니까?"

"전체적인 성장을 논하기 이전에, 진도가 지나치게 빠릅니
다. 이맘때 1회차에서는 아직 그들의 존재조차 파악하지 못했
으니까요."

"굳이 전력을 비교하자면 어떻습니까?"

"터무니없이 모자랍니다. 물론 수준 자체는 상향 평준화되
고 있기는 합니다. 이를테면 더 건강한 상황이라고 말할 수 있
을 것 같습니다. 테이머 알프스 같은 새로운 인재들을 발견한
것도 맞습니다. 보급은 이전과 비교할 수 없을 정도로 안정적
이고, 기영 씨가 만든 포션 덕분에 응급처치나 생존 부분에서
혜택을 받고 있는 것도 맞고요. 인류가 반으로 갈라서 서로 대
립하지 않아 전력을 보존하고 있다는 메리트는 역시 무시할
수는 없지만, 그것 이상으로 부족한 면이 있다고 말씀드리는
게 적절할 것 같습니다."

'추억 보정은 아니지? 아무리 그래도 너무 낮아. 확률이 10%라

는 건 진짜 말도 안 되는 수치야. 너, 김현성 아니고 둠현성이 잖아.'

어쩌면 김현성이 잘못 생각하고 있을 수도 있다는 생각도 든다. 필사적으로 싸우던 전사들과 비교하면 부족한 게 사실이겠지만 이렇게까지 저평가받을 정도로 대륙을 관리하지는 않았다.

1회차에는 녀석들의 협력자가 있었다는 사실을 간과한 것이 아닐까. 악랄한 수법과 잔인한 행동으로 인류를 공포에 몰아넣었던 가면 쓰레기. 지금까지 진청이 왔던 길을 돌이켜 보면 비둘기 측에 여러 가지 선물을 던져줬을 가능성이 크다. 칭호는 전장 위의 현자, 직업은 군단 마도사.

애초 가면 쓰레기는 개인의 능력으로 상대방을 찍어 누른다기보다는, 주변의 인재들을 블러핑하며 전장을 놀이터처럼 뛰어다니는 녀석이었다. 가면 쓰레기가 없다고 해서 비둘기의 무력이 내려가는 것은 아니었지만, 최소한 그들의 전술적인 선택지가 줄어들 거라는 것은 자명하다.

'이건 클 거야.'

무엇보다 2회차에서는 이기영이라는 인재가 살아남지 않았던가. 이 차이는 클 수밖에 없다. 나 자신을 블러핑하는 것은 아니었지만 가면 쓰레기 진청을 책략으로 밀어낸 전술 천재 빛기영의 존재는 인류의 승리 가능성을 1할 이상 더 끌어올릴 수 있다.

"2회차에는……"

"네, 그자가 없습니다만…… 저는 지금 전술과 전략에 대해서 말씀드리고 있는 것이 아닙니다."

"……"

"순수한 무력."

"……"

"무엇보다……"

"네."

"네임드들의 성장치가 많이 떨어집니다."

"네임드 말입니까?"

"예, 정확히 말하면 인류 측의 네임드 중에, 4대 천사를 상대할 수 있는 이가 없다는 게 가장 커다란 문제겠군요. 제가 말씀드린 적이 있는 것으로 기억하는데……"

"네, 기억하고 있습니다."

바깥 놈 밑에 있는 비둘기 중에서도 특출난 무력을 가지고 있던 4마리의 비둘기들, 이를테면 원조 사천왕 같은 느낌의 녀석들이었다.

한 놈, 한 놈을 전술로 분류해도 무방할 정도로 강력한 무력을 가진 녀석들……. 나름 고군분투했던 1회차에서도 엄청나게 막대한 피해와 손해를 감수하고도 놈들을 2명 잡아내는 것이 전부였을 정도로 난이도가 있는 놈들이었다.

이제야 이해가 간다. 어째서 김현성이 확률을 10% 정도라고 생각했는지…….

'이제야 감이 잡히네.'

전략과 전술, 보급과 컨디션 이전의 문제다.

놈들이 전술 김현성을 4기나 보유하고 있다고 생각하면 이해하기 쉽지 않을까.

전쟁이 시작되는 즉시 4개의 구역에 전술 김현성이 차례대로 떨어진다고 가정해 보자. 구역 하나는 김현성이 틀어막을 수 있다고 해도, 나머지 3개의 구역에는 구멍이 뚫릴 수밖에 없다. 만약 내가 지휘관이라고 하더라도 멍하니 전장을 바라볼 수밖에 없을 것이다. 뭐, 할 수 있는 일이 없다고 판단했을 테니까. 전술 김현성은 일반적인 방법으로는 막을 수 없는 이레귤러이자 크랙이다.

내가 초등학생들을 데리고 박덕구와 싸운다고 가정해 보자. 박덕구가 괴성을 지르며 초등학생들 사이를 돌파하는데 전략이고 작전이고 먹힐 수나 있을까. 과한 비교가 아닌가 하는 생각해 봤지만 양 떼 사이에 던져놓은 늑대 꼴이 될 거라는 것은 부정할 수가 없다.

'전부 다 쓸데없는 개소리지.'

최소한 부딪칠 수 있는 체급이 만들어져야 뭐라도 해볼 수 있다. 녀석들이 전술핵을 4기를 보유하고 있다면 이쪽 역시 전술핵 4기, 아니, 최소한 전술핵을 억제할 수단을 보유하고 있어야 했다.

"1회차에서는……"

"제가 한 명, 성검에게 선택받은 용사가 한 명을 마크했었습니다."

'그래서 두 명 잡아 죽일 수 있었던 거네.'

괜스레 베니고어에 대한 분노가 치솟아 오른다.

본래 용사가 되어야 했던 놈은 튜토리얼 던전에서 성검을 받지 못해 아귀들에게 몸이 뜯겼고, 녀석의 대용품으로 만들어진 회색빛의 용사는 반병신이 되어 사경을 헤매고 있다.

라파엘이 부활할 수 있을까 하는 일말의 기대감이 있기는 했지만, 솔직히 이 새끼 상태를 보면 싸울 수 있을 것 같지가 않았다.

성검 용사 파티 역시 마찬가지. 사천왕 아래에 있는 2선들을 상대해 줘야 할 사냥개 이주혁이나 기적의 사제 역시 생명 연장 유지 장치로 겨우 끊어지려는 생명줄을 유지하고 있었다. 1회차의 영웅들을 물심양면으로 지원하고 있었지만, 솔직히 이주혁만 한 놈을 찾기는 힘들다.

'대륙은 끝났어. 시바, 끝났다고……'

[희귀 등급의 강제 퀘스트가 발동합니다.]
[베니고어와 함께 희망의 새싹을 키워 나가기.(0/1)]
[보상: 여신이 직접 내린 희망의 네잎클로버 씨앗]

'넌 좀 사라져 제발……'

[할 수 있어…… 할 수 있을 거야, 이기영 신도. 지금까지도 잘해왔잖아. 지금 와서 포기하는 것보다는 일단 긍정적으로 생각하

는 게 좋지 않을까? 왜 우리가 이기영 신도한테 내린 힘도 있잖아. 물, 물론 얼마나 도움이 될지는 모르겠지만……(0/1)]

'알았으니까 제발 좀 가만히 있어, 시바. 아직 안 버렸으니까.'

"그럼 확률이 10%라고 말씀하신 건……."

"네, 제가 제대로 된 역할을 해냈다고 가정했을 때, 그 정도로 확률일 거라고 말씀드린 겁니다."

"그렇다면 조금 더 올릴 수 있겠네요."

'알지? 형이 너보다 너에 대해서 잘 아는 거. 전술 김현성 파바박 파바박 하면 두 배 이상은 더 끌어올릴 수 있을걸.'

'근데 표정이 왜 그래. 너 이제 시바, 전술 김현성 안 하려고 하는 건 아니지?'

왠지 모르게 그런 분위기다.

'와, 시바…… 김현성, 이 새끼…….'

딱히 대답하지는 않았지만 애매한 표정을 짓는 걸 보면 이쪽에 부담을 주기 싫은 모양이다. 승률을 필요 이상으로 낮게 잡은 것 역시 나를 상정하지 않았기 때문이라고 생각했다.

기쁘기도 했지만 뭔가 찝찝했다. 이기영을 최대한 무리시키지 않는 선에서 전쟁을 이끌어가겠다고 결심한 것이다. 이용할 대로 이용하고 정작 결정적일 때 버림받은 느낌이 든 것은 당연하다.

물론 이쪽을 생각해서 내린 결심이라는 건 알았지만, 기분이 썩 좋지만은 않았다.

'그래, 시바. 수신기도 빼고 전장에 나간다, 이거지? 마음껏 나가봐라, 현성아. 형 이제 망원경도 있고 퀘스트도 내릴 수 있어서 네가 수신기 들고 나가든 안 들고 나가든 상관이 없어요. 내가 하자는데 네가 시바, 전술 김현성 안 하는지 한번 보자고.'

억지로라도 메시지를 보낸다면 단언컨대 녀석은 받아들일 것이다. 눈앞에 달콤한 과실과 성과가 먹음직스럽게 자신을 유혹하는데 놈이 그걸 거절하고 배기겠는가. 아마 입술을 깨물면서도 몸을 움직일 거라고 장담할 수 있다.

효율이 적어도 두 배 이상이라는 걸 생각해 보면 확률이 10% 더 상승해서 20%. 여기에 빛기영의 힘을 5% 정도라고 가정하면 25% 정도.

'그래도 낮아.'

하지만 김현성이 말한 것보다는 더 희망적이다. 문제는 놈들의 전술핵을 이쪽이 막을 수 있냐는 것이 아닐까.

"만약 네임드 4명을 전부 막을 수 있다면 어떨 것 같아요?"

"지금보다는 상황이 나아질 겁니다. 확률 역시 기하급수적으로 올라갈 거고요. 하지만."

'나도 알아. 그 정도를 해줄 수 있는 사람이 없다는 거.'

"하얀 씨라면 가능할지도 모르겠군요."

'정하얀은 못 써.'

"따로 할 일이 있으실 테니까요."

그 말 그대로다. 사천왕 중 하나를 상대할 카드로 정하얀을 소비시킬 수는 없다. 그녀의 역할은 조금 떨어지는 밸런스를 유지시켜 주는 것, 전투 초반에 할 일이 있다는 걸 고려해 보면 그런 선택을 할 수 있을 리 만무했다.

"그리고…… 만약 하얀 씨에게 여유가 생긴다 하더라도 그들 중 하나를 막아내는 게 가능하지는 않을 겁니다."

"확실히 하얀이는 후위로 분류할 수 있으니까요."

"아니요. 전위니 후위니 하는 문제가 아닙니다. 하얀 씨 역시 1회차와는 많이 달라졌으니까요. 시간이 몇 년 더 있었더라면 이전의 폼으로 성장할 수도 있었겠지만, 지금의 하얀 씨는…… 여러 가지로 부족한 게 사실입니다."

'그 정도로 부족한가?'

많이 부족하다는 것 정도는 알고 있지만, 김현성의 입을 통해 다시 들으니 새삼스럽다.

"물론 살상 마법 자체는 1회차의 하얀 씨에게 근접해 있을지 모릅니다. 애초에 1회차의 정하얀은 대규모 살상 마법을 잘 사용하지 못했으니까요. 하지만 마법사로서의 완성도라는 측면에서는 비교할 수 없을 정도의 격차가 있다고 판단하고 있습니다. 마력도 그렇고, 응용력도 그렇고, 특성이나 창의력, 모든 부분에서 뒤떨어질 겁니다. 제가 가능성을 다소 낮게 잡은 것 역시 그런 이유 때문이고요."

"하지만 지금도 충분히……."

"1회차의 하얀 씨는 교국 전체를 옮겼습니다."

"네?"

"대륙의 지도를 바꾼 거라고 말씀드리면 이해하기 편하겠군요.”

'뭐야······.'

“적들의 원거리 포격 마법의 대부분을 차단했고, 간혹 어쩔수 없을 때는 전황 자체를 뒤바꾸기도 했습니다. 바다를 그대로 대륙으로 옮겨와 지상전을 해상전으로 만들기도 했고요. 이전에도 말씀드렸지만 하얀 씨가 없었다면 부딪치는 것 자체가 성립하지 않았을 겁니다. 확실히 말씀드리건대 그녀는 이전의 저보다 강했습니다.”

'뭐?'

대륙의 지도를 바꿔?

'지상전을 해상전으로 바꿔?'

그 정도면 신이라고 볼 수 있는 거 아니야?

[정확히 말하면 우리도 할 수 있는 일은 아니야. 그런 부분에서 우리는 개입할 수 없거든, 여러 가지 허가를 받아야 사항도 많고, 억제력도······ 뚫어야 하고 신성도 많이 들고, 무엇보다 득이 되는 것보다는 실이 되는 일이 많아서······ 옛날에 어떤 선배로 바다 가르기 했다가 파산할 뻔했다니까?(0/1)]

'넌 제발 좀 가만히 있어.'

아무래도 내가 1회차 정하얀을 과소평가한 게 아닌가 하는 생각이 들었다.

나 역시 마법사를 베이스로 시작한 만큼 마법의 메커니즘이 어떻게 돌아가고 있는지는 알고 있다. 어제 식사시간에 김현성이 말한 게 어느 정도로 어려운 일인지도 알고 있고…….

단언컨대 정하얀이 이룩한 업적은 이미 인간의 것이라고 하기에 무리가 있다. 1회차 정하얀은 이미 신의 영역에 들어갔다고 해도 과언이 아니지 않을까.

그런 생각을 할 수밖에 없는 만큼 1회차 그녀의 위용은 내입을 벌리게 했다.

2회차 정하얀이 대량 살상 마법에 더 조예가 깊다는 점에서 그나마 희망을 품을 수 있었으나 모든 면에서 뒤떨어진다는 것을 부정할 수는 없었다. 어째서 김현성이 회귀 시작부터 정하얀에게 목을 맸는지, 비틀비틀거리며 쓰러질 것만 같았던 1회차 인류가 어떻게 가면 쓰레기의 손에서 버틸 수 있었는지…… 이제야 이해가 간다.

진청이 그 귀찮은 짓을 해가면서까지 정하얀을 제거한 이유역시 뻔할 뻔 자. 스스로 목숨을 끊게 하는 것 외에는 정하얀을 제어할 다른 방법이 없었던 것이다. 아마 인류가 급격하게 밀리기 시작한 것 역시 정하얀의 죽음 이후일 거라고 생각했다.

솔직히 이해도 간다. 마법을 수단으로 생각하면서도 대륙 제1의 마법사가 된 사람이 아니었던가. 모든 마법사가 그녀를 경외했고 학자들과 마도사, 연금술사 가릴 것 없이 그녀의 마법 메커니즘에 대해 이해하지 못하는 상황.

취미와 좋아하는 것, 유일한 친구가 마법이었을 때의 정하얀이 어느 정도로 성장할 수 있었는지…… 애초에 한계를 두는 것 자체가 어리석은 행동이었다고 단언할 수 있다. 가면 쓰레기라는 불순물이 끼어들지 않았더라면 정하얀은 조금 더 높게 성장했을지도 모른다.

취미가 이기영이기 때문에 만든 스토킹 마법들은 마음의 눈이 아니면 확인할 수 없을 정도. 다른 마법사는 물론이거니와 김현성조차 그녀의 마법을 감지하지 못했다.

솔직히 내가 정하얀의 마법들을 전부 다 파악하고 있는지도 모르겠다. 주변에 아네모네의 눈은 없지만 정하얀이 자체 망원경 마법이라도 개발해 이곳을 바라보고 있을지 누가 알겠는가.

'그렇게 생각하니까 무섭기는 하네.'

불안한 마음에 정하얀 쪽으로 시선을 돌리자 좁은 방 안에 처박혀 몰두하는 모습이 보였다. 제대로 씻지도 않은 몰골, 클린 마법으로 몸을 한 번 훑으면 끝나는 그 일련의 과정조차 내팽개친 모습은 어찌 보면 정하얀답다.

-죽일 거야. 죽일 거야. 죽, 죽, 죽일 거야.

-박, 박, 박미진. 꼭 죽여야지, 꼭, 꼭, 꼭, 죽여야지. 얘는 죽여야 돼, 응.

쉴 새 없이 펜을 휘갈기는 모습은 영화 속에서나 보던 천재 수학자의 모습과 흡사하다. 무슨 마법을 연구하는지도 모르겠지만, 그녀가 성장하는 건 기정사실처럼 보였다.

'마력도 올랐네.'

하루도 채 지나지 않은 시점에 마력 스탯이 상향됐다는 건 놀라웠지만, 그걸 감안하더라도 시간이 부족하다는 생각밖에 들지 않는다. 이제 막 출발선에 선 거라고 봐도 되지 않을까.

복잡한 심경에 한숨을 내쉬었을 때 나를 빤히 바라보던 이지혜가 말을 이어왔다.

"역시 튀는 게 정답이겠죠?"

"아냐, 누나, 25% 정도는 된다고 말했잖아."

"저는 그 정도 확률 가지고는 베팅 안 해요. 물론 최선을 다하는 척은 하겠지만 언제든지 탈출 작전에 손을 올릴 준비가 되어 있다고요. 저 그래서 하는 말인데 한 명만 더 데려갈게요. 아무리 생각해도 10명은 너무 적어."

"그럼 그렇게 해. 솔직히 여유가 없기는 한데…… 한 명 정도야 뭐 괜찮겠지."

"듣던 중 반가운 소식이네요."

"그래서 시뮬레이션은 해봤어?"

"아, 네, 우리 막 아들이랑 같이 해봤어요. 정하얀이 서부 솔지르 구릉지를 바닷물로 가득 채우려면 스탯이 얼마나 더 상승해야 하는가. 현재 마력 스탯으로는 어느 정도까지 채워 넣을 수 있는가. 이거 맞죠?"

"결과 나왔어?"

이지혜가 들고 있던 여신의 거울을 슬쩍 비췄다.

[34.3%]

"이런 작전은 없던 거로 아는데…… 구릉지에서 해적 놀이라도 하려는 건 아닐 테고…… 혹시 나 모르게 노아의 방주 2호기 만들려는 건 아니죠?"

"그냥 하얀이가 어느 정도까지 왔는지 판단하려는 척도야."

"여기에 100% 꽉 채워야 이야기가 되는 거면 너무 모자란데요? 스탯을 두 배 이상 키우는 건 불가능에 가까운 거 아니에요?"

"두 배 이상은 아니야. 기본적으로 10대가 넘어가는 스탯은 하나하나 올라갈 때마다 가산점이 붙으니까. 그래도 저걸 전부 다 채우려면 최소 20 이상은 올려야 하네. 지력 스탯까지 같이 상승한다는 걸 감안해도…… 만약 최소 스탯을 전부 채운다고 하더라도 가능할지 모르겠고……."

"가능한 거 맞아요?"

"글쎄."

'솔직히 불가능할 것 같아.'

"차라리 1차전을 버리는 게 나을 수도 있어요. 성장을 기다릴 거라면 더 멀리 봐야 한다는 거죠. 오빠 악마들한테 붙잡혀 갔을 때 생각나죠? 그때도 폭발적으로 성장했었잖아요? 순간이동 마법도 그때 나온 거고. 인류의 반 정도는 1차전 때 희생한다는 마음가짐으로 넘겨주고 안쪽에 최대한 틀어박혀서 힘을 키우는 건 어때요? 36일, 아니, 이제 35일이죠? 35일 안에는 불가능할 테니까. 최대한 버티고 버티면 그래도 몇 달은 끌 수 있지 않으려나. 중간에 오빠가 한 번 납치당해 주면, 혹시 알아요? 행성이라도 소환해서 비둘기들 대가리에 꽂아줄지."

"그것도 생각은 해보고 있는데…… 단순히 하얀이만 문제가 아니라서 그렇지."

"모든 고통과 고뇌 속에서 벗어나는 건 어때요? 그냥 노아의 방주 타자."

"누나가 그렇게 보채지 않아도 나도 생각하고 있어. 다만 이 35일을 어떻게 써먹을 수 있는지만 보려고 그래. 공식 발표는……."

"최대한 늦추고 있어요. 36일 이후에 대륙에 위기가 닥쳐온다고 하면 혼란스러울 게 뻔하니까. 언론도 오랜만에 입 닫게 하고 있고…… 어제 회의실에 있었던 다른 애들 역시 마찬가지예요. 제가 굳이 말하지 않아도 알아서 입 꾹 닫고 있더라고요. 참 좋은 일이죠."

"스케줄은 잡았지?"

"아니요. 그쪽에서 전부 거절했어요. 굳이 오실 필요 없고 부르면 본인들이 직접 찾아오겠다고 하네요. 저도 어느 정도 수습이 필요할 거라고 생각했는데, 일부 지역의 지도자들 생각은 다른 것 같더라고요. 그래도 불안한 애들 목록은 만들어놨으니까 정 필요하다 싶으면 오빠가 달래는 게 좋을 것 같아요."

"끄응……."

"어제 또 나온 이야기 없어요?"

"누나한테 말해준 게 전부야. 누나가 혜진이랑 따로 쇼핑한 다고 나간 이후에는 와인 한잔 마시고 집으로 돌아와서 처박혀서 작업하고 매뉴얼 가다듬고…… 일밖에 안 했어. 솔직히 좀 충격 먹은 상태라 뭐 다른 거 할 수 있는 상황도 아니었고……."

"누가 보면 제가 좋아서 나간 줄 알겠네요. 두 분이서 중요한 이야기 좀 나누라고 억지로 자리 피해 드린 거예요. 혜진 씨도 많이 아쉬워하더라고요. 본인 딴에는 기회 한 번 잡았다고 생각하는 것 같았는데."

"기회? 기회는…… 무슨……."

"그래도 귀엽잖아요. 희망이 없는 줄도 모르고…… 제가 이야기했었나요? 사과받는 사람이 오히려 더 고개 숙이면서 죄송하다고 하는데 얼마나 속이 터지던지…… 저는 그거 보고 느꼈어요. 아, 조혜진, 이 언니는 진짜 안 되겠구나. 그래서 말인데…… 어떻게 진짜로 하긴 할 거예요?"

"일 전부 수습되면 한번 해볼라고…… 김현성, 걔 꼬시기 쉬워. 지금은 좀 사연이 있어서 애가 까칠해진 거고, 일 끝나고 정상으로 돌아오면 별거 아닐 거야. 조혜진 아바타 등판시키고 진심으로 달리면 하룻밤이면 끝나."

"장담하는데 안 끝나요. 내가 튜토리얼 던전에서 걔 꼬시려고 얼마나 공을 들였었는데…… 그 새끼 고자라고요."

"내기할까?"

"조혜진이랑 김현성이랑 맺어주는 거로? 해요, 해보면 되겠네. 대신 나는 내가 이기면 요정 놀이 하는 거로 할래. 오빠가 이기연 해요. 제가 이지후 할 테니까. 오빠가 뭘 걸든 나는 상관없음."

"후회하지 마."

"오빠나 후회하지 마요."

'뭐야, 얘는 뭘 믿고 이렇게 자신만만해?'

이지혜치고는 너무나도 과감하게 베팅을 하는 모습에 신경 쓰인 것이 당연했다. 물론 이쪽이 패배할 거라고 생각지는 않지만, 저 쓸데없는 자신감이 자꾸만 눈에 아른거린다.

이미 내던져 놓은 말을 이미 물릴 수는 없는 시점, 여기서 꼬리를 내린다면 이지혜가 이쪽을 비웃을 게 틀림없다.

'아, 이거 왜 이렇게 한 발자국 물러나고 싶지.'

조혜진의 명예를 위해서라도 이대로 물러나면 안 된다는 걸 알고 있었지만, 일단은 미적지근하게 넘겨야겠다고 생각했다.

어떤 식으로 말을 돌리는 게 좋을까 하며 괜스레 창밖을 바라보자 다행히 이지혜의 목소리가 먼저 들려왔다. 아마 얘도 질러놓고 후회한 것이 아닐까.

"그래서…… 지금 어디로 가고 있는 건데요?"

"뻔하지, 뭐."

전부 알고 있으면서 물어본 것이다.

"하얀이 말고도 문제가 있으니까."

"아, 그렇네요. 그게 있었네요."

정하얀 말고도 이쪽이 해결해야 할 문제가 하나 더 있지 않았던가.

"밸런스 맞추러 가는 거네요."

"맞아."

솔직히 될지, 안 될지 확신할 수는 없지만, 일단은 비벼볼 구석이 한 곳밖에 없다.

그나마 후보를 꼽는다면 김현성 역시 그녀를 상정하고 있지 않을까. 저쪽의 전술핵을 막아줄 억제제 역할을 해줄 수 있는 인재 중 하나, 라파엘이 움직이지 못하는 현시점에 공식적으로 세계관 2인자를 차지하는 인물. 1회차에 행방불명되어 행방이 묘연해진 인물이었다.

1회차에서 어째서 그녀가 소리 소문 없이 사라졌는지는 알 수 없지만, 아마 그녀가 가진 개인적인 문제가 원인이 됐거나, 가면 쓰레기의 함정에 걸려들었겠지 싶었다.

꽤 오랜만에 오는 느낌, 이지혜와 마차에서 내리자마자 전진 기지에 임시로 세워진 커다란 성이 시야에 들어왔다.

'누나도 참 누나야.'

전진 기지에 임시 길드하우스를 세운다는 말은 들었지만, 이 정도로 규모가 클 줄은 예상하지 못했다. 누가 저걸 보고 임시 막사라고 생각할까. 임시로 지어진 붉은 용병의 거처는 마치 작은 왕국의 왕성처럼 보였다.

"붉은 용병에 오신 것을 환영입니다. 오랜만이로군요, 위원장님."

"아, 그러니까…… 네, 최영기 님. 정말 오랜만입니다. 많이 달라지셨군요."

"그때 이후로 시간이 조금 많이 지났으니까요. 이지혜 님도 오랜만입니다."

"오랜만이에요, 영기 씨. 승진하셨다는 소리 들었는데 이렇게 마중 나오게 해서 죄송하네요."

"차희라 님이 직접 모시고 오라고 말씀하셨습니다. 위원장님께서 오랜만에 찾아주신다고 하시니 기뻐하시는 것 같더군요."

"저는 별로 반가워하지 않으시나 봐요."

"하하, 그럴 리가 있겠습니까. 붉은 용병은 언제나 손님들을 환영합니다. 그게 이지혜 님 같은 분들이라면 더더욱이요."

"스카웃 제의인가요?"

"그럴 리가 있겠습니까. 검은 백조 길드 마스터에게 미움받기는 싫습니다. 이럴 게 아니라 들어가시죠, 위원장님."

"마중 나와주셔서 감사합니다."

"오히려 제가 더 영광입니다. 이기영 님을 모실 수 있다는 건 붉은 용병 내에서도 몇 안 되는 이들에게만 내려지는 영광스러운 책무이니까요."

'뭐야, 그건······.'

"머무시는 동안 시킬 일이나 불편하신 점 있으시면 언제든지 저를 통해 말씀해 주시면 됩니다."

"아······ 네."

'확실히 붉은 용병은 붉은 용병이네.'

오랜만에 들어와서 그런지는 모르겠지만 눈으로 보이는 광경들이 새삼스레 새롭게 느껴진다. 파란이 아무리 떡상했다고 하더라고 역시 린넬 전통의 강호는 붉은 용병이라는 느낌이다. 단위로 다르고 규모 자체도 다르다. 잘 훈련된 전위들이 도열한 모습이나, 남녀 가릴 것 없이 서로 몸을 부딪치며 싸우는 광경은 거친 용병들의 집합체라는 생각이 든다.

그리고 그 정점에 서 있는 것이 우리 누나. 집무실이 아닌 자기 방으로 안내하는 걸 보니 왠지 모르게 두 번째 만났을 때가 떠오른다.

앞을 지키고 있는 용병 두 명이 꾸벅 인사한 이후에 열리는 커다란 방문. 사자 같은 붉은 머리를 헝클어뜨리며, 인류의 두 번째 억제기 후보는 나를 보며 미소 지었다.

"너 잘해?"

재미있는 장난을 치는 것을 보니 차희라 역시 그때 그 날을 떠올리고 있었던 모양이다.

"무슨 일이라도 있나 봐? 이렇게 직접 찾아온 걸 보면."

"보고 싶어서 왔어."

"듣기 좋은 소리 하는 데는 선수라니까. 거기 앉아. 너도 거기 앉으면 되고, 그러니까……."

"이지혜라고 합니다. 용병여왕님."

"알고 있었어. 밖에 차 좀 내와. 아니, 술이 더 좋을까? 너도 술 좋아하지?"

차희라의 목소리에, 문이 벌컥 열리며 몇몇 이가 주섬주섬 뭔가를 가져왔다.

박덕구보다는 덜하지만 그래도 한 떡대 하는 놈들이 조신하게 주안상을 세팅하는 모습은 언제 봐도 적응이 되지 않는다. 심지어 한 놈은 귀가 없고, 한 놈은 얼굴이 칼자국으로 도배되어 있다. 저런 얼굴로 영광이라는 듯한 표정을 하고 있으니 무슨 표현이 더 필요하겠는가.

본인들이 영광이라고 생각하니 별 상관은 없었지만, 대륙에서도 보기 쉬운 장면은 아니었다. 오직 붉은 용병에서만 볼 수 있는 광경이지 않을까.

평소답지 않게 이지혜도 그녀의 눈치를 보는 편, 본래 그녀의 이미지를 생각하면 결코 어울리는 행동이 아니다. 겉으로야 눈치 보는 듯한 얼굴을 자주 보여줬지만, 진심으로 그렇게 행동하는 걸 본 적은 별로 없었으니까.

본인도 뭔가 이상하다는 걸 감지하고 있을 것이다. 당연하지만 이지혜의 심정도 얼추 이해가 가고…….

왠지 모르게 차희라는…….

'괜히 눈치 보게 만드는 사람이었지.'

그 말 그대로였다. 대륙에서의 경험과 그녀의 강함이 그녀를 그렇게 만드는 것일 수도, 아니면 본래 차희라가 그런 성격일 수도 있지만, 단언하건대 후자일 거라고 생각했다.

그녀는 타고나길 왕으로 태어났고, 본래부터 위에 있어야 마땅한 사람으로 태어났다. 왕후장상의 씨가 따로 없다지만 그 누가 그녀의 모습을 보고 그런 생각을 할 수 있을까. 최소한 내가 보기에는 그렇다. 차희라가 무릎을 꿇는 모습은 상상할 수 없었고, 그녀가 누군가에게 손바닥을 비비는 모습은 더욱더 상상할 수가 없다. 그녀가 누군가에게 패배한다는 모습 역시 상상이 가지 않는다. 그렇기에 이곳에 온 것이다.

'할 수 있을 거야.'

강자라는 말을 떠올렸을 때 가장 먼저 생각나는 것은 김현 성도 정하얀도 아니었으니까.

'누나, 할 수 있는 거 맞지? 그렇지?'

"그래서, 하고 싶은 이야기가 있으면 해봐, 자기."

"그러니까…… 으음……."

"꽤 뜸을 들이네."

작은 문제가 있다면 그녀의 정확한 무력을 측정하기 어렵다는 것이다.

종종 마음의 눈으로 봤던 그녀의 상태창만 봐도 답이 나온다. 많은 무기를 다룰 수 있다는 것을 장점으로 꼽는 용병 클래스를 선택했음에도 불구하고 무기를 든 모습을 본 적이 손에 꼽는다. 아니, 거의 없다. 고급 쌍수 무기 지식 습득을 하고 있음에도 불구하고 그녀가 선호하는 것은 맨손뿐이었고, 사실 그것만으로도 그녀는 대륙의 정점에 서 있다.

'광전사 세트가 있기는 했었지.'

차희라가 그걸 입고 전선에 나섰을 때는 공화국과의 분쟁 지역 전체를 마비 상태로 만들었을 정도였다.

27군단 소환 사태 때는 지휘관의 입장이었기에 제대로 된 무장을 착용할 수 없었지만, 그럼에도 강했던 것은 마찬가지다.

솔직히 있는 그대로 물어보는 게 맞지 않을까. 조금은 조심스러운 질문. 하지만 입을 열 수밖에 없었다.

"누나, 얼마나 강해?"

"흐음……."

'아이, 시바. 괜히 물어봤나?'

옆에 있는 이지혜가 너무 빌드업 없이 들어간 게 아닌가 하는 얼굴로 나를 바라봤다. 뭐 하러 그런 질문을 대놓고 하냐고 추궁하는 듯한 표정, 너는 아무래도 상관없겠지만, 괜히 나만 불편한 분위기에 휘말리는 것은 아니냐고 말하는 것 같다. 계속해서 침묵이 흐른 것은 당연했다.

차희라가 웃으며 입을 연 것은 약 2분여가 지난 이후였다.

"글쎄, 아마 꽤 강하지 않을까."

"어느 정도."

"누구와 싸워도 딱히 질 것 같지는 않은데…… 저번에 내가 했던 말 기억해?"

기억하다마다.

'내가 진짜로 강해질 방법이 뭔지 제대로 모르고 있었다는 거야. 샌님처럼 훈련하는 건 별로 의미가 없다고.'

그렇게 말했었나.

'자기는 맹수가 훈련하는 걸 본 적 있어? 앞발 휘두르기나 물어 뜯는 방법을 연습하는 걸 본 적이 있냐고. 머릿속에 꽉 들어가 있는 욕구를 해소해 주는 식으로 방법을 바꿨다고. 잘 처먹고 잘 싸고. 짐승처럼 사는 거로 방법을 바꿨다, 이거야.'

그렇게 말하기도 했지.

"기억해. 성과가 있었나 보네."

훈련법이라고 할 수 없는 훈련법이었지만 효과가 있기는 있었는지 상승한 스텟들이 눈에 띄었다. 근력 스텟이야 원래부터 규격 외였고 다소 낮다고 할 수 있었던 민첩이나 마력 스텟 역시 성장한 모습.

"사실 그렇게 큰 성과가 있는 건 아니야. 자기 덕분에 쌓인 욕구는 시원하게 풀고 있고, 간혹 부족할 때는 숲으로 들어가서 다 때려 부수고 나오기도 하거든. 자기가 뭣 때문에 사람 존심 긁는 질문을 던지는지는 알 수 없지만, 이것 하나는 확실하게 말할 수 있을 것 같은데."

"……"

"나는 강해."

"……"

"그리고."

"응."

"더 강해질 수 있고."

뭐라 할 말이 없다.

'누나, 시바, X나 왜 이렇게 멋있어.'

이런 말밖에는.

어떻게 보면 내가 기다렸던 말을 해준 것이나 다름없었다.

애초 그녀 말고는 다른 선택지가 없다고 생각하기는 했지만, 아주 약간이나마 들어차 있던 모든 의심이 한순간 날아가 버린 듯한 느낌. 어째서 린델의 내놓으라고 하는 전위들이 전부 붉은 용병에 들어가 있는지 이해가 가는 순간이었다.

"그래서, 이유가 뭔데?"

"누나가 해줬으면 하는 일이 있어서."

슬쩍 이지혜를 바라보자, 그녀가 고개를 끄덕이며 입을 열었다. 크게 별건 아니다. 저 빛 안쪽에 있는 바깥 놈의 존재부터, 강한 무력을 가진 사천왕을 상대해 달라는 이야기, 붉은 용병과 같이 움직일 수는 없으니, 따로 대기하고 있어야 할 것 같다는 이야기였다.

조금 길어진 이야기에 차희라는 고개를 끄덕이는 중이었다. 맞는 말이니 일단은 듣고 있다는 의지의 표현이지 않을까 싶다. 그녀에게도 이 전쟁은 중요했으니까.

"파란 길드 마스터가 한 명, 그리고 용병여왕님께서 한 명을 상대하게 될 것 같아요. 무대는 저희가 만들어 드릴 테니 다른 부분은 걱정하실 필요 없고요. 불편하시겠지만 남은 35일 시간 동안은…… 대륙 보호 관리 위원회 소속으로 활동하시는 걸 추천해 드리고 싶네요. 컨디션 체크부터 그림을 그리기까지 신경 써야 할 부분이 조금 많을 것 같아서 이 부분은 양해 부탁드릴게요. 용병여왕님이 강하다는 사실을 알고 있고, 당연히 부정할 마음도 없지만 정확한 데이터를 얻어야 하거든요."

"흐음……"

"지휘부에서는 약 23.4% 정도로 생각하고 있어요. 현재 대륙이 가지고 있는 전략과 적들이 가지고 있는 전력의 데이터를 분석해 시뮬레이션해 나오고 있는 결과고요. 용병여왕님이 대륙 보호 관리 위원회의 계획을 따라주신다고 가정했을 때는 확률은 조금 더 높일 수 있을 것 같아요. 현재 보이시는 자료를 참고하시고 판단해 주시면 감사할 것 같아요."

'잘하고 있어.'

"35일여간의 정확한 훈련 스케줄이에요. 개인적인 훈련이라기보다는 전술 훈련이 주가 될 것 같아요. 여러 가지 경우의 수를 분석했고 아마 충분히 만족하실 거라고 생각해요. 이 밖에도……."

"뭐 하나 빠뜨린 게 있는 것 같은데."

"네?"

'아니야, 지혜 누나. 방금 말 취소. 우리 잘못하고 있는 것 같아.'

조금씩, 조금씩이지만 분위기가 바뀌는 게 느껴진다. 정확히 말하면 이 커다란 방을 둘러싸고 있는 공기가 무거워진 것 같다.

'우리가 뭐 하나 빼먹은 것 같아. 어떻게 해?'

생각해 보면 최근에는 본 적이 없는 표정이다. 얼굴 속에 서서히 짜증이 들어서는 것만 같다.

도대체 뭘 놓쳤는지 떠올려 봤다. 솔직히 조금 안일하게 생각하고 온 것이 맞다. 차희라라면 당연히 부탁을 들어줄 거라고, 별생각 없이 OK를 외치고 이쪽에 합류해 줄 거라고 생각했으니까.

하지만 그게 아니라는 걸 새삼스레 깨닫게 된다. 차희라는 그럴지 몰라도 린델의 제1 길드로 불리는 붉은 용병의 용병여왕은 그렇지 않다. 갑작스럽게 찾아와 강하냐고 물어본 직후 자기들 하고 싶은 말만 떠들어대는 이들을 저 용병여왕이 뭐라고 생각할까. 최소한 나에게는 그렇지 않더라도, 이지혜에게는 다소 불편한 반응을 보이는 게 당연하지 않을까.

'바보 같았네.'

이지혜 역시 서서히 분위기가 안 좋아지는 걸 느끼는지 나를 바라봤다.

'지금 분위기 왜 이래, 오빠. 이거 아니었잖아.'

그렇게 말하는 것만 같다.

"계속 말해봐. 어디까지 말할 수 있나 한번 보게."

"보상에 대해서 말씀하시는 거라면."

"내가 그런 게 필요한 사람으로 보여? 보상? 네가 뭘 해줄 수 있는데."

"그럼……."

"네가 뭘 빠뜨린 것 같아? 그리고 자기, 자기는 또 뭘 잊어버린 것 같고?"

"저…… 용병여왕님, 필요하신 게 있으시다면……."

"그건 네가 생각해야 할 거야. 지금 내가 그걸 일일이 설명해 줘야 할 정도로 기분이 좋지 못하거든."

필사적으로 머리를 굴리는 이지혜.

네가 제안한 건데, 왜 꾸지람은 내가 들어야 하는지, 그 원망이 나를 향하고 있는 것 같았지만, 이럴 때는 나는 상관없다는 듯이 슬쩍 눈을 피해주는 것이 맞다. 나중에 이지혜를 보낸 이후, 희라 누나랑 같이 얘 욕해주면 기분은 풀 수 있지 않을까.

손절의 기운을 느낀 건지는 모르겠지만, 이지혜는 더욱더 절박한 표정으로 나를 압박하는 중이다.

방 한쪽에 걸린 붉은 용병의 길드 패가 시야에 비친 것은 바로 그때였다.

'이거였구나.'

그런 생각이 곧바로 들어와 꽂힌다. 너무 쉬워서 굳이 캐치하지 못했던 부분, 마침 용병여왕의 짜증이 슬슬 한계점을 맞이하고 있는 시점. 사람 하나 구하는 셈 치고 입을 열 수밖에 없었다.

일단은 용병여왕을 내보내고 차희라를 불러오는 것이 먼저다. 마치 권력자에게 아양을 떠는 모양새로 전환하며 가까이 다가붙자 갑자기 왜 이러냐는 반응을 보였다. 하지만 굳이 거부하지 않는 것을 보니, 그렇게까지 화난 상황은 아닌 모양이다.

오히려 조금은 만족하는 것 같은 모습, 애교와 교태에 용병여왕이 떠나가고 차희라가 등판했다.

"누나, 기분 풀어. 우리가 그걸 놓쳤겠어?"

평소와 같지만, 최대한 꿀이 뚝뚝 떨어지는 목소리를 내뱉도록 하자.

이지혜가 구역질 나온다는 얼굴로 나를 바라보고 있었지만 뭐 어떻게 하겠는가. 이쪽이 잘못한 건 부정할 수 없는 사실인데. 우리 희라 누나 빡치면 기분 풀어주기 힘들단 말야.

"내가 따로 이야기해 주려고 한 거니까 화 풀어, 누나. 붉은 용병은 괜찮을 거야. 누나가 허락만 해준다면 붉은 용병은 따로 배려하려고. 길드 마스터가 자리를 비운 길드라니 그런 걸 상상이나 할 수 있겠어?"

"······."

"제1 작전권을 관리 위원회가 가지고 오는 의제가 통과되기도 했으니까. 사실 말 안 해도 붉은 용병은 대륙 보호 관리 위원회 하에 작전에 참가하는 거잖아. 그래서 우리가 깜빡 말을 못 한 거야. 너무 당연한 거라서 그랬지. 위원회가 붉은 용병을 내버려 두는 게 말이나 돼? 누나, 정말 우리가 그럴 거라고 생각한 건 아니지? 그렇지? 응? 그렇잖아, 그지이?"

"뭐, 그렇지."

은근슬쩍 어깨를 주무르고 있는 게 느껴진다.

"누나가 없는 붉은 용병이 걱정되는 거 맞지? 당연히 우리가 그런 걸 생각 안 했겠어. 붉은 용병은 따로 배려해야지. 그렇고 말고."

"흠, 어떻게?"

확실히 아까보다 분위기가 많이 부드러워졌다. 용병여왕이 가진 궁금증을 입 밖으로 내뱉기도 했고, 점점 나를 품에 끌어들이는 걸 보니 꿀 떨어지는 목소리가 먹히기는 하는 모양이다.

이지혜도 '그거였구나' 하는 듯한 얼굴, 정답이 너무 눈에 보이다 보니 그녀도 놓치고 있었던 것 같다.

어제 조혜진이랑 쇼핑만 하지 않았어도 이 건에 대해 준비할 시간이 있지 않았을까. '저 쓰레기가 어떻게든 수습하고 있구나' 하는 표정이었다.

하지만 이쪽이 마지막 말을 내뱉은 직후, 이지혜의 얼굴이 천천히 일그러졌다.

"누나, 눈앞에 있는 지혜 씨가 직접 맡게 될 거야. 붉은 용병 지휘 본부에서 상정하는 피해 규모에서 정확히 15% 더 줄이도록 할게."

그게 말이 되냐는 이지혜의 얼굴, 그런 그녀를 위아래를 훑어보는 차희라의 얼굴이 눈에 띄었다.

'할 수 있지? 지혜 누나? 그렇지? 할 수 있는 거지? 누나, 그런 거 자신 있잖아, 그렇잖아.'

얼굴 속에 배신감이 드러나 있었지만, 죄책감은 들지 않았다. 라파엘 때를 생각해 보면 이지혜는 저런 표정을 지을 자격도 없다. 이렇게 빠르게 되돌려 줄 기회가 생길 줄은 예상 못 했지만, 그녀가 당황하는 걸 보니 입가에 미소가 피어난다.

이지혜 역시 떠오르는 게 있는지 덜 억울해하는 것 같았지만, 쫌생이라고 말하는 듯한 표정은 여전했다.

일단은 침착하게 숨을 들이마시는 중, 본인이 원한 일은 아니었겠지만 이왕 터진 일이니, 열심히 수습해 보려고 하지 않을까. 일단은 너무 높은 커트라인을 줄이는 것부터 말이다.

"15%는 무리예요, 10%."

"15%."

"여러 가지를 상정해 봐도 최대 10% 정도가 한계예요, 여왕님. 사실 10%라는 수치도 단언할 수 없고요. 딱 10%로 합의를 보는 게 좋지 않을까 싶어요. 의미 없는 블러핑보다는 신뢰할 수 있는 수치가 마음에 드실 테니까요."

"15야."

"12%까지."

"15%라고 분명히 이야기했어. 자기가 사람 보는 눈 하나는 기가 막히지, 아마? 우리 자기가 할 수 있다고 판단했다면 할 수 있는 거야. 그게 안 된다면 네 노력이 부족했던 거겠지, 뭐."

"하지만 예상치 못한 변수가 있을 수도 있고, 아직 정확한 데이터도 적립되지 않은 상태에서 확언을 드린다는 건……."

"15%. 나는 그걸로 이미 마음을 정했으니까. 나머지는 네가 알아서 해. 알아들어? 대충할 생각하지 말라, 이거야. 굳이 우리 자기의 보증이 아니더라도, 검은 백조의 이지혜가 유능한 인재라는 건 린델에서 칼밥 좀 먹은 사람이라면 전부 다 아는 사실 아닌가. 나도 네가 그 정도는 해줄 수 있을 거라고 보는데. 너는 어때? 내가 너를 너무 높게 평가하고 있는 건가?"

"……."

"만약 그렇다면 지금 돌아가도 돼. 그대로 나가도 된다고,

쥐새끼처럼."

다소 공격적인 말까지 내뱉으며 도발하는 것을 보니, 차희라는 이미 마음의 결정을 내린 모양이다.

조금 높게 던진 감이 없지 않았지만 나 역시 이지혜가 적임자라고 생각했다. 기본적으로 이지혜는 유능했고, 손실을 내더라도 최소한의 손실만을 내는 걸 선호했으니 말이다.

그녀는 데이터를 신봉했고 그만큼 꼼꼼했다. 커다란 그림을 그리는 능력이 좋은 만큼, 아니, 그 이상으로 세밀한 그림을 그리는 것에 강하다. 아마 이것저것 쳐내고 집중한다면 가까스로 15%에 맞춰지지 않을까.

문제는 그녀가 미친 듯이 갈려 나가야 한다는 점이겠지. 그리고 별것 아닌 변수 한 번에 모든 게 무너질 수 있다는 것도 걱정될 테고…….

이지혜의 표정이 구겨지는 게 당연하다. 안 그래도 그녀는 갈려 나가고 있는 상황이었으니까.

더군다나 저렇게 자존심 건드리는 발언을 하면…….

'누나도 빡치니까.'

"일단 받아들이면 인적 피해든 물질적 피해든 거기서 1%라도 오차가 생길 경우, 네가 대가를 치르는 거야. 내 말 알아듣지? 내가 무슨 말 하는지 이해할 수 있지?"

"……."

"대답."

"네, 이해했어요."

"좋네, 계약 성립됐다는 느낌이고, 군더더기 없이 깔끔하잖아, 그렇지? 뭐, 따로 정리할 것도 없고 이제야 제대로 된 이야기가 끝났다는 듯한 느낌이네. 아주 좋아. 마음에 들어. 이래야지."

'기분 좋아 보이네.'

"거기 밖에 있는 간부들 전원 들어오라고 전해."

차희라가 만족스러운 듯한 목소리로 입을 열었다.

이윽고 커다란 덩치의 놈들이 차례대로 방 안으로 들어왔다. 남녀 가릴 것 없이 거대한 몸은 조금은 비현실적이다.

매번 보던 얼굴이었지만 이렇게 한곳에 모아 보니 더욱더 압권이었다. 심지어 지휘부에서 근무하고 있는 녀석들도 마찬가지, 체력 단련이 필수 훈련 항목에 있는 것은 아닐까.

내가 뽑아준 마법사들 몇몇도 눈에 보였지만 이전의 모습들은 찾아볼 수 없다. 나름 장래가 유망한 마법사들이었는데, 다른 쪽으로 장래가 유망해지고 말았다. 물리 마법사 바크 세르게이의 동료가 분명해 보일 정도였으니 무슨 말이 더 필요하겠는가.

안으로 들어온 녀석들은 숨소리 하나도 내지 않는다. 그저 조용히 차희라가 하는 말을 기다리고 있다. 최영기 역시 다른 이들과 마찬가지.

용병여왕이 입을 연 것은 바로 그때였다.

"지금 이 순간부터, 너희는 당분간 내가 아니라 여기 있는 이 여자를 모신다. 이름은 들어봤지? 얼굴도 알고 있을 거고.

자기소개."

"이지혜라고 합니다. 잘 부탁드려요."

'누나, 많이 당황했나 보네.'

"너희도 자기소개 해야지?"

확실히 일반적으로 볼 수 있는 모습이 아니었다.

방금 결정된 이야기를 이렇게 번갯불에 콩 구워 먹듯 진행하는 게 이해되지 않을 수도 있겠지.

다시 한번 봐도 차희라는 무척이나 기분이 좋은 것처럼 보였다.

'그럴 만도 해.'

그녀가 문무를 겸비하고 있는 것은 맞지만 아무래도 더 유능한 자원이 있다는 것 역시 부정할 수 없는 사실이다.

더군다나 본인이 직접 묶어두고 있는 쇠사슬을 끊어야 할 정도의 상황이라면 붉은 용병을 지휘해야 한다는 사실 자체가 짐처럼 느껴질 것이다. 필연적으로 특성을 발동시켜야 하는 상황이 올 거라고 예상하지 않았을까.

어쩌면 은근히 지금 같은 상황을 바랐을 수도 있다. 싸우는 것 말고는 할 줄 아는 게 없고, 근육으로 꽉 차 있는 녀석들에게 머리를 심어주는 것. 앞으로 다가올 전투에서는 그런 머리가 필수적일 수밖에 없다는 걸 그녀는 잘 이해하고 있다.

솔직히 붉은 용병과 이지혜가 잘 어울릴지는 모르겠지만, 그녀가 최적의 머리라는 건 부정할 수 없는 사실이 아닌가.

"다시 한번 인사드리겠습니다, 길드 마스터 대리. 최영기라고 합니다."

"박종철입니다. 앞으로 잘 부탁드립니다, 길드 마스터 대리."

"양하나. 앞으로 잘 부탁드려요, 길드 마스터 대리."

여기저기에서 덩치들이 고개를 숙이며 인사를 한다. 검은 백조에서 나름 대접받는 이지혜 역시 이런 과한 리액션을 익숙하지 않은 얼굴이었다.

하지만 이내 표정을 굳히고 천천히 차희라를 바라봤다.

'아, 쟤 빡쳤다.'

"말씀은 잘 새겨들었어요, 용병여왕님."

"그래? 그렇다면 다행이네."

"대신 한 가지 확실하게 하고 싶은 게 있는데……."

"말해."

"약속드렸던 것처럼 딱 15%에 맞출 수 있도록 할게요. 그 이상도 그 이하도 없을 거예요. 대신 당분간 붉은 용병에 지휘권은 제가 가져갑니다."

"이미 말한 거로 아는데."

"완전한 지휘권을 가져간다고 말씀드린 거예요. 현시점부터 붉은 용병은 차희라 개인의 말보다 길드 마스터 대리인 이지혜의 말을 우선으로 합니다."

"……말 들었지? 이 여자 말대로 한다. 현시점부터는 내 말보다 이 여자의 말을 우선으로 하는 거야."

"시험해 봐도 되나요? 확실하게 하려는 거니, 너무 기분 나쁘게 생각하지는 말아주세요."

"물론."

"영기 씨?"

"……."

"차희라를 공격해요."

'지혜 누나, 시바, 왜 그래. 정신 나갔어?'

그런 생각이 머리를 스치기가 무섭게 차희라를 향해 검을 휘두르는 최영기의 모습이 시야에 비친다.

솔직히 최영기가 진짜로 검을 휘두를 거라고는 생각지 못했다. 어차피 본인이 휘두른 검에 차희라가 다치지 않을 거라는 확신은 있었겠지만 붉은 용병에게 차희라는 감히 똑바로 볼 수도 없는 신 같은 존재가 아니었던가.

'얘네 왜 이래. 왜 이런 데서 이상한 영화 찍어. 우리 그런 장르 아니야. 무슨 느와르 판 아니라고.'

물론 차희라는 반응하지 않는다. 슬쩍 손을 올려 본인에게 날아오는 검을 잡고, 휙 던지는 것으로 끝.

콰앙!

검을 놓지 않은 최영기는 곧바로 요란한 소리를 내며 벽으로 처박혔고 그대로 정신을 잃었다.

다른 건 다 몰라도 최영기가 억지로 검을 놓지 않은 건 알겠다. 차라리 기절하는 걸 선택한 게 확실했다.

갑작스럽게 급변하는 분위기에 당황했다.

어떻게 수습해야 하나 할지 잠깐 고민했지만, 그냥 조용히 희라 누나 품에 안겨 술이나 따르도록 하자. 지금은 그렇게 해야 할 것 같은 포지션이었으니까.

차희라도 그다지 흥분한 것처럼 보이지 않는다. 오히려 재미있다는 반응이다. 마치 나를 처음 봤을 때의 얼굴 같다.

저 모습을 보니 어째서 이지혜가 저렇게 행동했는지는 알 것 같은 느낌이 든다.

'자기를 가지고 노는 것처럼 보였겠지.'

나 역시 비슷한 이유로 흥분한 적이 있지 않은가. 어쩌면 이 판을 그녀가 의도하고 있다는 것에 짜증을 느낀 건지도 모르겠다. 나를 컨트롤 프릭 취급하기는 했지만, 이지혜 그녀 역시 만만치 않은 컨트롤 프릭이었고, 누군가의 의도대로 움직이는 걸 극도로 싫어했으니 말이다. 거기에 차희라가 자신을 무시하는 것 같은 모습을 시종일관 보이니 한 방 먹여주고 싶지 않았을까.

물론 저런 무리수를 던진 가장 큰 이유는······.

"재미있었어."

차희라가 크게 흥분하지 않을 거라는 걸 확신했기 때문이겠지. 오히려 즐거워하는 모습이다.

본래 차희라가 그렇다. 누군가가 본인에게 진심으로 기어오른다면 피똥을 쌀 때까지 찍어 누르지만 적절한 선을 지킨다면 저렇게 즐거워한다.

"즐거우셨다니 다행이네요, 용병여왕님."

"하지만 조금 기분 나쁘기도 했고. 네가 지금 멀쩡히 서 있는 이유는 네가 손님이라서야."

"물론이에요. 제가 잘못했다는 것도 이해하고 있고요. 말씀 드렸던 대로 확신이 필요했을 뿐이니 너무 노여워하지 마세요. 말씀 중에 죄송한데 이만 나가봐도 될까요? 간부들과 함께 의논할 이야기가 있는데…… 아시다시피 시간이 얼마 남지 않았 잖아요? 우리 오빠랑 천천히 이야기 나누세요."

"……."

"그럼 안녕히."

"야."

"네?"

"박연주 밑에서 얼마 받고 일하기로 했어?"

"스카웃 제의는 싫네요."

"……."

"그리고 오빠, 김미영 팀장은 제가 빌려 갈게요."

"안……."

쾅!

문이 닫히는 소리가 들려왔다.

'안 돼, 시바…… 김미영 팀장 데려가지 마.'

목소리를 내뱉지 못한 게 천추의 한이다. 이 자리에서 있었 던 일에 대한 작은 복수라고 판단해도 되지 않을까. 자신만 갈 릴 수 없다고 말하는 것 같은 느낌이기도 했지만 그만큼 이지 혜가 이번 일에 진심으로 부딪쳐 보겠다고 결심했다는 걸 보 여주는 것 같았다. 본래 본인에게 주어진 다른 일까지 전부 처 리하면서 붉은 용병을 지휘하는 데는 부관의 존재가 필수적이라 생각했겠지.

'그래도 김미영 팀장은 안 되는데…… 걔 없으면 내가 얼마나 힘들어지는데.'

무슨 수를 써서라도 김미영 팀장은 사수해야겠다고 생각한 타이밍, 조금은 아쉽다는 차희라의 목소리가 들려왔다.

"생각하던 것보다 더 탐나네. 자기나 박연주가 괜히 데리고 있는 게 아니었어. 이 정도일 줄 알았으면 진작에 데려오는 거였는데……."

"지혜 누나?"

"자기가 왜 그렇게 저 여자를 신뢰하는지 알겠어. 솔직히 들려오는 소문이 과장은 아닐까 생각했는데, 그렇게 보이지는 않네. 무엇보다 자기랑 놀라울 정도로 닮은 것 같은데……."

"별로 닮지는 않았어."

"뭐, 나 싫다는 사람한테 굳이 관심 가지는 것도 우습고, 그럼…… 우리는 조금 더 건설적인 이야기를 해볼까."

"뭐, 따로 하고 싶은 일 있었어?"

"물론, 대륙 보호 관리 위원회 소속으로 뛰기로 했으니 슬슬 이쪽 이야기도 좀 해봐야지, 어찌 됐든 운명 공동체니까. 뭐, 별건 아니야. 사람 하나 추천하려는 거지."

"누구?"

"상대해야 할 네임드는 4마리, 이쪽에서 준비된 건 나랑 파란 길드 마스터가 전부라고 하지 않았어?"

"누나 말이 맞아."

"빈 곳 두 자리 아직 정해지지도 않았지?"

"누나랑 김현성 외에는 없어. 정할 수도 없고, 적임자 같은 것도 없어."

"아니야. 있을 텐데, 자기 가까이에."

"하얀이는 따로……."

"아니, 걔 말고. 한 명 더 있잖아, 쓸 만한 놈."

도대체 차희라가 누굴 말하는 건지, 감을 잡을 수 없었다. 머리를 굴려봤지만 반 시체처럼 누워 있는 라파엘밖에는 생각나는 녀석이 없다. 그녀 역시 라파엘의 상태를 아는 만큼 녀석을 겨냥하고 한 말은 아닐 것이다.

여전히 의문이 풀리지 않은 상황에서 아주 잠깐의 침묵 이후 들려온 목소리.

조금은 기대했지만 차희라의 목소리에는 고개를 저을 수밖에 없었다.

생각보다 쓸 만할걸.

이틀 정도 생각해 봤지만, 여전히 차희라의 의견에는 고개를 저을 수밖에 없었다.

물론 혼자서도 가능할 거라고는 생각 안 해. 파란 길드는 됐다

뭐 할 거야? 김현성, 조혜진, 정하얀 그리고 자기가 빠진다고 해서 파티가 무너지는 게 아니야. 자기 눈에는 걔가 어떻게 보일지 모르겠지만 나는 자기가 데리고 다니는 그놈을 제법 괜찮다고 평가하거든⋯⋯ 탱커라는 타이틀 달고 내 주먹 몇 방 버티지 못하는 놈들이 대다수야. 붉은 용병에서도 찾기 힘들다니까. 그놈은 최소한 한 방에 뒈지지는 않잖아?'

사실 틀린 말은 아니다. 진작에 성장이 멈춘 줄 알았던 박덕구의 내구 수치는 이미 대륙 탑급이라고 해도 과언이 아니었으니까. 27군단 사태 때도 도노반을 상대로 시간을 끈 것을 보면, 맞으면서 버티는 것에는 도가 텄을지도 모른다. 하지만 기껏해야 최약체 도노반을 상대했다고 해서 사대 천사들을 상대할 수 있을까.

애초에 도노반이 처음부터 진심 펀치를 휘둘렀다면 박덕구는 옛날 옛적에 피떡이 됐을 것이다. 그놈의 입장에서 박덕구와의 결전은 잠깐의 여흥에 불과했을 테니까. 막말로 전력의 반의반도 보여주지 않았을 것이다.

데이터는 거짓말을 하지 않는다. 다른 스텟이 받쳐주지 않은 돼지는 두드려 맞는 것밖에 할 수 있는 게 없다. 처맞다가 돼지라고 녀석을 무대 위에 세울 수는 없다는 거다.

'그럼 어디에 쓰려고 하는 건데? 어디에 쓰면 제대로 쓸 수 있을 것 같아. 너무 싸고도는 것도 안 좋아. 걔가 조금 모자란 것처럼 행동하는 건 부정할 수 없지만…… 파티의 중심은 탱커야. 그놈은 충분히 중심을 잡아줄 수 있을 정도로 성장했다고.'

전혀 성장하지 않았다. 약속의 1년이 지나고 난 이후에도 성장한 것은 스탯뿐이다. 사기의 외침 같은 특성을 이끌어낸 것을 보면 녀석에게도 그런 기질이 있을지도 모른다는 생각이 들기도 했지만, 아직 경험이 부족하다. 냉정하게 판단해서 5년 이후라면 써먹을 수 있었을지도 모른다. 하지만 그런 게 아니지 않은가.

차희라는 파란 파티를 과대평가하고 있지만 사실 파란 파티가 가진 위상은 앞의 김현성과 정하얀, 조혜진에게서 비롯된다고 해도 과언이 아니다.

단순히 무력의 문제가 아니다.

물론 정하얀 같은 경우는 조금 달랐지만, 김현성과 조혜진은 그들이 가지고 있는 무력과 별개로 파티를 이끌 능력을 갖추고 있다. 무력이 달리기는 하지만 나 역시 마찬가지, 뭔가 하나씩 나사가 빠진 듯한 파란 파티의 능력을 수십 계단이나 끌어 올릴 수 있었던 건 간부급들의 개인 능력 덕분이다.

그나마 선희영이 그런 능력을 갖추고 있었지만, 어디까지나 위 3명이 없을 때의 대용, 그 이상, 그 이하도 아니었다. 그녀의 장점은 지휘가 아닌 다른 곳에 있고, 본인 역시 그 사실을 아주 잘 자각하고 있다.

'혹시 그치들에게 따로 미션을 하달해 줄 수 있는 시간이 없어서 불안해하는 건 아니지? 자기가 따로 봐주지 않아도 충분히 할 수 있을 거라고 생각하는데.'

그건 누나가 걔를 제대로 본 적이 없어서 그래. 상식적으로 누나가 나보다 더 잘 알겠어? 돼지는 내가 제일 잘 알아.

만약 박덕구를 정말로 사대 천사를 잡는 패로 사용한다고 가정한다면 최소한 조혜진이라도 집어넣어야 한다.

어디 그것뿐이랴. 처맞기만 할 줄 아는 돼지를 메인으로 내세웠으니 이 돼지에게 신성력을 뿌려주는 사제의 존재도 필수적이겠지. 한 구역 전체를 커버할 수 있는 엘레나와 선희영 둘 중 하나를 녀석에게 고정으로 박아 넣어야 한다.

제대로 검도 휘두를지도 모르니 김예리도 꽂아 넣어야 하고, 보조 탱커와 예비 사제 역할을 해줄 수 있는 안기모도 넣어야 하고……. 이렇게 셋팅 했는데도 불구하고 제대로 승리를 점칠 수가 없으니 이득보다는 손해가 많다고 느껴졌다.

'자기가 과보호하고 있는 거야.'

"과보호는 개뿔. 누구 말이 맞는지 보자고."

의자에 앉아 데이터를 천천히 입력해 보자.

리무르아나 도노반이 가진 스텟을 상향 조정하고 박덕구, 김예리, 안기모, 엘레나, 김창렬을 포함한 5인 파티와 시뮬레이션을 돌려봐야 한다. 전술 능력은 최하로 고정하고 위기 대응 능력도 최하로 고정해야지.

신성력에 거부 반응을 보이는 도노반과 리무르아와는 다르게 이 천사는 그런 약점도 없으니, 엘레나의 기본 능력치는 상대적으로 하향시키는 게 맞다.

"전쟁은 혼자 해? 주변에 다른 변수들도 고려해 봐야지."

여신의 거울에서 전투가 재생된다.

도노반이 곧바로 도끼를 휘두르자 역시나 박덕구는 버티지 못하…….

"어. 버티네."

버티는 것이 시야에 비쳤다.

"버프빨이잖너, 시바."

가상 엘레나가 순간적으로 기지를 발휘해 버프를 밀어 넣었다.

애초에 첫 일격 정도는 버틸 수 있을 거라고 가정했다. 문제는 지구력, 박덕구의 체력이 부족한 것은 아니었지만 형편없는 마력 수치가 고갈된다면 곧바로 한계를 드러낼 것이다.

아마 이제 곧…….

'나쁘지는 않네.'

나쁘지는 않다. 심지어 박덕구가 외치는 사기의 외침이 주변의 변수들에게도 영향을 미친다. 데이터로 보이는 아군 병력은 틀림없이 적군 병력을 밀어내고 있었다.

여신의 거울이 뭔가 잘못된 것은 아닌지 살펴본 것이 당연했다. 아니면 내가 데이터를 잘못 입력했을 수도 있다는 생각이 든다.

'잘못 입력한 것도 아닌가.'

전투가 시작되고 약 두 시간이 지난 시점, 아직은 균형을 팽팽하게 유지하고 있는 가운데, 결국에는 가상 도노반이 가상 박덕구의 뚝배기를 깨버렸다.

"내가 이럴 줄 알았지, 시바."

'아니, 그래도 두 시간이면 꽤 잘 버틴 거 아닌가?'

"겨우 두 시간 버틴 거지, 뭘 잘 버텨?"

딱 기본형과 상대하게 했으니 이 정도로 무난하게 버틴 거지, 조금 귀찮은 타입이랑 상대하게 했으면 10분도 채 버티지 못했을 것이다. 상대 비둘기가 어떤 능력과 특성을 갖췄을지 아직 제대로 파악하지 못했지 않은가.

김현성과 1회차 성검 용사가 상대했던 녀석들의 경우는 논외, 박덕구가 상대할 수 있는 타입이 아니다.

한쪽 손으로 허벅지를 두드리며 녀석의 스펙과 특징을 입력하자 역시나 1시간을 채 버티지 못하는 모습이 들어왔다. 전술 능력 최하와 위기 대응 능력 최하가 박덕구 파티의 발목을 잡은 것이다.

'바꾸면 어떻게 되지?'

호기심에 전술 능력과 위기 대응 능력 수치를 최상으로 상향 조정하자 다시 한번 시뮬레이션되어 돌아가는 화면이 눈에 들어왔다.

사실 별 차이 없을 거라고 생각했지만 아까와는 차원이 다른 팽팽함을 보여주고 있다. 시간이 조금 더 오래 걸리지 않을까 싶어 속도를 높여봤지만 달라지는 것은 없다. 8시간, 9시간, 13시간이 지나도록 치고받는다.

심지어…….

'뭐야, 시바. 어떻게 이겼어…….'

이해할 수 없는 혈투 끝에 녀석을 잡아냈다.

당연하지만 곧바로 같은 전투를 계속 반복시켰다. 어쩌다 한 번 우연으로 잡아낸 결과가 우연히 눈앞에 떠 있을지도 모른다고 생각했기 때문이다.

하지만 생각보다 높은 수치가 나오는 것이 문제, 내가 예상한 수치는 3% 미만이었지만 이 시스템은 23% 이상을 점치고 있었다.

'합리적인 수치이기는 해.'

가장 부족한 수치 두 가지를 최상으로 올렸으니, 사실상 전술 박덕구를 받았다고 하더라도 부족함이 없지 않은가.

당연하지만 이번 전쟁에서는 박덕구 파티를 따로 봐줄 시간이 없다. 전 지역을 컨트롤해야 했기 때문이다.

'훈련이라도 한번 시켜볼까.'

남은 33일 동안 속성으로 파티를 가다듬고 부족한 부분을 보완한다면 김현성이 도와주러 가기 전까지는 버텨줄 수도 있다. 현재의 김현성은 1회차의 김현성보다 강한 상태일 테니, 놈을 처리하는 데 시간이 얼마 걸리지 않을 수도 있고…….

'나도 모르겠는데, 진짜. 시바.'

그 무엇 하나 결정을 내리기가 쉽지 않다.

왠지 모르게 박덕구 1회차가 생각나서 그런지는 몰라도 자꾸만 이 돼지가 돼지는 루트밖에는 떠오르지 않는다. 오죽했으면 현실을 부정하고 자기 세뇌를 하고 있는 건 아닌지 생각해 봤을 정도였다.

괜스레 자리에서 일어나 발걸음을 옮기자, 얼마 지나지 않아 커다란 배가 정박해 있는 장소가 시야에 들어왔다.

"몇 시간 전부터 온다고 말해놓고 왜 지금에야 오는 거요?"

익숙한 목소리 역시 들려온다.

"좀 바빴지, 뭐. 오히려 내가 늦게 와서 다행 아닌가. 시킨 거, 제대로 끝내놨지?"

'이 새끼……'

설마 했는데 진짜인 모양, 아마 시간 내에 완벽하게 정리하지 못했던 것 같았다. 말은 당당하게 하고 있었지만, 내가 오기 전에 맞춰 다행이라고 생각하는 듯한 박덕구의 얼굴이 시야에 비친다.

"그런 거 아니라니까. 옛날에 튜토리얼 던전에서 형님 뒤치다꺼리나 하는 박덕구인 줄 아는 모양이요. 형님이 키운 박덕구 아니요. 형님이 시키지 않은 것까지 착실하게 착착 진행하고 있다니까."

"자신 있어? 체크해도 괜찮을 것 같아?"

"거, 두고 보쇼. 안 그래도 형님이 늦게 오는 바람에 내가 몇 번이나 더 체크했으니까. 그나저나 누님이랑은 요즘 잘 만나고 있는 거요?"

"말 돌리지 말고 앞장서라, 덕구야."

"말 돌리는 게 아니요. 진짜로 걱정돼서 그러는 거지. 형님도 요즘 너무 바빠서 얼굴 보기 힘들고, 현성이 형씨도 마찬가지고…… 누님은 아예 코빼기도 보이지 않는데…… 소라 후배는 누님이랑 같이 가 있고 혜진 누님도 요즘 따로 일하고 있는 거 아니요. 시간이 얼마 남지 않은 건 알고 있지만 이럴 때일수록 한번 뭉쳐야지. 진짜로 전쟁이 터지기 전에 자리 한번 가졌으면 좋겠는데…… 솔직히 이런 말 하는 건 싫지만, 누구 하나가 크게 다치기라도 하면……."

"그럴 일 없다. 아무도 안 죽으니까. 그런 걱정 안 해도 돼. 너는 네 할 일이나 똑바로 하면 되는 거야. 봐라, 돼지 새끼야. 뭐, 하나 빼먹은 거 있는 것 같은데."

"어?"

녀석이 그럴 리가 없다는 듯이 내 얼굴을 바라봤다.

허겁지겁 몸을 움직이며 짐을 뒤져보는 녀석의 모습이 괜스레 꼴사납게 보인다. 노아의 방주 안에 보급품 채워 넣으라는 말도 제대로 이행하지 못하는 모습에, 이 새끼는 아니라고 한번 더 확신하게 된다.

"아, 거, 아…… 내가 조금 착각이 있었던 모양이요. 한 페이지를 깜빡한 것 같은데…… 그러니까 이게……."

"안기모는 어디서 뭐 하고."

"잠깐 따로 할 일을……."

"네가 또 혼자 해보겠다고 나댄 건 아니고?"

"그런 건 아니요. 기모 형씨도…… 따로 할 일이……."

"너한테는 뭘 못 맡기겠다, 진짜."

"그런 게…… 아닌데. 진짜로 깜빡 한 건데……."

"내가 이거 중요한 이야기라고 말했던 것 같은데."

"……."

"내가 왜 너한테 이걸 맡겼는지도 모르지? 내가 뭐라고 말했는지는 기억하는 거 맞지?"

"거, 당연히 기억하고 있다니까. 당연히 기억하고 있지! 누구 말인데. 거, 이 배 타고 상륙 작전하는 거 아니요. 전선이 밀리면 곧바로 적의 심장부로 들어가서!"

"그런데. 배 안에 필요한 물건들이 없으면 어떻게 될 것 같은데."

"……."

"아니다, 시바. 하지 마라, 덕구야. 그냥 너는 다른 거 해. 길드 직원들한테 시켜도 되는 일을 왜 너한테 맡겼는지는 아는 거 맞지? 상륙 작전 돌격대장이고 나발이고, 선봉이고 나발이고 다 필요 없으니까. 너는 후방 지키는 게 낫겠다."

"아니, 그러니까 그게…… 미, 미안……."

"다 필요 없으니까 그냥 적당한 곳에서……."

"……."

'아, 이 새끼 표정…….'

"이번이 시바, 마지막 기회야. 네 임무가 뭐라고?"

"메인 기지 수성전 참가."

"그리고."

"나이스 보트 지키기."

"그리고?"

"상륙 작전."

"그래, 그거야."

'그래, 시바. 애한테 뭘 맡기겠어. 개오바지. 무조건 오바야.'

백번을 생각해도 박덕구에게 딱 맞는 과업은 노아의 방주 지키기다.

196장
벽 넘기(1)

'이것만큼 중요한 과업이 또 있겠냐고.'

적당히 몸이나 사리라고 만들어준 자리가 아니다. 대륙 손절 계획이 발동됐을 때를 대비한 보험이라고 생각하면 설명하기 편하다.

혹시나 격렬한 전투 끝에 배가 파손되기라도 하면 이도 저도 하지 못하는 상황에 부닥칠 수도 있으니 처음부터 대비해 놓는 게 옳다.

물론 녀석에게 솔직하게 말할 수 있을 리는 없다. 애초에 도망치겠다고 말하기도 조금 그럴뿐더러, 박덕구가 그런 제안을 받아들일 리가 없다. 대충 상륙 작전의 일환이라고 준비해 놓으라고 말해놓는 게 가장 적절한 판단이다.

'그렇지.'

전황이 전부 흐트러지고 모든 것이 무너지는 상황, 정말 노아의 방주를 발동시킬 수밖에 없는 시점이 온다면, 이 돼지가 전선으로 뛰쳐나갈 거라고 확신할 수 있다. 한 명이라도 더 구해보겠다고 헛짓거리를 할 수도 있고, 어영부영 미적지근하게 움직이면서 상황을 전부 꼬아놓지 않을까. 내 몸 하나도 챙기기 힘들 텐데, 녀석이 돌발 행동을 하는 것만큼 짜증 나는 상황은 없다.

'그러니까, 이게 더 안정적이지.'

위험한 상황이 찾아오면 곧바로 몸을 돌려, 다른 신호가 오기 전까지 나이스 보트를 지키는 것. 무슨 수를 써서라도 임무를 수행하려고 할 테니, 녀석에게 딱 맞는 일이라고 해도 과언이 아니다.

괜스레 고개를 끄덕이며 녀석을 올려다보자 여전히 풀이 죽은 모습이 시야에 비쳤다. 본인은 잘해보겠다고 했는데, 꾸지람을 들은 게 마음에 남는 모양이다.

"불쌍한 척하지 마, 덕구야."

"거, 불쌍한 척하는 게 아니요. 그냥 기분이 조금 그래서 그런 거지."

"……너무 풀 죽지 말고."

"딱히 풀 죽은 게 아니라니까……."

"시간이 얼마 남지 않은 것 같아서 조금 예민해진 것 같네. 그래서 한 소리니까 크게 신경 쓰지 않아도 돼. 정말로 널 못 믿어서 화낸 게 아니라 조금만 더 경각심을 가졌으면 하는 마음에, 그러니까 노파심에 지껄인 거니까 표정 좀 펴."

"그래도……."

"그래도가 아니라 딱 있는 그대로만 이야기 한 거니까. 정말로 마음에 담아두지 마. 내 목소리가 아니라, 일이 터지면 네가 해야 할 일이 뭔지를 머릿속에 생각하고 있으라고. 다른 게 아니라 그게 더 중요한 거야."

"형님이 무슨 이야기하는지는 알 것 같다니까."

"난 항상 널 믿는다, 덕구야."

"정말이요?"

'그래, 반의반쯤은 믿지.'

"항상 기억하고 있으라는 거야. 매번 말했잖아. 내가 할 수 있으면 너는 더 잘할 수 있다고."

"그렇지."

"그래, 그거. 초조해하지 말고 천천히 준비하면 되는 거라고. 내가 괜히 이걸 너한테 맡겼겠어?"

"그, 그건 좀 의외였다니까."

슬슬 기분이 좋아지고 있는 게 보였다.

어처구니없을 정도로 단순한 모습은 괜스레 웃음을 불러일으키게 할 정도다. 솔직히 이게 그렇게 좋아할 일인지 모르겠지만, 녀석은 자신에게 할당된 임무를 무척 마음에 들어 하는 것 같았다.

"솔직히 형님이 나한테 뭘 따로 하라고 지시한 건 이번이 처음 아니요?"

"그렇지는 않은 것 같은데."

"아니요. 내 기억으로는 분명히 처음인 것 같다니까. 물론 여러 가지 많이 시키기는 했지만, 이번 일처럼 막중한 임무는 아니었지."

'그렇기는 해.'

"기껏해야 심부름 같은 게 전부였고, 이렇게 말하는 게 맞는 건지는 모르겠지만, 위험 요소가 아예 없는 일이 대부분 아니었나. 당연히 내가 사고도 많이 치고, 형님 눈에는 영 성에 차지 않는 것도 알고 있어서 그렇게 섭섭하지는 않았지만, 뭐 나라고 맨날 저런 일만 맡고 싶었겠소."

"……."

"하얀이 누님이나 혜진이 누님, 엘레나 님이나 희영이 누님, 또 우리 형씨 같은 일을 하고 싶었고, 그만큼 신뢰받고 싶었지. 그래서 혼자 한번 지내보겠다고 결심하기도 한 거고……."

'갑자기 진지하게 만들지 마. 속마음도 괜히 털어놓지 말고…….'

"그래?"

"이제야."

"……."

"이제야 조금 인정받았다는 느낌이요."

'그런 말 하지 마, 돼지 새끼야.'

이 새끼 혹시 전부 다 알고 있는 것은 아닌가 하는 생각을 해볼 정도, 돼지의 뿌듯한 얼굴은 이쪽의 죄책감을 불러일으킨다.

"뭔가 그랬다니까. 나한테는 따로 이런 일을 맡겨준 적이 없으니까. 지금에서야 하는 이야기지만 자괴감도 느끼고 조금 분하기도 하고 그랬지. 형님이 날 못 믿는 거 같았으니까. 솔직히 방금 전에 조금 그랬던 것도 그거요. 모처럼 맡긴 일인데 또 실수나 하고 자빠졌으니까. 나 자신한테 화가 난 거지, 절대로 형님한테 섭섭했다거나 그런 게 아니요. 거의 처음으로 맡긴 막중한 임무인데 시작부터 내가 망쳐 버린 것 같아서……."

'아니야. 너 망친 적 없어. 잘하고 있다고.'

"이번에도 별로 다르지 않을 거라고 생각했었는데 그냥 적당히 수성전이나 하고 있을 줄 알았지."

'적당히 수성전 하게 될 거야…….'

"형님이 보내준 매뉴얼 보고 얼마나 기뻤는지 형님은 모를 거요."

'시바…….'

"거, 나도 모르게 눈물이 나왔다는 거 아니요!"

"양념 치지 마."

"아니, 진짜라니까. 내 모든 걸 걸고 맹세하는데 진짜요. 거기 기모 씨도 있었으니까 안 믿기면 한번 물어보던가. 조금 꼴불견이기는 하지만 기쁘니까 눈물이 막 나온 거지. 이렇게 위험한 일을 맡길 정도로 나를 신뢰하고 있구나 하는 생각 말이요."

"으응……."

"몸이 부서지더라도 이번 일은 완수할 거요."

"그렇게 책임감 느끼지 않아도 돼. 어디까지나 일이 틀어졌을 때 계획이 실행되는 거니까. 그때까지는 이전 그대로지. 사실 나는 네가 이걸 타고 전선으로 향할 일이 없으면 좋겠다. 상황이 정말로 거기까지 간 거면 꼬일 대로 꼬였다는 뜻이 되거든."

"이해할 수 있소."

"네가 나서는 건 어디까지나 신호가 갔을 때야. 전략적으로 네가 필요한 시점이라고. 다른 것보다 그걸 잊으면 안 돼. 저걸 쓸 일이 없는 게 가장 좋은 거야."

"매번 했던 이야기 아니요. 가슴속에 새기고 있으니까 너무 그렇게 걱정하지 않아도 된다니까."

"그렇다면 다행이고…… 아무튼 밥은 먹었어?"

"아직 안 먹었는데."

"오랜만에 밥이나 같이 먹자."

"정말이요?"

"나도 시간이 남으니까. 예리랑 안기모도 주변에 있지? 다 같이 먹는 게 좋겠네."

'상륙 작전 같은 건 없어, 덕구야. 그런 건 없다고…… 네가 활약할 날은 오지 않을 거라고……'

일단은 다급히 말을 돌릴 수밖에 없었다. 이제야 인정을 받았다는 녀석의 당당한 얼굴을 보니 더 이상 이 대화를 지속시키기가 민망했기 때문이다.

지금 이 순간에도 자꾸만 콧김을 뿜으며 상륙 작전의 돌격대장 얼굴을 하고 있다. 평소보다 힘이 들어간 눈, 위풍당당한 걸음걸이, 모든 행동이 양심을 찌른다.

솔직히 박덕구의 마음도 이해는 한다. 어째서 내가 녀석의 마음을 모를까. 파란 길드가 자리 잡은 이래로 박덕구에게는 별다른 임무를 주지 않은 것은 부정할 수 없는 사실이다.

애초 이런 종류의 작전에서 녀석을 메인으로 기용한 적이 없다. 박덕구의 역할은 민주 투사 아니면 고기 방패였고, 솔직히 녀석을 중심으로 어떤 일을 맡긴다는 것 자체가 불안했기 때문이다.

녀석의 안전을 걱정하는 것은 아니다. 아니, 걱정하는 게 맞기는 하지만 승률이 조금 더 좋은 쪽에 건다는 건 내 입장에서는 무척 당연한 일이다.

파란에는 굳이 박덕구가 아니더라도 중심을 잡아줄 수 있는 이들이 있었고, 지금까지는 파티가 쪼개질 일이 없었기 때문에 어떻게 보면 자연스러운 선택이었다.

'이거 진짜 맡겨볼까?'

"솔직히 이 배를 이런 식으로 쓸 줄은 몰랐는데 말이요."

"나도 그래."

'그렇게 나쁘지는 않았잖아. 조금만 더 가다듬고 두 시간 정도만…… 쓰면…….'

"도움이 된다니 다행이지."

'애초에 나머지 두 마리를 무슨 수로 막을 거야? 전선 한쪽은 완전히 쓸려 버릴 텐데. 일단 박덕구로 틀어막으면…….'

"어, 저기 예리랑 기모 형씨 오네."

"오랜만입니다, 부길드 마스터. 이렇게 보니 정말 반갑군요."

"오랜만."

"오랜만이네. 기모 씨도 오랜만입니다."

'아니야. 시간이 너무 부족해.'

시간이 조금만 더 있었어도 녀석을 집어넣었을 거라고 장담할 수 있다.

"……"

"……"

"이것 보라니까! 이렇게 하면 적어도 세 배는 더 강해질 수 있는 거 아니요? 내 어깨를 기모 형씨가 밟고 올라가고 기모 형씨 위에 예리가 목마를 타는 거지. 삼단 합체요. 삼단 합체. 충분히 상대방을 당황시킬 수 있겠지."

"바보 같아."

'즐거운 듯이 웃지 마, 예리야. 너까지 어울려 주니까 애네가 더 이러는 거 아니야. 아직 순수함을 잃지 않은 건 좋은데 그래도 체통은 지켜야지.'

"적어도 몬스터들한테 위압감을 심어줄 수 있다는 부분에서는 그 누구도 반박의 여지가 없을 거요. 기모 형씨가 곧바로 위아래로 신성력을 밀어줄 수도 있고, 여차하면 예리가 분리하는 거지."

"멋있네."

"역시 형님은 그렇게 이야기해 줄지 알았다니까."

"진지하게 실전에서는 쓰지 마라. 앉아서 밥이나 먹어."

"여기에 형님만 내 등 뒤에 매달리면 완벽해지는 거요."

'아니야, 별로 완벽한 것 같지는 않아.'

어쩌다 대화가 이쪽으로 빠졌는지는 모르겠지만, 식사 도중에 일어나 삼단 합체를 선보이는 녀석들의 모습은 뭐라 설명할 수가 없다.

안기모는 적당히 어울려 주고 있는 듯한 느낌이었지만, 김예리는 정말로 즐거워 보인다.

한창 저러고 놀 나이라는 건 알고 있었지만, 보지 못한 사이에 박덕구와 안기모에게 물들어 버린 것 같은 느낌.

공중제비를 돌면서 착하고 착지에 신경 쓰는 모습은 매혹의 춤을 마스터한 예트니코바의 모습 그 자체였다.

이딴 걸 보고도 얘한테 전선 한쪽을 맡길 수는 없다.

이 33일간 박덕구한테만 집중할 수 있다면 아주 약간의 가능성이라고 있었겠지만 차희라나 정하얀의 일도 전부 다 해결되지 않았다.

큰 소리로 고래고래 떠들며 재미있게 놀고 있는 박기리 삼남매를 뒤로 하고 재빠르게 연락을 넣기 시작했다.

[누나, 누나, 누나.]

[왜요? 쓸데없는 거로 메시지 보내지 마요. 누구 때문에 바쁘니까.]

[하연수 좀 빌려도 돼?]

[됐네요. 걔도 1티어로 올라온 지 얼마 안 돼서. 무리예요.

괜히 시체 하나 치우게 하지 말고 제가 이야기했던 대로 대륙의 절반 날려요. 아, 차희라 건만 잘 해결되면 1/3 정도만 날리면 되겠네. 어떻게 됐어요? 차희라랑 정하얀 전투 훈련시킨다고 하지 않았나? 내가 아무리 바빠도 그건 꼭 볼래.]

[진행 중.]

[최대한 빠르게 진행해요. 회복할 시간도 있어야 하잖아요. 용병여왕이 먼저 하고 싶다고 한 거 맞죠?]

[비슷해. 안전 장치를 먼저 마련해야지. 크게 다치면 그것도 일이니까.]

[자기가 아직 부족한 건 아는 모양이네요. 박덕구 쪽은 어떻게 할 건데요?]

[가능성이 보일 것 같지는 않은데.]

[오빠가 그렇게 판단한 거면 어쩔 수 없는데, 저는 나쁘지 않을 거라고 봐요.]

바로 앞에서 목소리가 들려온 것은 바로 그때였다.

"밥 먹다 말고 무슨 연락을 그렇게 열심히 하는 거요?"

to be continued

Wish Books

나는 돌놈이다

글쓰는기계 게임 판타지 장편소설
WISHBOOKS GAME FANTASY STORY

판타지 온라인의 투기장.
대장장이로 PVP 랭킹을 휩쓴 남자가 있다?

"아니, 어디서 이런 미친놈이 나타나서……."

랭킹 20위, 일대일 싸움 특화형 도적, 패배!

"항복!"

바퀴벌레라고 불릴 정도로
끈질긴 생명력을 가진 성기사조차 패배!

"판타지 온라인 2, 다음 달에 나온다고 했지?"

평범함을 거부하는 남자, 김태현!
그가 써내려가는 신개념 게임 정복기!